光文社文庫

男たちの船出
千石船佐渡海峡突破

伊東　潤

光　文　社

目次

第一章　潮がわく海　9
第二章　父と子　103
第三章　若獅子の船　210
第四章　海に挑む時　297
第五章　波濤の果て　416
解説　山本一力《やまもといちりき》　514

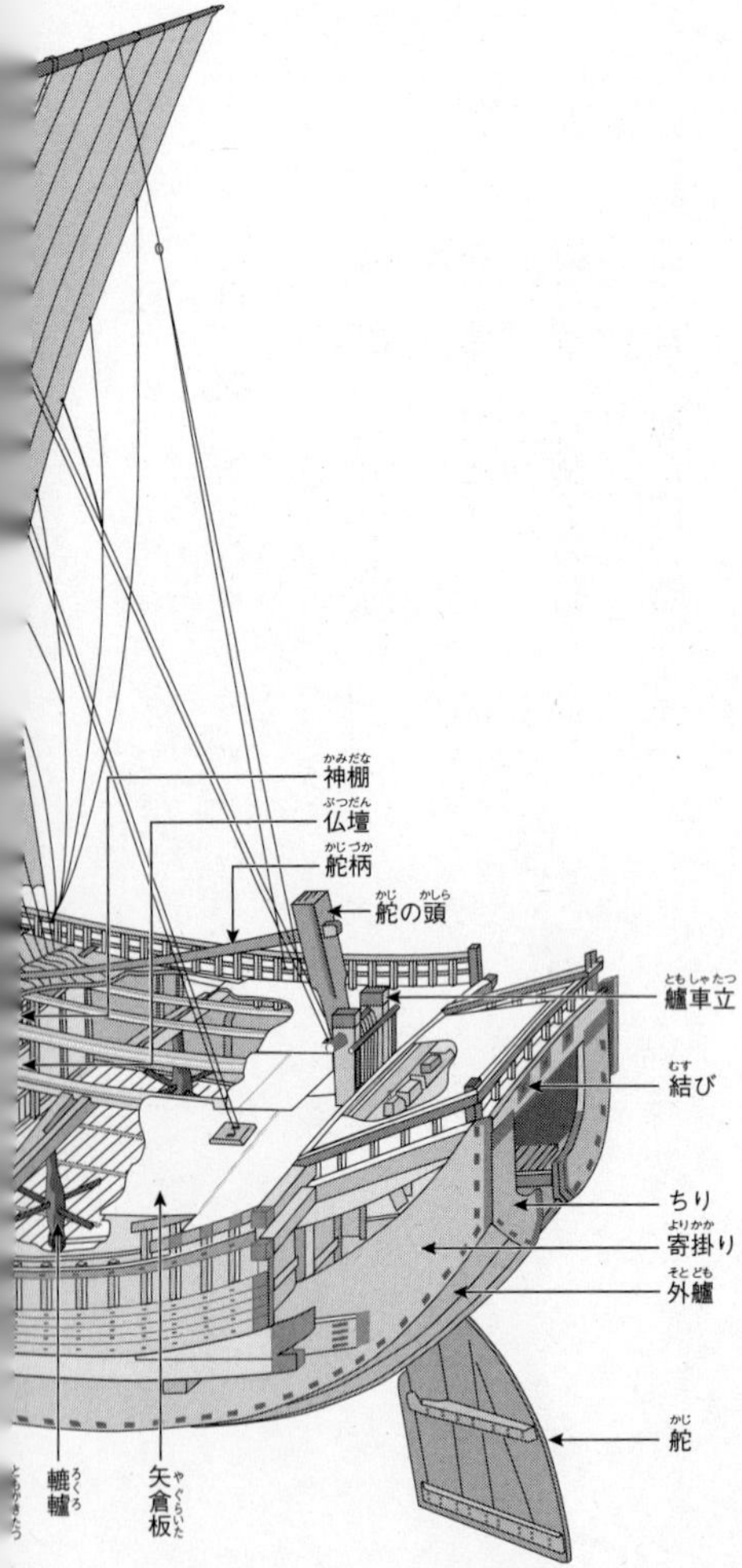

神棚《かみだな》
仏壇《ぶつだん》
舵柄《かじづか》
舵《かじ》の頭《かしら》
艫車立《ともしゃたつ》
結《むす》び
ちり
寄掛《よりかか》り
外艫《そとども》
舵《かじ》
轆轤《ろくろ》
矢倉板《やぐらいた》

十八世紀中期の千石積みの弁財船

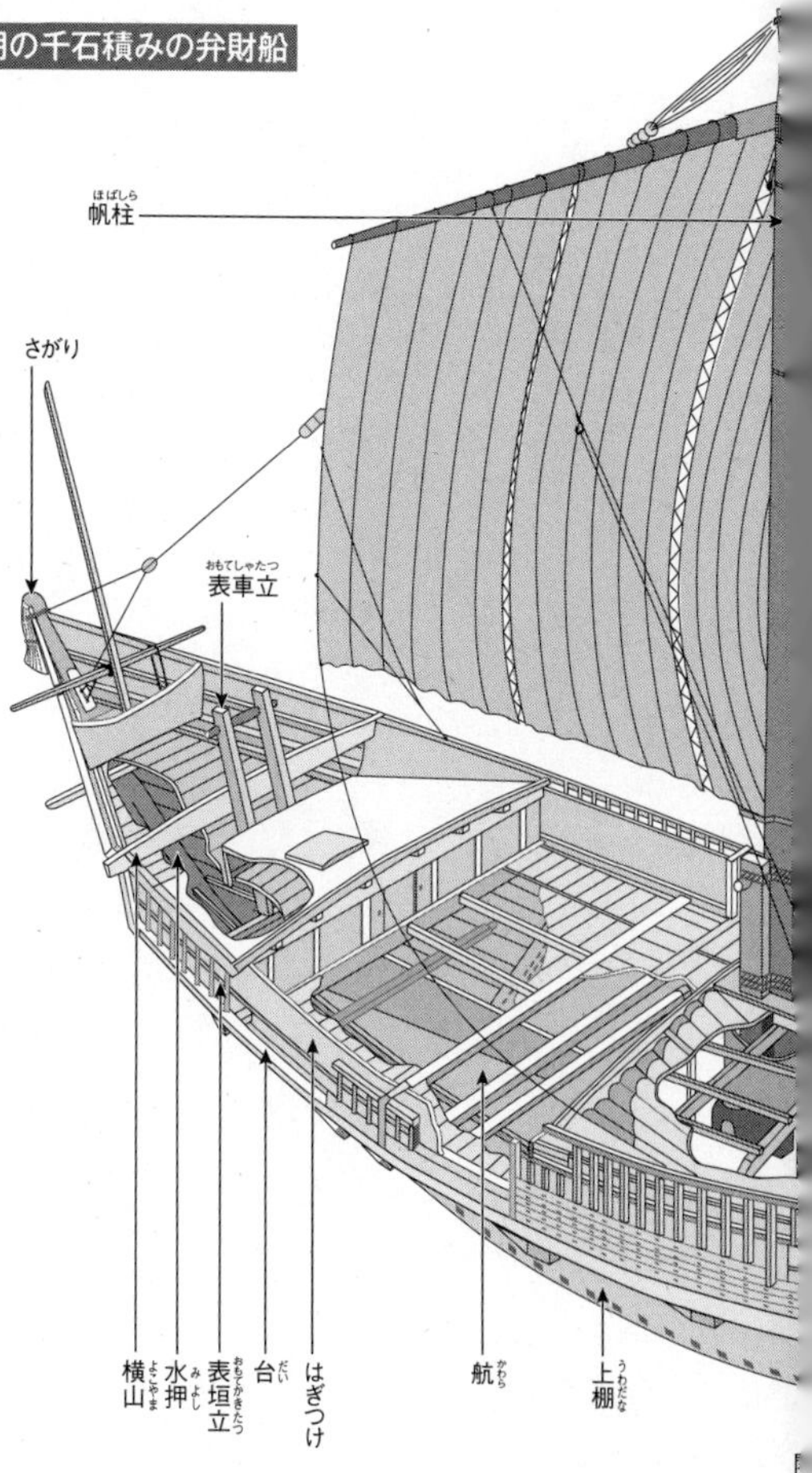

男たちの船出　千石船佐渡海峡突破

第一章　潮がわく海

一

海が吠えていた。

盛り上がった波濤《はとう》が、渾身の力を込めて石積みの波除け《なみよ》（防波堤）にぶち当たる。その飛沫《しぶき》は天まで届くかと思うほど吹き上がり、横風に吹き飛ばされて崩れていく。だが次の瞬間、別の黒山が盛り上がり、再び波除けに挑んでいく。

どんよりとした空には、水分をたっぷり含んだ黒雲が低く垂れ込め、横殴りの雨を降らせていた。

――やはり覆《かえ》ったのか。

嘉右衛門《かえもん》の心にわき出した黒雲も、次第に大きくなっていった。

——いったい何があったんだ。市蔵《いちぞう》、教えてくれ。

吹きつける雨が顔に痛い。それをものともせず、突然の暴風雨に巻き込まれた船団の安否を気遣う人々が、牛島《うしじま》の里浦《さとうら》には溢《あふ》れていた。

「竜神が怒っとる」

「なんまいだ、なんまいだ」

波濤が砕ける轟音《ごうおん》の合間を縫うようにして、神仏に祈る声が聞こえる。横を見ると皆、真剣な面持ちで手を合わせている。

——朝が来たのか。

皆の顔が見えてきたということは、黒く厚い雲の向こうに朝日が昇ったということだ。

「神仏への祈りが足らんかったんかのう」

「そんなこと言うもんじゃねえ」

そうした会話も、凄《すさ》まじい波濤の音にかき消され、途切れ途切れにしか聞こえない。

常は穏やかな瀬戸内海が、これほど荒れるのは珍しい。神の怒りを持ち出したくなるのも分かる。

だが嘉右衛門は、念仏や称名《しょうみょう》を唱える気にはならなかった。

今は亡き父の儀助《ぎすけ》の言葉が胸によみがえる。

「神仏には病魔退散を願うだけにしろ。船造り（船大工）は神仏に頼ったら駄目だ。頼ったら最後、詰めが甘くなり、いい船は造れなくなる」

仕事を始める前、神棚で柏手《かしわで》を打つ父の姿が思い出される。その横顔には、職人の厳しさが溢れていた。

――あれが大工の顔だ。

幼い嘉右衛門にとって、神仏に頼らず己の腕だけを頼りにしていた父は誇らしい存在だった。

だが嘉右衛門も人である。これほどの暴風雨を前にすると、神仏に頼るなという父の教えや己の腕に対する自信が揺らいでくる。

――わいらは神仏に挑んでいるのか。海に船を出すことは、神仏へ挑むことなのか。

自問自答しても、その答えはない。

「わいらの造った船は覆らねえ！」

その時、背後で若々しい声が聞こえた。

「これほど荒れてるんだ。分かんねえぞ」

誰かが横槍を入れる。

「わいらの造った船は、こんくらいの荒吹きは屁でもねえ」

嘉右衛門は一つため息をついた後、腹底に力を入れて言った。

「弥八郎《やはちろう》、ごうたく並べる暇があったら仕事に戻れ！」

弥八郎とは、今年で二十歳《はたち》になる嘉右衛門の一人息子のことだ。

不貞腐《ふてくさ》れながら弥八郎が去っていく。

——半人前は分をわきまえなきゃならねえ。

それが大工の暗黙の掟《おきて》であり、船大工と船手衆ばかりが住む牛島の掟でもあった。

波濤が砕ける轟音の中、周囲に重苦しい沈黙が広がる。

「嘉右衛門」

その時、呼び掛けられて振り向くと、丸尾屋五左衛門重次《まるおやござえもんしげつぐ》が立っていた。

その皺の多い顔は漁師のように潮焼けしており、垂れ下がった瞼《まぶた》の奥にある細い瞳は、厳しさと慈悲深さをたたえている。

五左衛門は塩飽《しわく》一の「船持ち」として、十五隻もの大船《おおぶね》（五百石積み以上）を有する大《おお》商人《あきんど》だ。塩飽では並ぶ者なき大分限《だいぶげん》（大金持ち）として、畏敬の念を込めて「船大尽《ふなだいじん》」と呼ばれている。

これに続くのが、同じ牛島を本拠とする長喜屋権兵衛《ながきやごんべえ》の七隻、長喜屋伝助《でんすけ》の五隻だが、長喜屋の本家と分家を合わせても十二隻にしかならず、丸尾屋には及ばない。

「いつから、ここに立っている」

「少し前からです」

「もう若くはねえんだ。体を大切にせにゃならねえぞ」

五左衛門は、四十五歳の嘉右衛門より三つ年上の四十八歳になる。

「棟梁《とうりよう》、わざわざご足労いただき――」

嘉右衛門が腰をかがめる。

「挨拶はいい。それより見込みはどうだ」

「分かりません」

「市蔵が乗っていたと聞くが」

市蔵とは嘉右衛門のたった一人の弟のことだ。

「へい。七百石積みの清風丸《せいふうまる》に小作事《こさくじ》を入れたばかりで、何かあってはまずいと思い、市蔵を乗せました」

小作事とは、三年から五年に一度、船を陸に上げて行う修繕のことだ。この時、船の結合部が緩むことによって起こる浸水を防ぐべく、膠《にかわ》などが塗り直される。

また新造から十二年から十五年目には、腐った船材を取り換え、すべての接合部分に縫釘を打ち直す中《なか》作事が行われる。これには三月《みつき》ほどの期間が掛かる上、新造船の半分ほどの費用を要する。それでも、これらの保守を怠らずに行うことにより、船は二十年から二十五年の寿命が得られる。

清風丸は船卸《ふなおろし》（進水）してから二年足らずで最初の小作事を行い、万全を期していた。

「市蔵の妻子はどうしている」

「大工の女房衆が家に詰めて励ましとります」

「そうか」と言った後、五左衛門が問うてきた。

「お前の造った船でも破れるか」

しばしの沈黙の後、嘉右衛門が答えた。

「人の造った船で、破れねえもんはありません」

五左衛門の顔つきが険しくなる。

そこにいる者たちは、黙って荒れ狂う海を見つめていた。

寛文《かんぶん》十二年（一六七二）六月、塩飽諸島の牛島を出帆した四隻の弁財船《べざいせん》は瀬戸内海を東に向かい、大坂で木綿・油・綿・酢・醤油などを積み込むと、今度は西に向かった。赤間関《あかまがせき》（下関）を回って日本海に入り、石見《いわみ》の温泉津《ゆのつ》、能登《のと》の福浦《ふくうら》、佐渡の小木《おぎ》などで積み荷をさばきつつ、庄内藩領の酒田に向かうのだ。帰路は庄内の余剰米や酒、また津軽ヒバなどの造船に使う木材を満載し、塩飽に戻るという予定だ。これは大回しと呼ばれる長距離輸送で、半年がかりの航海になる。

一方、瀬戸内海だけを行き来する小回しと呼ばれる近距離輸送は、一月《ひとつき》程度の航海になる。小回しは主に二百石積み以下の船が従事し、大回しはそれ以上の大船が使われていた。

今回、船団を組んでいた四隻はどれも大型の弁財船だが、三隻は五百石積みで一隻だけ七百石積みだった。それが清風丸である。

弁財船とは物資の輸送に使われる大型の木造帆船のことで、後に有名になる北前船《きたまえぶね》、菱垣廻船《ひがきかいせん》、樽廻船は、それぞれ航路、形態、積み荷からそう呼ばれていただけで、すべて弁財船になる。

ちなみに石積みとは、米をどれだけ積めるかによる呼び方で、千石船なら米を千石積むことができる。千石の米は一俵を四斗で計算すれば二千五百俵になる。

今回の航路は、清風丸が小作事を終わらせたばかりということを除けば、普段と何ら変わらなかった。

ところが船団に不幸が襲う。

大坂に向かった当初は好天で海も穏やかだったが、大坂を出て笠岡《かさおか》諸島最南端の六島《むしま》沖に至った時、突如として暴風雨と大時化《おおしけ》に遭遇したのだ。

その時、たまたま近くを通り掛かった尾州廻船《びしゅうかいせん》が、白丸の中に丸の字が描かれた帆を張る丸尾屋の四隻を見つけたが、最も大きな船が何らかの支障を来《きた》したらしく、帆を下ろして「つかし」を行っていたという。

「つかし」とは、航行もままならないほどの暴風に出遭った時、帆を下げて「垂らし（錨《いかり》）」を下ろし、丈夫な船首を風上に向けて暴風が去るのを待つという暴風圏での対処法のことだ。

尾州廻船によると、「つかし」を行う大型船を取り巻くようにしていた三隻は、しばらくすると、どこかに難を逃れるべく去っていき、大型船の方も見えなくなったという。

この知らせは、早朝から沖に出ていた塩飽の漁船が尾州廻船から知らされたもので、尾州廻船はそのまま目的地に向かったので、それ以上、詳しいことは分からなかった。

二

午後になった。

海は相変わらず荒れており、とても問い船（捜索船）を出せるような状況にない。

気づくと五左衛門はおらず、日の出から船着場で沖を眺めていた面々も一人減り二人減り、残っているのは、いずれかの船に乗っている者の家族や縁者ばかりになっていた。

──今日のところは、消息が摑めないかもしれない。

嘉右衛門がいったん仕事場に戻ろうとした時、視線の端に何かが捉《とら》えられた。

──あれは船か。

ほかの者も認めたらしく、「帰ってきたんと違うか」と言っては沖を指差している。

やがて船影らしきものが、はっきりと見えてきた。船着場周辺は大騒ぎとなり、それぞれの仕事場に戻っていた者たちも再び駆け付けてきた。

「おとっつぁん、船が戻ってきたか！」

弥八郎が獣のような速さで駆けてくる。

「ああ、そのようだ」

「一隻か」

「見ての通りだ」

やがて船影がはっきりしてきた。

「あれは早瀬丸《はやせまる》だ！」

戻ってきたのは、四隻の船団の一角を成す早瀬丸だった。

早瀬丸は湾の中央辺りまで来ると、垂らしを下ろした。

常の港の場合、波止《はと》（桟橋）に接岸せずに湾内に停泊して荷の積み降ろしを行うが、牛島の里浦は水深が深いため、波止の端に接岸できるようになっている。それでも接岸できるのは中型船までで、大型船は停泊せねばならない。

「よし、小船を出せ！」

いつの間にか戻っていた五左衛門が奉公人たちに指示を出すと、すぐに丸尾屋の半纏《はんてん》を着た者たちが瀬取船《せどりぶね》を漕《こ》ぎ出していく。だが風波が激しく、なかなか早瀬丸に近づけない。

じりじりしながら見ていると、ようやく一艘が接舷に成功した。

早瀬丸から縄梯子《なわばしご》が下ろされると、それを伝って何人かが瀬取船に乗り移った。小船は木の葉のように波間を漂いながら、浜に戻ってくる。

やがて濡《ぬ》れ鼠《ねずみ》のようになった三人の男が浜に降り立ち、五左衛門の前に拝跪《はいき》した。

「精兵衛《せいべえ》、よう戻った」

髷《まげ》が解《ほど》けて顔に掛かっていたので、はっきりとは分からないが、そのうちの一人は早瀬丸の船頭の精兵衛のようだ。

「あんた！」

その時、背後から精兵衛の女房が飛び出した。だが、何を措《お》いても棟梁への報告を優先するのが塩飽の掟である。精兵衛の女房は、たちまちほかの女たちに取り押さえられた。

「早瀬丸沖船頭、精兵衛、戻りました」

精兵衛が両手をついて頭を下げる。

「この荒れ方じゃ、すぐに問い船を出すことはできねえ。まずは様子を聞かせてくれ」

五左衛門は漁師小屋に三人を導くと、餌樽《えさだる》の上に腰を下ろした。三人は土間に正座する。

五左衛門が合図すると、煙管《キセル》が渡された。

「まずは一服しろ」

「ありがとうございます」と言ってそれを受け取ると、精兵衛らは順に一服した。

「では、聞かせてくれ」

「へい」と答えて精兵衛が状況を語り始めた。

船団が六島の南を航行していると、突然、南西から張り出した黒雲が空を覆い始めた。事前の風雨考法（天候予測）では、「海は荒れるが、たいしたことにはならない」ということだったので、そのまま航行していると、暴風圏に入ってしまった。

それでも船が覆るほどではないので、そのまま暴風圏を突破しようとした。だがその時、清風丸の様子がおかしいことに気づいた。

清風丸は何らかの故障を抱えたらしく、船首の方向が定まらない。そのため横波に打たれては大きく傾き、かろうじて復原することを繰り返すようになった。

――きっと舵《かじ》か外艫《そとども》だ。

その動きからすると、舵そのものか舵を収めている外艫と呼ばれる構造物が、何らかの問題を抱えたと察せられた。

「その後、清風丸は帆を下ろし、垂らしを投げ入れて『つかし』に入りました。わいらは清風丸を曳航《えいこう》できないものかと取り巻いていたんですが、海が荒れていて無理なことは明らかでした。すると清風丸の方から『先に行け』という合図が出されました」

塩飽の船手衆の場合、船団間の意思疎通の手段として合図旗を用いる。

「それで、お前らはどうした」

「六島には蔵がないので、その北の真鍋島《まなべしま》まで難を逃れ、船掛かりしました。そこで三隻の船頭が談合し、早瀬丸だけが荷を降ろし、少し風が収まるのを待ってから、清風丸を探しに戻ることにしました。しかし――」

精兵衛が言葉に詰まる。

「しっかりせい」

「は、はい」と言いつつ、精兵衛が姿勢を正す。

「いいか、ここには清風丸の船子《ふなこ》の身内もいる。皆が知りたいのは乗っているもんたちの安否だ。包み隠さず話してくれ」

「分かりました」

精兵衛が勇を鼓すように声を振り絞る。

「清風丸は小さな岩に突っ掛かっていました」

「突っ掛かるとはどういうことだ。土性骨《どしょうぼね》入れて言え！」

「はっ、はい。清風丸は座礁していました！」

女たちの悲鳴が聞こえ、間髪容《い》れず泣き声が続く。

「嘘だ！」と一人の女が喚《わめ》く。

「うちの父ちゃんの船が覆るはずねえ！」

戸口付近にいた女が駆け寄ろうとしたが、すぐに女房たちに取り押さえられた。

続いて、髪を振り乱した老婆が精兵衛を指差す。

「うちの粂八《くめはち》は毎朝、池《いけ》神社の掃除をしとる。お前らが誰もせんから、粂八だけがやっとった。そんな粂八を海が持ってくはずねえ！」

なおも迫ろうとしたので、老婆は背後から抱きとめられた。

池神社とは、牛島の氏神を祀《まつ》っている神社のことだ。

「ほかに何か見えたか」

「いえ、清風丸の木片《こっぱ》のほかには何も――」

精兵衛が震えた声で言う。

船が原形をとどめていないとなると、乗り組んでいた者たちが無事のはずはない。嘉右衛門の胸底から、絶望感がわき上がってきた。

「船はどんくらい、形をとどめていた」

煙管を持つ五左衛門の手が小刻みに震える。五左衛門も動揺しているのだ。

「正直申し上げて、形を成していませんでした」

再び悲鳴と嗚咽が聞こえる。

「つまり、誰も見つけられなかったんだな」

「わいらは懸命に周囲を走り回り、一人でも浮いていないか探したんですが――」

「見つからなかったんだな」

「浮いているのは積み荷ばかりで――」

その時の無念を思い出したのか、精兵衛が膝を叩く。

「分かった」と言うと、五左衛門は小屋の外に出た。皆がそれに続く。

煙管を従者に渡すと、五左衛門は外に控える早瀬丸乗り組みの者たちに言った。

「皆、苦労を掛けた。まずは身内の許《もと》に行ってやれ。真鍋島の蔵に置いてきた積み荷は、風波が収まってから取りに行け。それから真鍋島で待つ二隻と共に目的地に向かえ。捜索は風波が収まってから、わいが陣頭に立って行う」

「へい」と、早瀬丸乗り組みの面々が声を合わせる。

「あんた！」

「よかったなあ」

早瀬丸の船子たちに家族が駆け寄る。一方、清風丸に乗り組んでいた船子の家族は、その場に身を寄せ合って泣き崩れている。

海の仕事に明暗は付き物だ。しかし、こうした場に幾度となく遭遇してきた嘉右衛門でも、これほどの明暗には出遭ったことがない。しかも今回は、幼い頃から共に育った弟の市蔵が帰らぬ人となったのだ。

——お前がいなくなるなんて、わいにはぴんと来ねえ。

悲しみはいっこうに訪れず、嘉右衛門は夢とも現《うつつ》ともつかない奇妙な感覚の中にいた。

その時、「嘉右衛門」と五左衛門の呼び掛ける声が聞こえた。

「やはり舵か外艫か」

「話を聞く限りは、そうなります。しかし舵が破損しただけなら、『つかし』はしねえと——」

「つまり、うねりの力に外艫が耐えられなかったってわけか」

五左衛門が独白のように呟《つぶや》く。

「定かではありませんが、そうじゃねえかと」

漁師小屋から外に出た嘉右衛門は、無数の白波が暴れる沖を見つめた。

――市蔵よ、外艫だろう。舵の羽板《はいた》が砕けたのか。それとも身木《みき》（舵軸）の「尻掛け（留め綱）」が外れたのか。

少なくとも、舵が用をなさなくなったことだけは間違いない。

――市蔵、だから言わないこっちゃねえんだ。

嘉右衛門は、二年半ほど前の作事場でのやり取りを思い出していた。


「大坂に行く度に、船の数が増えとる」

ほぞ穴をうがつ嘉右衛門の背後で、市蔵の声がした。

市蔵は、所用で大坂に行ってきたばかりだった。

「そんなに増えてんのか」

弥八郎である。市蔵は嘉右衛門に話し掛けたのではなく、弥八郎と立ち話をしているようだ。

「ああ、増えとる。大坂湾に沖掛かりしているものだけで立錐《りっすい》の余地もない。これからは、もっと増えるだろう」

「てことは、どうなる」

「商いが厳しくなる。買積《かいづみ》だったらまだいいが、賃積《ちんづみ》（請負）だと運び賃を叩かれる」

買積とは自ら商品を仕入れて自らの判断で売買することで、賃積とは荷主から指定された場所に荷を運び運賃を得ることだ。むろん買積の方がもうかるため、丸尾屋は自前の船を使った買積を多くしようとしていた。

「商いとは難しいもんだな」

「商いは競い合いが基本だ。うま味のある商いには、すぐに競い手が現れる。そいつらと叩き合いをして、次第にもうけが薄くなっていくんだ」

「それで、もうからなくなったらどうする」

「高く売れるもんを扱うしかねえ。だが考えることは誰も同じだ。そうなれば、一隻当たりの散用（費用）を低く抑えるしかない」

「しかし、それが難しいんだろう」

船主なら誰でも一隻当たりの費用を抑えようとする。だが給金などの費用を抑えようとすれば、それだけ船子の質が落ち、遅延や遭難の危険性が高まる。

「散用は抑えられねえ。そうなれば道は一つだ」

「何だい」

「大きい船を造ることさ」

「あっ、そうか」と言って、膝を叩く音がした。

大船には、積載量に比して船員の数が抑えられるという利点がある。五百石積み船も千石船も、船子の数はさして変わらないからだ。

嘉右衛門は手を止めると、肩越しに振り返りつつ言った。

「お前ら、もう仕事に戻れ」

弥八郎が文句を言う。

「でもよう、おとっつぁん、これは、わいらの先々を決める大事な話だぞ」

「その通りだ。兄者、ほかの船造りに先んじて大船を造ることを考えたらどうだろう」

嘉右衛門は立ち上がると、二人の前に立った。

「市蔵、弥八郎、船は多く積めればいいってもんじゃねえ。荷を期日までに納めるべく、船足《ふなあし》を間違いないものにせねばなんねえ」

市蔵が反論する。

「兄者の言うことは尤《もっと》もだが、このままじゃ、ほかの地の船造りたちに後れを取る」

嘉右衛門が少し考えるそぶりを見せたので、市蔵が畳み掛ける。

「何事も、古いものにしがみついていると次第に衰えていく。わいら大工にも、先を見通す目が必要だ」

「だがな、市蔵、大船を造るとなると、すべてを変えねばなんねえぞ」

「それはそうだが、どれほど船のからくり（構造）を変えるかまでは分からねえだろ」

「おそらく、大本《おおもと》（基本）は変わらねえ。だがな――」

嘉右衛門は大船を造る上で、一つだけ大きな問題があることに気づいていた。

「大船を造るためには、外艫を大きくせねばならねえ。外艫を大きくすると、浅瀬に乗り上げる危険も高くなるし、外海《そとうみ》で時化に遭った時、羽板がどこまで耐えられるかも分からねえ。とくに暗礁の多い瀬戸内で、大船を取り回すのは容易じゃねえ」

「うーん」と言って市蔵が考え込んだので、弥八郎が話を代わった。

「でも何か方法はあるはずだ。厄介事《やっかいごと》があるからと言って考えることをやめていたら、何も新しいことはできねえ」

「お前は黙ってろ！」

市蔵が嘉右衛門を抑えるように言う。

「これは仕事の談議だ。弥八郎の思案も聞いてやれよ」

「半人前の思案など聞いてどうする！」

「わいは半人前じゃねえ！」

にらみ合う双方を市蔵が分ける。

「親子で言い争ってどうする」

それでその時の議論は終わったが、嘉右衛門は二人の言うことにも一理あると思った。

だがその数カ月後、丸尾屋五左衛門が大坂に行った折、一隻の大型船を見たことで事態は動き出した。それは七百石積み船らしく、大坂の船造りが試しに造ったもので、瀬戸内海の近海輸送だけに従事しているという話だった。

塩飽に帰ってきた五左衛門は、嘉右衛門の作事場を訪れ、「これからは大型船だ」と言うや、その検討を命じた。

主《あるじ》の命とあれば断るわけにいかない。嘉右衛門は市蔵や手回り（助手）の磯平《いそへい》を相手に、昼夜分かたぬ吟味（検討）を繰り返し、七百石積み船の差図《さしず》を描き上げた。

差図とは、個々の造船に関する計画書と図面のことだ。

そうして造られたのが清風丸だった。だが嘉右衛門は、その巨大な舵や外艫に不安を抱いていた。

元々、弁財船が抱える最も大きな問題は、舵やそれを収納する外艫にあった。弁財船の本体は極めて堅牢な構造で、岩礁にでも衝突しない限り壊れるものではない。だが舵と外艫だけは弱かった。

　というのも舵には、身木という軸に二枚から三枚の羽板が取り付けられており、七百石積み船で、長さは約二十六・四尺（約八メートル）で最下端の最大幅は約八・二尺（約二・五メートル）に及ぶ。しかもその面積は、約二・四二坪（約八平方メートル）という巨大さなのだ。

　舵は船尾から直下に長く延びており、複雑な構造をしているので、海が荒れると壊れやすく、また流木や鯨《くじら》が直撃しただけで折れることもある。これまで難破した弁財船の大半は、舵と外艫に何らかの損傷を受けたことが原因だった。

　里浦から小浦《こうら》にある作事場に戻ろうと歩いていると、背後から呼び止められた。

「お頭《かしら》、待ちな！」

　嘉右衛門が振り向くと、清風丸に乗っていた船子の家族だった。

「清風丸が覆ったのは、あんたの小作事がまずかったからじゃねえのか」

　老人が詰め寄る。嘉右衛門に返す言葉はない。

「やっぱりそうなんだな。お前が手を抜いたから、わいの息子は死んだんだ！」

　老人が嘉右衛門の胸倉を摑《つか》む。

——ここは堪《こら》えねばならねえ。

清風丸を造った責任者として、嘉右衛門は遺族の怒りを受け止めねばならない。

「おい、手を抜いたんだな。はっきりと言え！」

それでも嘉右衛門が口をつぐんでいると、弥八郎が駆け付けてきた。

「おとっつぁんは手抜きなんかしねえ！」

弥八郎が老人の手首を摑む。だが、その赤銅色《しやくどういろ》の腕を外されまいと、老人も抵抗する。

「じゃ、どうして覆ったんや！」

「船は、海に勝てない時があるんだ！」

——船は海に勝てんのか。

弥八郎の口から出たその言葉は、なぜか新鮮な響きを持っていた。

——なぜ勝てん。わいらはどんなに荒れた海でも乗り切るため、つまり海に勝つために船を造ってるんじゃねえのか。

海が荒れ狂った時の力強さが言語に絶することは、海に生きる者なら誰でも知っている。

だが、それに恐れおののいていては、船を出すことなどできない。

——どんな荒場でも沈まない船を造れてこそ、いっぱしの船造りだ。

老人に締め上げられながら、嘉右衛門は別のことを考えていた。

「もういいから、放せ！」

弥八郎が体を間に入れたので、老人が転倒しそうになる。

「よせ！」

だが嘉右衛門は、老人ではなく弥八郎の手をねじ上げた。

「いた、いたたた。おとっつぁん、何すんだ！」

「お前は、あっちへ行ってろ！」

嘉右衛門が弥八郎を突き飛ばす。

「おとっつぁん、手抜きなんかしていないと言ってやれ！」

「もういい。お前は行け」

弥八郎が目を剝《む》いて去っていく。

「ご老人、今はお悔やみしか言えない」

「お悔やみだと。そんなもんは要らん。息子を返《けえ》してくれ！」

「――――」

「海で死ぬのがどんなに辛《つら》いか。どんなに苦しいか。大工には船子の気持ちは分かるまい」

何を言われても、嘉右衛門は沈黙を続けた。

だが突然、老人はその場に膝をつくと、嘉右衛門の裾に取りすがった。

「息子を返してくれよう。うちでは息子のほかに働ける者はおらん。息子だけが恃《たの》みの綱なんだ。息子が死ねば、わいらは飢え死にするしかねえ」

嘉右衛門は老人の肩に手を置くと言った。

「塩飽には死米定《しにまいさだめ》がある。棟梁が、みんなを飢えさせることはしねえ」

死米定とは、海の事故で亡くなった者の遺族に、丸尾屋から定期的に米が支給されるという一種の保障制度のことだ。だが支給量はわずかなので、それだけで安楽に暮らせるというわけではない。

泣き崩れる老人の肩に手を置くことしか、嘉右衛門にできることはなかった。

だがその時も、嘉右衛門の一部は己に問い続けていた。

——海に勝つことはできねえのか。

三

仕事場に戻ると、常と変わらず、大工たちがそれぞれの仕事に精を出していた。誰もが心の中で、市蔵のことを心配しているのが分かる。それでも船の納期は待ってくれない。

仕事場の進捗状況を見回っていると、磯平がやってきた。

「頭、清風丸のことを聞きました」

磯平の顔が悲しげに歪《ゆが》む。

磯平は弟の市蔵より十ほど年下で、嘉右衛門とは十三ほど離れている。磯平も市蔵に劣らず腕のいい大工で、嘉右衛門は目を掛けてきた。磯平もその期待に応え、大工としても人としても順調に伸びてきたので、嘉右衛門は自らの手回り（助手）としていた。

「見込みはどうですか」

「厳しいな」とだけ言うと、嘉右衛門は隅に置かれた鉋《かんな》を手に取った。その手垢《てあか》のしみ込んだ鉋の表には、「いちぞう」と墨書きされている。

「市蔵さんのご一家には、誰が知らせますか」

「そうだな」と言って、嘉右衛門は考えた。

嘉右衛門は葬儀に出ることが苦手だった。自分自身が感情を面《おもて》に出さない生き方をしているので、他人の感情を目《ま》の当たりにすることに耐えられないのだ。しかも寡黙な嘉右衛門には慰めの言葉など思い浮かばず、いつも黙って立っていることしかできなかった。

「すまねえが、勘定方の梅《うめ》から見舞金をもらい、わいの代わりに市蔵の家まで行ってくれねえか」

梅とは十七になる嘉右衛門の娘のことで、嘉右衛門の女房が病死した後、嫁にも行かず、作事場の勘定方として嘉右衛門を支えていた。

一瞬、驚いた顔をした後、磯平が言った。

「それは構いませんが、よろしいんで」

「構わねえ。ただ一言だけ伝えてくれ。『お前らのことは、わいが生きている限り面倒見る』とな」

「分かりました」

磯平は鉢巻を外すと、外出の支度を始めた。

——市蔵よ、これからわいはどうすればいいんだ。

市蔵の鉋に語り掛けたが、もちろん鉋は答えてくれない。

様々な思い出が脳裏に浮かぶ。

大工の修業を始めて七年経《た》った十八歳の頃、うまく鉋を掛けられない嘉右衛門は、父親の儀助から罵倒《ばとう》された末、「お前は船大工にはなれねえ。跡は市蔵に取らせるから、どこへでも行っちまえ」と言われた。

不器用な嘉右衛門に比べ、三歳下の市蔵は手先が器用で、大工になるために生まれてきたような男だった。とくに和船の中で最も高度な技術が必要とされる「摺合《すりあ》わせ」において、市蔵は神業《かみわざ》と謳《うた》われるほどの腕を見せた。

和船は航《かわら》（船底材）・根棚・中棚・上棚といった幅広い棚板を別々に造り、これらを組み合わせていくことで完成する。この「摺合わせ」と呼ばれる工程では、大板どうしの合わせ目に隙間ができないようにする。いくら差図が正確でも、人の作業なので微妙な誤差が出る。削りすぎると摺合わせ部分に隙間ができ、悪くすると大板自体を無駄にしてしまう。そのため誰もが少し大きめに削る。ところが、そうなると調整に手間が掛かる。

市蔵は、この誤差を最小にとどめることができた。つまり天才的職人だけが有するという「曲尺《かねじやく》」を持っていたのだ。

曲尺とは長さを測る巻尺や板尺全般のことだが、それが頭の中に納まっているのかと思えるほど、市蔵は正確に線引きした。

こうしたことから嘉右衛門は、市蔵に対して長らく微妙な感情を抱いていた。

儀助の「どこへでも行っちまえ」という言葉を真に受けた嘉右衛門は、島を出て大坂まで行った。だが追ってきた市蔵に説得され、塩飽に戻ることにした。

その時、「わいは漁師でもやるから、お前が跡を取れ」という嘉右衛門に対し、市蔵は嘉右衛門の胸倉を摑んで言った。

「船大工を束ねるもんにとって、手先が器用なことにどんだけ価値がある。兄者は、もっと大切なもんを持っている」

「それは何だ」

「あらゆることに気を回し、段取り（工程）全体をしっかり把握し、引き渡し期限通りに仕上げることだ」

二人の父の儀助は腕のいい大工だったが、細かいことにこだわり、納期が遅れることがしばしばあった。そのたびに丸尾屋五左衛門は注文主に謝罪し、場合によっては値引きを強いられた。だが嘉右衛門が任された案件は、納期に遅れることはなかった。

市蔵の一言によって、嘉右衛門は己の活路を見出《みいだ》した。

嘉右衛門の背を押すようにして塩飽に帰った市蔵は、厳格な儀助に食い下がり、「兄者に跡を取らせないなら、わいも出ていく」とまで言い切った。

市蔵は儀助にひどく殴られたが、頑として譲らず、最後には「お前には負けた」とまで言わせた。

その時、嘉右衛門が礼を言うと、市蔵はこう答えた。

「わいは、それが丸尾屋の作事場にとっていいと思ったから、そう言っただけだ。もしもそうじゃなかったら、わいが跡を取っている」

それから嘉右衛門は、自分のためというよりも、市蔵の恩に報いるために必死に努力を続けた。

そうした研鑽《けんさん》の末、二十五歳になった頃には「瀬戸内一の船匠《せんしょう》」と呼ばれるまでになっていた。

──それもこれも市蔵、お前のおかげだ。

嘉右衛門は差図の正確さや緻密な進捗管理で、大工頭としての本分を全うした。しかしそれは、嘉右衛門の描いた差図を正確に具現化する市蔵あってのものだった。

──その市蔵が、わいより先に逝くとはな。

手近にあった木材を市蔵の鉋で削ってみると、見事に薄皮一枚が削れた。市蔵は大工道具の手入れを怠らず、自らの腕と一体になっているかのように使いこなしていた。

嘉右衛門が市蔵の思い出に浸っていると、背後から声が掛かった。

「おとっつぁん、どういうことだ！」

振り向くと弥八郎が立っていた。

「なんで、市蔵さんの家に来ない！」

市蔵の家から走ってきたのか、弥八郎は額に汗をにじませ、肩で息をしていた。

「おとっつぁんは大工頭だろう。頭が遭難したもんの内儀や子らを励ましてやらんでどうする」

ゆっくりと立ち上がった嘉右衛門は、弥八郎の胸倉を摑むと平手を見舞った。

「それが、おとっつぁんの答えか」

弥八郎は唇を切ったらしく、その血をぬぐいつつ、憎悪の籠《こ》もった視線を向けてきた。

「生言《なま》うてんじゃねえ。わいの気持ちは――」

そこまで言ったところで、嘉右衛門は言葉を変えた。

「市蔵はまだ水仏（水死者）と決まったわけじゃねえ。わいが出ていけば、市蔵の女房は一縷《いちる》の望みを断たれる」

それが言い訳であることを、嘉右衛門は知っていた。

「それは違う。おとっつぁんは現《うつつ》から逃げているだけだ！」

「何、言いやがる！」

再び腕を振り上げたが、なぜか打つことはできない。

「何だ、もう終わりか。もっとわいを張り回せばいいんだ！」

嘉右衛門は弥八郎の襟から手を放すと、背を向けて再び市蔵の鉋を手に取った。

「おとっつぁんは大船造りからも逃げていた。もっと前向きに大船のからくりを学んでいれば、清風丸は無事だったかもしれねえんだぞ」

「何だと」

「五左衛門さんから大船造りの吟味を命じられた時、市蔵さんかわいを、なぜ大坂に送らなかった。わいらは、大坂の船造りに膝を屈しても教えを乞うつもりでいた。だがおとっつぁんは、『塩飽の船は塩飽の思案だけで造る』と言い張り、誰も送らなかった。そのつけが今、回ってきたんだ」

嘉右衛門の手が止まる。

――その通りかもしれん。

あの時、いかに五左衛門から命じられたことでも、嘉右衛門は乗り気にはなれなかった。それが消極的な態度に出て、何事にも否定的になっていたのだ。

――そんな腐った気持ちで造った船が、清風丸だったというのか。

確かに清風丸は文句なしの出来とは言い難く、舵以外でも様々な不具合が生じていた。そうしたことから、嘉右衛門は清風丸から次第に遠ざかり、それを察した市蔵が、清風丸の面倒を懸命に見るようになった。いつしか作事場では、「清風丸は市蔵さんの船」という共通認識まででき上がっていた。それゆえ小作事の後の最初の航海に手入大工（修理役）として乗り組むことを、市蔵は申し出たのだ。

「市蔵さんは海に殺されたんじゃねえ。市蔵さんは――」

弥八郎が嗚咽を漏らしつつ言う。

「おとっつぁんに殺されたんだ」

そう言うと、弥八郎は走り去った。

——市蔵は、わいが殺したのか。

その言葉が重くのしかかる。

——わいが、大船造りにもっと前向きに取り組めば、市蔵は死なないで済んだのか。

だが、すべては後の祭りだった。

市蔵の人懐っこい笑顔が脳裏によみがえる。不愛想な嘉右衛門に比べ、市蔵は人当たりもよく、誰からも好かれていた。

「お前らは二人で一人だな」

父の儀助は酔う度に二人を正座させ、そう言った。おそらく「半人前」と言いたかったのだろう。だが父は、なぜか「二人で一人」と言った。

——もう、その一人はいねえのか。

心の中に空洞ができたような気がする。それは市蔵でしか埋められない空洞なのだ。

——市蔵、わいはどうすればいいんだ。教えてくれ！

見た目は平静を装っていたが、嘉右衛門の心中では、嵐が荒れ狂っていた。

翌朝、風波が収まったのを待ち、大小十艘以上から成る問い船の船団が牛島を出帆した。精兵衛の案内で残骸があったという岩礁に向かったが、帆の切れ端らしきものが引っ掛かっているだけで、人が生きている形跡は皆無だった。だがこれまでの証言や残骸から、清風丸の遭難は疑いなしとなり、五左衛門は代官所に届け出ることにした。

遺骸だけでも持ち帰ろうと引き続き捜索活動を行っていると、鞆津《ともつ》の鰹船《かつおぶね》が近づいてきて、今朝早く僚船が遺骸一体を引き揚げ、鞆津へ運び込んだと知らせてきた。

それを聞いた五左衛門は、船団には引き続き遺骸の探索を命じ、一艘だけで鞆津に向かった。

鞆津の番所で遺骸と対面した五左衛門は、その遺骸が平水主《ひらかこ》の一人だと認めた。遭難の翌日ということもあり、遺骸の損傷が少なかったことが幸いしたのだ。

この時点で清風丸の遭難は確実なものとなり、遺骸が揚がっていない者も、水仏として扱われることになった。

いち早く牛島に戻ってきた一艘からこの知らせを聞いた嘉右衛門は、紋付き袴《はかま》に着替えた上で市蔵の家を訪問し、その女房と子供に「市蔵の死」を伝えた。

船子たち同様、船造りも海に生きる者であり、ある程度の覚悟はできていたはずだが、家族の悲嘆は言語に絶した。それを目の当たりにした嘉右衛門は、慰めの言葉一つ掛けられなかった。

四

塩飽諸島は、本州の備中国（岡山県）と四国の讃岐国（香川県）に挟まれた瀬戸内海のほぼ中央部に位置し、大小二十八の島々から成っている。ちょうど紀伊水道と豊後水道がぶつかり合う西備讃《にしびさん》瀬戸にあるため、島の間を流れる潮流が複雑に絡み合い、操船が極めて難しい海域として知られていた。

潮の流れがあまりに激しいため、「潮がわく」という言葉が訛《なま》って塩飽になったという説もあり、それが逆に幸いし、塩飽の船子たちの操船技術は日本一とまで言われた。

戦国時代、彼らは塩飽水軍と呼ばれ、大名から独立した勢力として、金銭契約で人馬や兵糧を運んだり、時には敵水軍と戦ったりした。その後、豊臣秀吉の傘下に入った塩飽船手衆は、関東や朝鮮半島への兵糧運搬などで豊臣軍に貢献し、秀吉から「人名《にんみょう》」と呼ばれる大名でも小名でもない独自の階級を与えられ、自治を許された。

慶長《けいちょう》五年（一六〇〇）、関ヶ原の戦いの時、塩飽水軍はいち早く徳川方となり、兵や兵糧の輸送に従事して勝利に貢献した。これにより公儀船方とされて千二百五十石を賜った。

その後も、徳川家の公儀御用船手衆として大坂城や江戸城の石材の運搬などを手伝い、また島原・天草の乱では、島原半島まで迅速に兵や兵糧を送り、勝利に貢献した。これにより塩飽の島々は、代官の派遣がない完全自治となり、あらゆる税も免除された。

この時代の少し後になるが、元禄《げんろく》時代には塩飽所属の船は四百二十七隻（小船を除く）、船手衆は三千四百六十人を数え、三万石の大名と同等の動員力を持つことになる。

丸尾屋の本拠がある牛島は、塩飽諸島の中でも四番目に小さい島で、周囲は一里（約四キロメートル）ほどしかない。しかし塩飽一の廻船問屋である丸尾屋と同業の長喜屋があるため、その人口は一千余を数え、平地はもとより山の中腹まで小さな家屋がひしめいていた。

その男がやってきたのは、寛文十二年（一六七二）の七月だった。

男の乗る幕府御城米船《ごじょうまいせん》が引き潮で暗礁をこすって傷ついたため、修繕の必要が生じたのだ。助けを求められた丸尾屋は先駆け船（水先案内船）を出し、御城米船を牛島まで曳航してきた。

御城米船がやってくるという知らせを受けた五左衛門が、急いで船着場まで駆け付けると、一人の大柄な男が船から降りてきた。

その男は御用商人らしいが、御城米船に乗っているとは思えないほど腰が低く、御城米船を曳航してきた船子にまで頭を下げている。それでも、その身なりや御城米船の船子たちの態度から、身分の高い人物だと分かる。

——厄介そうな男だな。

波止で男に挨拶しようと思っていた五左衛門だが、あらためて邸内で会った方がよさそうだと思い直し、手代に案内を命じると、先に自邸に戻った。丸尾屋の邸宅は海沿いにあるので、波止とは目と鼻の先である。

一方、傷ついた船は島の南側にある小浦の作事場に回航させた。

丸尾屋の対面の間は、座敷ではなく卓子と曲彔《きょくろく》（椅子）のある洋室だ。日本が鎖国状態にあるとはいえ、丸尾屋には卓子や曲彔はもとより、置き時計やタペストリーといった海外の品物も入ってくる。

男はそこに座り、周囲をきょろきょろと見回していた。

「お待たせしました。丸尾屋五左衛門です」

「あっ、これは——」

男は慌て者なのか、立ち上がろうとして曲彔を倒しそうになり、かろうじて手で押さえた。

「こうしたものが珍しいですか」

「はい。見たことのないものばかりで驚きました」

「畳の間にお通しした方がよろしかったですか」

「いえいえ、ここで結構です」

そう言いながら、男は額に汗を浮かべている。

「御禁制の品々だと、お疑いでは」

「滅相《めっそう》もありません。たとえそうだとしても、お世話になる方を密告などいたしません」

──存外、誠実そうだな。

如才ないお調子者という第一印象から、謹厳実直《きんげんじっちょく》な商人《しょうにん》というものに男の印象が変わった。

──だが、まだ油断はできない。

「あっ、これはご無礼仕《つかまつ》りました。わいの名は──」

男が一歩下がって、頭を下げる。

「河村屋七兵衛《かわむらやしちべえ》と申します」

「河村屋さんと──」

「はい。江戸で材木の卸売りなどをやっております」

「まさか、城米廻船の航路を開発した、あの河村屋さんで」

「へい。その河村屋です」

少しのてらいもなく、七兵衛と名乗った男が笑う。

五左衛門は腰を抜かすほど驚いた。

明暦《めいれき》の大火後の遺骸処理と江戸の再建で名を成した河村屋七兵衛こと後の河村瑞賢《ずいけん》は、その後も東北地方の天領米（御城米）を江戸へ運ぶという難事を成功させた傑物だった。

太平洋岸の陸奥国《むつのくに》から江戸湾に入るためには、房総半島南端を回り込まねばならない。この海域は黒潮と湾岸流が錯綜し、極めて遭難の多い場所だった。そのため七兵衛は、いったん船を下田に寄港させた後、西風を待って江戸湾に入るという方法を編み出し、遭難率を大幅に低減させた。さらに行き届いた管理法により、損米率の低減も成し遂げ、人口が増加し始めていた江戸の食糧事情を改善させた。こうしたことから、七兵衛は幕閣からも厚い信頼を寄せられていた。

「お引き回しのほど、よろしゅうお願いします」

七兵衛が、おどけたようにぺこりと頭を下げる。

その姿は、権勢を笠に着て横暴の限りを尽くす御用商人とは、ほど遠いものだった。

「河村屋さんとは知らず、ご無礼仕りました」

「いえいえ、とんでもない。助けてもらったのはこちらの方ですから」

七兵衛は、顔の前で手を振りながら笑みを絶やさない。

「河村屋さんは江戸の生まれですか」

「いえ、実は伊勢の産で」

互いに自己紹介を交えて探りを入れるような会話が続く。だが七兵衛はあけっぴろげで、腹に一物《いちもつ》を抱えているようには思えない。

五左衛門は、次第に七兵衛の人柄に惹《ひ》かれていった。

「此度は災難でしたね」

「ええ、話には聞いていましたが、これほど操船の難しい海域とは知りませんでした」

「この辺りの海は潮が渦巻くと、われわれでも手を焼くほどです」

「そうでしたか。やはり塩飽衆に先駆けをお願いすればよかった」

「次は前もって声を掛けて下さい」

五左衛門は外交辞令でそう言ったが、七兵衛は本気にしたようだ。

「ぜひ、そうさせて下さい。塩飽の船手衆の見事な操船ぶりには舌を巻きました」

「ありがとうございます。この辺りは、わいらの庭も同然ですから」

「いえいえ、あの技があれば、どこの海でも無事に渡れます」

――やはり、腹に一物あるな。

五左衛門の直感がそれを教える。

「まあ、こんな狭い島ですから案内するまでもありませんが、世話役を付けますので滞在を楽しんでいって下さい」

「ご配慮、感謝しております」

「それでは今夜、宴席にお招きいたしますから、よろしければいらして下さい」

立ち上がろうとする五左衛門を、七兵衛が引き留める。

「お待ち下さい。実は大事な話があります」

――来たな。

予期していたとはいえ、いざとなると緊張する。何といっても七兵衛の意向は、お上《かみ》の意向でもあるからだ。

「実は近々、こちらに来るつもりでした」

「と、仰せになられると――」

「お願いしたいことがあり、伝手《つて》を通じて用件を知らせた後、訪れるつもりでいましたが、こうして偶然から、丸尾屋さんにお会いできたのも仏神のお導きかと」

五左衛門は覚悟を決めた。

「そのお話とやらは何ですか」

「では――」と言いつつ七兵衛は立ち上がると、卓子に手をついて頭を下げた。

「塩飽船手衆をすべて、船ごと借り受けたいのです」

五左衛門は呆《あき》れた。最近は日増しに仕事が増え、塩飽船手衆は猫の手も借りたいほど多忙なのだ。

「面白いことを仰せになられる」

「いや、戯《ざ》れ言《ごと》の類《たぐい》ではありません」

「では、われら塩飽船手衆と船のすべてを、幕府の城米輸送に使いたいと仰せか」

「へい、そういうことで」

驚く五左衛門を尻目に、七兵衛が満面に笑みを浮かべてうなずいた。

五

数日で御城米船の修繕も終わり、七兵衛一行を送り出した五左衛門は、久しぶりに嘉右衛門の許に足を向けた。

嘉右衛門の作事場は、牛島の表玄関にあたる里浦とは反対側の小浦にある。行ってみると、五百石積みの弁財船の船卸儀礼が行われていた。

池神社の神主がお払いし、最後に嘉右衛門が船玉祭文《ふなたまさいもん》を読み上げると、輪木《りんぎ》（船台）に載っていた弁財船が入江に押し出された。船上からは新船の前途が安泰であることを祈り、撒《ま》き札や撒き餅が海に投げ入れられる。

新造船は船子と船大工を乗せて近海を周回し、水漏れ試し（水密検査）などの様々な検分を経た後、注文主に送り届けられる。

新造船の試し走りを真剣な眼差《まなざ》しで見つめる嘉右衛門に、五左衛門が声を掛ける。

「嘉右衛門、どうだ」

五左衛門に気づいた嘉右衛門は、腰をかがめて挨拶をした。

「具合はいいようです」

「そのことじゃねえ。市蔵の妻子のことだ」

「ああ、そのことで。一家はもう落ち着きました。長男の熊一《くまいち》が今年十五になるんで、船大工の見習いにしました」

嘉右衛門の作事場で雑役に就いていた熊一が、船大工見習いに格上げされたという。

「そいつはよかった。冥土《めいど》の市蔵も喜んでいるはずだ」

「はい。おそらく――」

　嘉右衛門が寂しそうな笑みを浮かべる。

「辛いのは分かる。お前にとって市蔵は、かけがえのない弟だったからな」

「へ、へい」

「気を落とすなと言っても無理な話だろうが、お前は丸尾屋の屋台骨を支えているんだ。それを忘れちゃいけねえぞ」

　嘉右衛門がこくりとうなずく。

　その顔つきからは、何の感情も読み取れない。

　――それが職人というもんだ。

　五左衛門は、職人たちとの長い付き合いを通じて、その感情を面に出さない気質を知っていた。

「少し歩かねえか」

　五左衛門が先に立って汀《みぎわ》を歩き始めると、嘉右衛門が腰をかがめるようにして続く。

「御城米船の修繕では手間を掛けた。急がせたんで、徹夜で仕上げたんだってな」

「いえ、たいしたことじゃありません」

「おかげで河村屋さんは今朝方、上機嫌で帰っていった」

「そうですか」

相変わらず嘉右衛門の口数は少ない。

「その時に、いろいろ話をしたんだがな」

五左衛門は一拍置くと、思い切って切り出した。

「河村屋さんは、塩飽の船手衆を船ごとすべて借り上げたいと言うんだ」

「すべて借り上げると――」

「ああ、西回りの御城米輸送を、わいらに委《ゆだ》ねたいとのことだ」

これだけのことを告げても、嘉右衛門は顔色一つ変えない。

「だがわいらには、ほかに請け負っている仕事もある上、お得意さんのために買積船も出さねばならねえ。いかにお上の依頼でも、『はい、そうですか』と引き受けるわけにはいかねえ」

「ご尤もで」

「河村屋さんと算盤《そろばん》を弾《はじ》いたんだが、江戸へ西回りで送る御城米は一年で七万五千石にもなる。つまり五百石積みの船が百五十隻も必要になる」

「そんな無茶な」

「無茶は分かっている。それで何か良策はないかと、河村屋さんと夜を徹して考えたんだが――」

五左衛門は一瞬、口ごもったが、思い切るように言った。

「それよりも大きい船を造れねえか」

背後を歩く嘉右衛門が立ち止まったのを、五左衛門は感じた。

「いいか、嘉右衛門、わいにも立場がある。お上の依頼を断るわけにはいかねえ。だが、お得意さんを袖にすることは商人《あきゅうど》の矜持《きょうじ》としてできねえ。それで苦肉の策として考え出したのが新造船だ。だが、それだって五百石積みの船をいくつも造ることはできねえ」

五左衛門が語気を強める。

「清風丸が破船してしまい、わいも大損だ。遺族への見舞金や死米定で、新たな船を造るにも元手（資金）がない。だが河村屋さんによると、元手はお上が低利で貸し出してくれる上、十年ほど城米輸送に使った船は、無償で払い下げてくれるというんだ。こんなうまい話はねえ」

それでも嘉右衛門は黙ったままだ。

「ほかの廻船問屋との争いも激しくなってきている。ここで河村屋さんと誼《よしみ》を通じておくことで、お上も便宜を図ってくれるはずだ。逆に断れば、何かとめんどうなことになるかもしれねえ」

嘉右衛門は何も答えず海を見ていた。

「弟を亡くしたお前の気持ちも分かる。もう大船は造りたかねえだろう。だが、ほかの商人たちに押され気味の塩飽衆にとって、これは大きな飛躍のきっかけになるかもしれねえ」

「で、どんだけ大きい船を造れと――」

「千石積みの船を七十五隻造ろうという話になった」

「その最初の一隻を塩飽で造れというんですね」

「ああ、皆の手本として千石船を一隻造ってくれねえか」

「いつまでに」

「半年とちょっとだ」

しばし沈黙した後、嘉右衛門が言った。

「千石船には、それに見合った新しい木割《きわり》が必要となります」

木割とは建造するどの船にも共通する基本的な設計法のことで、諸国の船造りは、それぞれの木割を秘伝として継承してきた。木割と呼ばれた理由は、木材の裁断方法が秘中の秘だったことに由来する。塩飽にも『船行要術《せんこうようじゅつ》』という木割があり、船大工の親方の家に代々伝わってきていた。

「木割を考える手間がたいへんなのはわかっている。それでも、やってほしいんだ」

潮騒だけが聞こえる中、二人の間に重い沈黙が漂う。

「どうだ。できねえか」

「わいらはこんな狭い海で糧を得ています。そんなわいらが大船造りの手本を示すこともないかと――」

「つまり、この海には向いていないというんだな」

七兵衛の考える千石船は瀬戸内海も通過する。それゆえ日本近海なら、どんな海でも通用する船にせねばならない。

「ここの海に千石船は通りません」

「じゃ、仕方ねえ。長喜屋に請け負わせ、あっちの船大工にやらせる。それでもいいな」

丸尾屋と長喜屋は同業だが、互いに仕事を融通し合う協力関係にあった。

「そいつは無理です。あいつらは五百石積みでさえ、最近になって造り始めたんですから」

「でも、それしか手はねえんだ」

「長喜屋の造った大船に船手衆を乗せるとなると、清風丸の二の舞になりかねません」

どちらが船を造るにしても、危険に身を晒《さら》すのは塩飽の船手衆になる。それを嘉右衛門は案じているのだ。

「だが、これはお上の仕事だ。うちの商いにならずとも、無下《むげ》に断るわけにはいかねえ」

嘉右衛門が沈黙で答える。

いつもは耳に心地よい潮騒も、今日ばかりは沈黙を重くする効果しかない。

「何とか、うちでやれねえか」

五左衛門の言葉に、嘉右衛門は首を左右に振った。

「できません」

「せめて、皆に諮《はか》ってくれ。そうすれば、何かいい考えが浮かぶかもしれねえ」

「決めるのは頭のわいです」

「そんなことは分かっている。船造りのことは、頭であるお前一人が決めることだ。だがな――」

五左衛門が嘉右衛門の肩に手を置く。

「此度ばかりは、若い連中の思案を聞いてくれねえか」

「棟梁がそこまで仰せなら――」

「お前には悪いが、頼む」

それだけ言うと、五左衛門は身を翻した。

嘉右衛門は一人、汀に残って疾走する新造船を眺めていた。

新造船の白い帆が風に翻っている。

――嘉右衛門よ、お前もわいも年を取った。つまり塩飽の行く末は、次の時代を生きる連中が決めるってことをわきまえねばならないんだ。

五左衛門は、自分たちの時代が終わりに近づいていることに気づいていた。そのためにも天から降ってきたような、この僥倖《ぎょうこう》を逃したくなかった。

六

「棟梁の話はそんなとこだ。お前らの考えを聞かせてくれ」

弥八郎と磯平を浜辺まで誘った嘉右衛門は、煙管を取り出すと細刻みを詰め始めた。

この日の海は穏やかで、ほとんど風もない。その中を数羽の海鳥が、のんびりと飛行を楽しんでいる。

「おとっつぁん、この話は受けるべきだ」

弥八郎が断固たる口調で言う。

「これは、塩飽がこれからも栄えていけるかどうかの分かれ道だ。しかもお上から元手が出る。これほどいい話はない」

「お前は、お上が金を出すという謂《いい》が分かっているのか」

「どういうことだ」

嘉右衛門が紫煙を吐き出しながら言う。

「何があっても、しくじれねえということだ。引き渡しが延びたり、何か不具合が生じたりすれば、代官やら目付役やらがわんさとやってきて厳しく取り締まられる。少しでも落ち度があれば、誰かが責めを負わねばならねえ」

「そいつは分かっている。だけど、何事もやってみなけりゃ分からねえ。長きにわたって培ってきたわいらの技を試すいい機会だと思わないか」

「いいか」と言って、嘉右衛門が灰を落とす。木屑が散らばった作事場では喫煙厳禁なので、煙草は浜で吸うことになっている。

「そのために、危い賭けをするわけにはいかねえ」

「そんなことはねえ。わいらがやらなきゃ誰がやるんだ。長喜屋が受ければ必ずしくじる。そうなれば塩飽の評判は地に落ちる」

「お前は何も分かってねえ」

「そんなことはねえ！」

弥八郎が目を剝《む》く。

「ここの海は潮もややこしく、風向きもよく変わる。おまけに引き潮になれば、暗礁が顔を出す。こんな海にでかい外艫を持つ大船を浮かべるなんざ、船子たちを死に追いやるだけだ」

「船子たちは、そんな柔《やわ》じゃねえ。奴らも大船に乗り組むことで、さらに腕が上がることを知っている。それが孫子《まごこ》の代までの繁栄につながることもな」

「清風丸が破船して十一人の船子が水仏になったんだ。中には十三歳の炊夫《かしぎ》もいた。死んだ船子の家族たちは悲嘆に暮れている。それを見ている連中は、大船に乗りたがらないに決まってる」

海で糧を得ている塩飽衆でも、一度に十人以上が死ぬという大事故は何十年に一度しかない。その衝撃で、船手衆の中には大船に否定的な見解を示す者が多くなっていた。

「それは違う」

弥八郎が反発をあらわにする。

「船子だって馬鹿じゃない。大船を扱う技をいち早く学ぶことで塩飽が繁栄するなら、嫌がる者などいねえはずだ」

話は堂々めぐりとなった。そこで嘉右衛門は、これまで黙ってやり取りを聞いていた磯平に水を向けた。

「お前はどう思う」

「へい」と言って黙ってしまった磯平に、嘉右衛門が重ねて問う。

「腹蔵《ふくぞう》のないところを聞かせてくれ」

「分かりやした」と言って、ようやく磯平が話し始めた。

「お二人の話を聞いていると、どちらにも一理あります。これが塩飽にとって大きな飛躍の機会なのはもちろん、わいらだったら大船が造れるかもしれません。しかし、ここの海に大船が向いていないことも確か。無理して、わいらが先に立つことはないと思います」

「お前もそう思うか」

嘉右衛門は胸を撫《な》で下ろした。もしも磯平が弥八郎を支持したら、嘉右衛門の面目は丸つぶれとなるところだった。

「おとっつぁんも磯平さんも分かっちゃいねえ。思案をめぐらせば、造れないもんなんてねえ！」

劣勢になった弥八郎が、二人をなじるように言う。

「長喜屋がしくじり、この話をよそに持っていかれたら、それで仕舞いだ。おそらく十年後、大半の船は千石積みか、それ以上になっている。その流れに後れを取ったら塩飽は

――」

弥八郎が口惜しげに唇を嚙む。

「塩飽衆は滅び、この島に住む者はいなくなる！」

「そんなことはねえ」

「いや、ここが正念場だ。実はわいにも考えがある。そいつを聞いてくれねえか」

「考えだと」

「そうだ。前から市蔵さんと大船造りを思案していたんだ」

弥八郎が市蔵の名を出したことに、嘉右衛門は憤りを覚えた。

「もう市蔵は冥府に行った。お前の話が、市蔵の思案から出たものとは証せねえだろう」

「何だって。おとっつぁんは、わいの言葉を信じないのか」

磯平が口を挟む。

「頭、聞くだけ聞いたらいかがでしょう」

「駄目だ。半人前の思案に従って船を造り、船子を死なせたらどうする！」

「だから、わいだけの思案じゃねえ！」

「それじゃ聞くが、市蔵の走り書きでも残っているのか」

少し考えた末、弥八郎が言った。

「あることはあるが、今は見せられねえ」

「それじゃ、ないも同じだ」

「分かったよ。勝手にしろ！」

そう言い捨てると、弥八郎は走り去った。

「頭、引き留めないでよろしいんで」

「うむ。あいつは市蔵を利用して己の思案を通そうとした。その手には乗らねえ」

「しかし――」

「しかし、何だ」

「二人がそのことを語り合っているのを、何度か耳にしました」

――何だって。

二人は嘉右衛門のいない場所で、千石船のことを語り合っていたのだ。しかし嘉右衛門には、弥八郎を呼び戻して話を聞くなどということはできなかった。

「そいじゃ、棟梁に断りを入れてくる」

「それは――」と言って磯平が言葉を濁す。

「何か懸念でもあるのか」

嘉右衛門が再び煙管に煙草を詰める。

「わいらが断れば長喜屋に仕事を回すと、棟梁は仰せになったんですね」

「ああ、そうだ」

「わいの見たところ、長喜屋の船大工にできる仕事じゃありません。河村屋さんに『塩飽の船大工とはこんなものか』と思われ、棟梁に恥をかかせることになります」

──そうだったな。

嘉右衛門はそのことを忘れていた。

「塩飽全体のことは棟梁が考える。わいらは余計な口を挟まず、己の職分を守るだけだ」

「はい。承知しております」

「この件は、これで仕舞いにしよう」

嘉右衛門は、もう大船のことを忘れたかった。

「そいでええな」

「頭にお任せします」

嘉右衛門はうなずくと、作事場に向かった。

依然として風は弱く、海鳥たちのかまびすしい鳴き声だけが浜に漂っていた。

七

煙草盆を引き寄せた五左衛門が、灰落としの縁に煙管を置く。その顔には苦い色が浮かんでいた。

「そうかい。それが三人の総意ってわけだな」

「へい」

広縁に畏《かしこ》まるように正座した嘉右衛門がうなずく。

いつもは「こっちに来いよ」と言って、嘉右衛門を対座する位置に招く五左衛門だが、今日はそんな気にならないらしい。

「どうしても、できねえんだな」

再び煙管を取り上げ、一口吸った五左衛門は、灰落としに煙管の灰を勢いよく落とした。

その仕草から苛立《いらだ》ちが伝わってくる。

「わいらは、わいらの海に合った船を造るだけです」

「つまり五百石積みまでってことだな」

「へい」

五左衛門がため息をつく。

「いいかい。何度も言ったが、それじゃ塩飽は衰える」

五左衛門の理屈は嘉右衛門にも分かる。小さな船のままでは、大船が多くなると競争力が落ちてくる。買積では物がさばけても利幅が薄くなるし、買い手に足元を見られて買い叩かれるだけだ。賃積では運賃で大船に競り勝てない。あらゆる点で大船は有利なのだ。

それが分かっていながら、嘉右衛門は首を縦に振らなかった。

——船子たちは船大工に命を預けている。その信頼を裏切ることはできない。

嘉右衛門は、清風丸の悲劇を二度と繰り返してはならないと思っていた。

「しょうがねえな。この話は河村屋さんが持ってきたとはいえ、あくまで公儀の依頼だ。それなら長喜屋に譲るしかあるまい」

それで話は終わった。

嘉右衛門は一礼すると、気まずい思いを抱きながら丸尾屋を後にした。

——棟梁を失望させたのは初めてだな。

それを思うと、胸が抉《えぐ》られるほど辛い。

これまで嘉右衛門と五左衛門は二人三脚でやってきた。意見が対立することはあっても、互いに歩み寄って解決してきた。だが今度ばかりは、そんな関係にもひびが入ったような気がする。

――だが、これぱかりは譲れない。

嘉右衛門は、人間関係のために信念を犠牲にするつもりはなかった。


作事場への道を歩いていると、娘の梅と出くわした。

器量は十人並みの梅だが、愛想がよく何事にも気が回るので、縁談が頻繁に舞い込む。だが嘉右衛門は、何のかのと言って断ってきた。梅が可愛いというよりも、配下の大工に嫁がせたいと思っていたからだ。しかし嘉右衛門のお眼鏡に適《かな》う若手大工は、なかなかいない。

「おとっつぁん、そんな顔してどうしたの」

梅が心配そうにのぞき込む。

「そんな顔って、どんな顔をしている」

「何か思い詰めているような――」

「思い詰めることなんて何もねえ」

「なら、いいんだけど――。これから丸尾屋さんに、皆の給金をもらいに行ってきます」

「そうか。ご苦労だな」

それだけ言って擦れ違った嘉右衛門の背に、梅の声が掛かる。

「兄さんのことだけど――」

「弥八郎がどうした」

梅は一瞬、躊躇《ちゅうちょ》した後、思い切るように言った。

「おとっつぁんが留守の間、兄さんが磯平さんに食って掛かったのよ」

「何だと」

「すごい剣幕で怒っていたわ」

梅によると、怒鳴り声がしたので行ってみると、弥八郎が磯平に怒鳴り散らしていたという。その場は梅や大工たちが間に入って収めたが、弥八郎は「磯平さん、話が違うじゃねえか」と言っていたという。

――弥八郎は磯平に根回ししていたのか。

「あの野郎――」

嘉右衛門の胸底から怒りが溢れてきた。三人の話し合いで出た結論に不満を持った弥八郎が、磯平に怒りをぶちまけたのだ。そんなことをすれば二人の関係に亀裂が入るのは明白で、嘉右衛門の隠退後、作事場の仕事がうまく回らなくなる。

――あいつは、そんなことも分からねえのか。

感情を抑えきれず先々のことに配慮できない弥八郎を、嘉右衛門は許せなかった。

「いったい、何があったの」

「女のお前が口出すことじゃねえ」

そう言い残すと、梅に背を向けた嘉右衛門は作事場への道を急いだ。


嘉右衛門の姿が見えると、いつも大工や見習いが「お帰りなさい」と声を掛けてくる。この時もそうだったが、いつになく皆の顔に気まずい色が表れている。

――相当、派手にやりやがったな。

作事場に入ると、二人がそれぞれの仕事に従事していた。

何かの作業をしている弥八郎の背後に迫った嘉右衛門は、その襟首を摑んだ。

「なんでぇ！」

弥八郎が憤然として手を振り解こうとする。

「磯平に食って掛かったんだってな」

「――」

弥八郎が口をつぐむ。

「お前が何をしたか、分かってんのか。三人で話し合い、出した判断に文句をつけてどうする」

「だってよう。磯平さんは、これまで同意してくれていたんだ。それを裏切るから――」

「裏切るだと――」

「そうだ。おとっつぁんの前で日和見《ひよりみ》したんだ」

「それは違う！　磯平は磯平なりに考えたんだ」

嘉右衛門が弥八郎を突き倒す。

その時、ようやく騒ぎに気づいた磯平が駆け付けてきた。

「お頭、待って下さい」と言いつつ、磯平が背後から嘉右衛門の腕を押さえる。

「放せ！　この野郎に船造りの掟を思い知らせてやる」

「お待ち下さい。あくまで仕事の上の言い争いです」

倒れたまま唖然としていた弥八郎が立ち上がる。

「おとっつぁん、わいは磯平さんが憎くて議論を吹っ掛けたんじゃねえ。塩飽の船造りの先を思えばこそだ」

「お前が先のことを考えているだと。馬鹿も休み休み言え。半人前のお前に船造りの何が分かる！」

「ああ、そうだ。わいはまだ半人前だ。でもな、世の中の動きくらいは分かる。今が塩飽の船造りにとって勝負どころだってこともな」

「生、言うんじゃねえ！」

磯平の手を振り払った嘉右衛門の平手が飛ぶ。

「お頭！　やめて下さい」

磯平が羽交い締めにしてきた。

「弥八郎、お前はこの作事場に要らねえ。親子の縁を切るから出ていけ！」

その言葉に弥八郎は衝撃を受けたようだ。それでも立ち上がると、裾に付いた木屑を払い、不貞腐《ふてくさ》れたように言った。

「分かったよ。出ていってやるよ。いつまでも、おとっつぁんの流儀でやるがいいさ」

「この野郎！」

「お頭、堪えて下さい！」

弥八郎が足早に作事場から出ていく。

「磯平、もういいから放せ」

磯平は押さえる手を放すと、苦渋に満ちた顔で言った。

「お頭、何もそこまでしなくても――」

「分かってらあ。だがな、この仕事は人様の命を預かってるんだ。わいの言うことを聞かず、勝手なことをして、それが元で船が覆って船子が死んだらどうする。その責めを負うのはわいだ。だからこそ、船大工頭がすべてを決めなきゃならねえんだ」

嘉右衛門は、かつて父の儀助からそう教えられた。

「それは分かりますが――」

「しかも此度は、三人で話し合ったことじゃねえか」

「仰せの通りです。しかし、ぼんの言うことにも一理あります。それを認める度量があってこそ、大工頭じゃありませんか」

「何だと。お前もわいに説教垂れるんか」

磯平がため息をつく。

「そうじゃありません。下の者の言うことにも、聞く耳を持っていただきたいんです」

――つまり、わいが衰えてきているということか。

磯平から視線を外して作事場を見回すと、皆、手を止めて二人の方を見ていた。

その目は、嘉右衛門に対して疑念を持っているようにも感じられる。

「もういい。仕事を続けろ！」

その言葉で作事場が再び動き出した。だがそれはぎこちなく、嘉右衛門にとって心地よいものではなかった。

——わいが間違っているのか。

嘉右衛門は揺らぐ自負心を抑えながら、急ぎの用があるふりをして外に出ていった。

作事場を出たものの、狭い島なので行き場がない。「どうしたものか」と歩いていくうちに、足は自然に島の墓所に向いた。

島民で死んだ者の墓所は小高い丘の上にある。人の行き来も少ない場所なので、頭上から降る蟬の声が激しい。

夏の終わりが近づくと、蟬たちは去りゆく季節を惜しむかのように鳴く。土の中で長い歳月を過ごした後、蟬たちはひと夏の饗宴を楽しみ、やがて死んでいく。その衰えと死を予感しているからこそ、蟬は懸命に鳴くのだ。

蟬の激しい鳴き声を聞き、足元に転がる死骸を見て、ようやく人々も季節の移り変わりに気づく。

——これが、少し先のわいの姿なのかもしれねえ。

嘉右衛門は、背を黒々とさせて地に落ちた蟬を見つめた。

それを足でつついてみると、その蟬は脚をばたつかせ、その場から逃れようとする。

——もう飛べねえのに、それでも死にたくねえのか。

蟬の姿と己を重ね合わせた嘉右衛門は、蟬から顔をそむけた。

気づくと墓所に着いていた。

丸尾屋歴代当主の堂々たる墓所に詣でた嘉右衛門は、続いて自分の先祖代々の墓所に行ってみた。

しばらく来ていない間に、そこは雑草に覆われていた。嘉右衛門はそれをかき分け、祖父と父の墓に水を掛けて手を合わせた。

嘉右衛門の家は、曽祖父の代から塩飽の船大工として続いてきた。だが曽祖父夫妻の墓はここにはない。かつて父の儀助が、「昔の墓はもっと低地にあったので、大地震《おおなえ》に襲われた時、波にさらわれちまった」と言っていた。その代わりに、祖父が曽祖父夫婦の慰霊のために宝篋印塔《ほうきょういんとう》を立てていた。嘉右衛門は曽祖父夫妻の宝篋印塔、祖父と祖母、父と母、そして自分の亡き妻の順に手を合わせた。

――わいも、いつかここの住人になるんだな。

石柱で囲われた代々の墓を出た嘉右衛門は、続いて市蔵の墓に行った。

その真新しい墓石は、晩夏の陽光に照り輝いていた。

市蔵は嫡男ではないので、石柱に囲まれた「先祖代々の墓所」には葬れない。一心同体も同じだった弟が両親とも離された場所に眠ることを、嘉右衛門は不憫《ふびん》に感じた。

「来たぞ」

それ以外の言葉が見つからず、嘉右衛門は黙って墓石に水を掛けてやった。

市蔵と海や浜ではしゃぎ合った日々が思い出される。市蔵は真っ黒な顔に白い歯を見せ、無心で飛び跳ねていた。

その時と同じように、水を浴びた市蔵が喜んでいるように感じられる。

――もうお前は、この世にいねえんだな。

今となっても、それが実感として迫ってこない。今日も作事場に戻れば市蔵がいて、「兄者、探していたぞ。どこに行っていた」と聞いてくるような気がする。

――お前は、いつも裏に回ってわいを支えてくれた。

嘉右衛門の見えないところで、市蔵は周囲に気を配り、皆の心を一つにしていた。

頑固な嘉右衛門と奔馬のような弥八郎の間に立ち、それぞれの話を聞いて仲を取り持っていたのも市蔵だった。その存在の大きさは、嘉右衛門と弥八郎の関係が、早くもぎくしゃくし始めてきたことからも明らかだった。

――しかし、もうお前はいない。わいは己の力だけで何とかするしかねえんだ。

そんな思いとは裏腹に、嘉右衛門と弥八郎の関係は破綻《はたん》しようとしている。

――わいは、どうすればいいんだ。

嘉右衛門は、人と人との関係の難しさを痛感していた。それは血を分けた息子も変わらない。

弥八郎が激しい気性《きしょう》なのは、子供の頃から分かっていた。弥八郎が七歳の時、妻のあさが短い患いの末に死んだ。妻は朦朧《もうろう》とした意識の中で、嘉右衛門には二人の子供のことを頼み、弥八郎には「おとっつぁんと仲よくするんだよ」と言い残して死んでいった。あさは弥八郎の激しい気質をよく知っており、幼い頃から気を揉《も》んでいたからだ。

あさの死に直面した弥八郎は号泣し、「おかっつぁんは焼かせん！」と言っては、あさの遺骸から離れなかった。

市蔵はその肩を抱き、なだめすかそうとしたが、嘉右衛門は弥八郎を突き飛ばし、あさの遺骸を運び出させた。

それでも弥八郎はあきらめず、山中の焼き場に向かう行列を阻止しようとして暴れた。その時、市蔵が弥八郎を抱き締め、「堪忍な、堪忍な」と言って涙を流していたのを、昨日のことのように思い出す。

あさにしても市蔵にしても、人の命のあまりの儚《はかな》さに、嘉右衛門は言葉もなかった。

——わいもいつかは死ぬ。それは明日かもしれん。

それを思うと、船大工として大船を造ることに命を燃やしたくなる。

――だがそれでは、市蔵の死は何の役にも立たない。

嘉右衛門には、丸尾屋の作事場で造られた船に乗り組む船子たちと、作事場で働く五十人余の職人たちの生活を守る義務がある。

主の五左衛門が「命令」という形で大船を造るよう強要してきたなら別だが、あくまで五左衛門は嘉右衛門の意向を尊重していた。

二人は主従というより役割を分かち合った棒組（相棒）であり、強い信頼関係で結ばれていた。それは父祖の代から長年かけて培われてきた伝統であり、棟梁（経営者）が作事場の頭の意向を尊重することで、船手衆は安心して船に命を預けられるのだ。

――これでいいんだ。

船大工頭は船手衆の命を第一に考えねばならない。それを思えば、暗礁が多く潮が錯綜する瀬戸内海での大船の航行は、危険が多すぎる。

――市蔵、お前の死を無駄にはしねえぞ。

嘉右衛門は市蔵の墓に誓った。

その後、弥八郎の行方は杳《よう》として知れなかった。元々、一緒には住んでいなかったので、その行動を知るよしもなかったが、風の便りでは、隣接する本島《ほんじま》に渡って誰かの世話になりながら手工芸品や細工物を作っているという。それで当面は糊口《ここう》を凌《しの》げるかもしれないが、いつまでもできるようなことではない。

弥八郎が詫びを入れてくれれば、嘉右衛門は黙って義絶を解くつもりでいた。だが弥八郎からは、その後、何の音沙汰もない。

そうこうしているうちに月日は瞬く間に経ち、秋風の吹く八月になった。

八

山々の緑があせ、夏の蒸すような暑さが去った八月、再び河村屋七兵衛がやってきた。七兵衛を迎えた五左衛門は、丸尾屋の一室で結論を告げた。

「そうでしたか。つまり嘉右衛門さんという作事場の親方が、うんと言わないんですね」

「お詫びの申し上げようもありません。当家では、船造りについては大工頭に任せるのが仕来りで、無理強いできないんです」

「それはそうです。無理強いした仕事が、うまくいった例《ためし》はありません」

七兵衛が力強くうなずく。だがその顔には、落胆の色があらわだった。

「うちで請け負えないのは残念ですが、塩飽の船造りは、うちだけではありません」

「それは知っていますが、ほかでも千石船を造れるんですか」

七兵衛の瞳が輝きを取り戻す。

「長喜屋さんというんですが、五百石積みまでは造ったことがあるので何とかなると思います」

「そうでしたか。で、そちらのご意向は――」

「内々に打診したところ、大喜びで『ぜひ、やらせてほしい』と言っていました」

「そいつはよかった」

七兵衛が満面に笑みを浮かべる。

五左衛門は長喜屋について説明した。

「ということは、長喜屋さんは権兵衛家と伝助家に分かれているのですね」

「はい。先代の時に分家したので、二人は従兄弟《いとこ》の関係になります」

「それが、此度は力を合わせていただけると――」

「そう申しています」

今回の河村屋の話に丸尾屋は絡めないが、公儀の仕事を請け負うからには、長喜屋の二人を背後から支えると、五左衛門は七兵衛に約束した。

「ありがとうございます。丸尾屋さんが後ろに付いていれば安心だ」

「当然のことです。それよりも、まずは長喜屋の二人にお会いになりませんか」

「そうですね。善は急げだ」と言うや、七兵衛が先に立ち上がった。

長喜屋の屋敷は丸尾屋の並びにある。

二人が談笑しながら長喜屋に着くと、権兵衛と伝助をはじめとした店の者たちが総出で迎えてくれた。そこで双方の紹介を済ませると、五左衛門はその場を後にした。長喜屋に任せたからには、それ以上の介入は迷惑になると思ったのだ。

五左衛門は、その足で牛島の真ん中を貫くように付けられた道を歩き、小浦にある嘉右衛門の作事場に向かった。明石の顧客から注文を受けた五百石積み船の納期を確認してきたかったからだ。

道が海に突き当たると、人気《ひとけ》のない浜辺に座って茫然と海を見つめる後ろ姿が見えた。

――あれは嘉右衛門か。

これまで、嘉右衛門が一人佇《たたず》んでいるところになど出くわしたことはない。せいぜい作事場の前の浜辺に出て、見るでもなく海を見ながら煙管をくゆらすぐらいだった。

五左衛門が近づいていくと、その足音に気づいたのか、嘉右衛門がこちらに顔を向けた。

「よう、どした」

「あっ、棟梁――」

嘉右衛門が立ち上がり、五左衛門を迎える。

「何をしていた」

「いえ、何も――」

「まあ、座れよ」

すでに季節は秋で、日差しの強い浜辺にいても、さほど暑さは感じない。

二人は腰掛けると、どちらともなく煙管を出して煙草を詰め始めた。

――煙草というのは便利なものだな。

会話が弾まない時など、煙草を吸うことで幾分か沈黙の気まずさが薄れる。

「今、河村屋さんを連れて長喜屋に行ってきた」

「へえ」と、嘉右衛門が気のない返事をする。

「長喜屋は大船造りを正式に受けることになった」

「そうですか」

嘉右衛門の顔からは、一切の感情が読み取れない。

「それだけの話だ」

話が弾まないのはいつものことだが、この日はとくにそうだった。せめて世間話でもしておくかと思った五左衛門は、何の気なしに問うた。

「近頃、弥八郎の姿を見ないが、どうした」

「ああ、追い出しました」

「何だって」

「縁を切った上、ここから出ていくよう命じました。今は本島にいると聞きます」

「奴が何を仕出かした」

嘉右衛門が淡々《たんたん》と顚末《てんまつ》を語る。

「それだけのことで親子の縁を切ることはないだろう。わいが仲取ったる（仲裁する）から手打ちしろ」

嘉右衛門は何も答えず、見るでもなく海を見つめている。

「弥八郎に頭を下げさせたら仲直りできるな」

それでも嘉右衛門は沈黙を守っている。

「お前らが喧嘩するのは勝手だ。だがな、それで仕事に差し支えるのは困るんだ」

「その心配は要りません」

「弥八郎は、もう手回り（助手）だろう。作事場では磯平に次ぐ腕だと聞いている。それが抜けたら引き渡しの期日を守れまい」

「お任せ下さい。棟梁に心配は掛けません」

「それなら勝手にしろ」

嘉右衛門の頑固者ぶりに鼻白んだ五左衛門は、立ち上がると嘉右衛門に背を向けた。

「あの――」

「なんでえ。やはり仲介の労を――」

「いえ、明石から注文のあった船は四日後には引き渡せます」

嘉右衛門は五左衛門の用向きに気づいていた。

「そうか」と言って五左衛門はその場を後にしたが、肩越しに振り向くと、嘉右衛門はまだ浜に腰掛け、煙草を吸っていた。

――奴は大丈夫か。

弟の死が嘉右衛門に多少なりとも影響を与えているのかもしれないが、どことなく衰えを感じるのだ。

五左衛門は、嘉右衛門に以前のような全幅の信頼を置けなくなっていた。

牛島に十日ほど滞在し、長喜屋と共に計画段階に参画した七兵衛は、千石積み船の大まかな差図と木割ができ上がったところで前受金二千両を支払い、建造に入るよう命じた。

納期は約半年で、引き渡された時点で残りの二千両が支払われる。

帰り際に丸尾屋に寄った七兵衛は、「船造りの方は丸尾屋さんに発注できず残念でしたが、船と船子の借り受けの件は進めて下さい」と告げ、少しずつ公儀の仕事に船と船子を回すよう、言い置いていった。

九

年が明けて寛文十三年（一六七三）の正月を迎えた。

ほどなくして七兵衛が公儀の役人を連れてやってくるというのに、長喜屋の大船造りは遅々として進んでいなかった。

長喜屋では不眠不休での作業が続き、真夜中でも長喜屋の二つの作事場には篝《かがり》が焚《た》かれ、槌音《つち》が高らかに響いていた。

丸尾屋の大工たちの話題は長喜屋のものばかりで、皆、その進捗に強い関心を抱いているのは明らかだった。

——こいつらもやりたかったのか。

生き方では保守的な考え方を持つ者の多い職人だが、自らの仕事の分野では、新しいことに挑戦するのを厭《いと》わない。それを思うと、やらせてやりたかったという気もする。

だが嘉右衛門は、その話題に一切かかわらず、黙々と自らの仕事を続けていた。

二月、七兵衛が役人数名を引き連れて牛島にやってきた。役人は、船手頭《ふなてがしら》という幕府の船舶の管理と海上輸送を司《つかさど》る役人の下役で、一人の同心と三人の与力だった。

これだけ高位の役人が江戸から来ることはないので、牛島は緊張に包まれていた。上陸する浜は隅々まで掃き清められ、島民総出で浜に正座して出迎えた。

庄屋の五左衛門が歓迎の口上を述べ、浜辺に設《しつら》えられた新築の接待所に七兵衛たちを招く。そこで茶を飲みながら一休みした後、一行は長喜屋の作事場に向かった。

長喜屋の作事場に着いた一行は、まず浜に設置された船台に載る大船を見学した。この時、嘉右衛門も初めて千石船というものを見た。遠目から見たので、その出来栄えは問題がないように見受けられたが、一つだけ気に掛かることがあった。

長喜屋は二つの作事場で作業を分業し、それを最後に擦り合わせるという工程を取っていた。長喜屋の船大工の腕は、明らかに丸尾屋に劣る。しかも分業となると、互いの連携が決め手となる。

父の儀助の言葉が脳裏によみがえる。

「船大工は、常の大工と違って人様の命を預かっている。だからこそ和が大事だ。和を乱す者は、どんなに腕がよくても放逐するしかねえ」

――いくら差図や木割があっても、二つの作事場が仕事を分けて、うまくいくもんじゃねえ。

だが嘉右衛門は、そんなことを一言も口にしなかった。言ったところで、二つの長喜屋の規模では、そうするしかないからだ。

その日はそれで終わり、長喜屋では前祝いの祝宴が張られた。嘉右衛門も招かれたが、体調が優れないことを理由に参加しなかった。

翌朝、牛島中の人々が見守る中、長喜屋の造った千石船が船卸された。ところが海に出たのはいいものの、長喜屋の千石船は帆を張る作業に手間取っていた。

「どんな具合だ」

五左衛門が嘉右衛門の傍らにやってきた。

「外海は難しいかもしれません」

「なぜだ」

「船を大きくすれば、帆や舵も大きくせねばなりません。見ての通りです」

船上では、大きな帆をうまく上げられず、船子たちが右往左往している。

「どうやら重すぎて自在に操れねえようだな」

五左衛門が手庇《てびさし》を作って沖を眺めつつ言う。

「しっかりと帆を操れねえと、風と潮に押し戻されて浅瀬に乗り上げます」

「お前はそれを知っていて、長喜屋の船大工に何も言わなかったのか」

「そんなこたあ、百も承知でしょう」

「本当にそうなのか。一言くらい忠告してやってもいいものを」

——それは違います。

五左衛門は大工や職人の微妙な心理まで理解できない。いくら親しくとも互いの仕事に口を挟まないのが、大工や職人の暗黙の了解なのだ。

「それを言ったところで、奴らが素直に聞き入れるもんじゃありません」

「いや、お前の意見なら聞くはずだ」

——逆の立場だったら聞かない。

それが分かっているだけに、嘉右衛門は長喜屋の船造りに口を挟みたくなかった。

「おっ、ようやく張れたようだ」

大きな帆が風をはらむ。南西風がわずかに吹き、波も静かなので、試し走りさせるには絶好の日和だ。

——だが、外海では駄目だ。

嘉右衛門は帆の大きさと、両方綱や手縄を操る人数を勘案し、即座に結論を出した。

弁財船は洋式船のように帆柱や帆桁に人が登る必要がなく、帆を船上で操作する。帆を張ったり下ろしたりする時は滑車と轆轤《ろくろ》を使って行うが、風向きによって帆桁の角度を変えねばならず、それは人力で行われる。風の強弱によって帆の膨らみを調整する時は両方綱を、帆桁の角度を変えるときは手縄を操作するが、その指示は親仁《おやじ》と呼ばれる手練《てだ》れが行う。親仁は帆だけでなく舵の操作にも指示を出すが、それは二百石積みくらいの小船だからできることで、これだけの大船になると、それぞれの役割を分担させねばならない。

「うまくいったぞ！」

誰かの声がした。

船は風を受けるや安定し、外海に向けて走り出した。入江の出口でもふらつかず、浅瀬にはまって底擦りすることもなかった。

見守っていた島民がわく。長喜屋の船大工や関係者たちも手を取り合って喜んでいる。

七兵衛らしき人影が沖を指差し、床几《しょうぎ》に座す役人たちに何事かを説明している。

「どうやら、うまくいったようだな」

五左衛門は、安堵《あんど》と羨望の入り交じった複雑な顔をしていた。

「いや――」

だが嘉右衛門には分かっていた。

「沖の風を操るのは無理です」

「そんなことはあるまい。あれを見れば――」

そこまで言ったところで、五左衛門は絶句した。

外海に出て強くなった風とうねりに、長喜屋の船は翻弄され始めた。船は横に大きく傾きながら、ぎりぎりで復原することを繰り返している。

船子たちは船上を走り回り、両方綱や手縄を引いては緩めてを繰り返している。それでも風を受けた帆は重すぎるのか、思うように動いてくれない。きっと舵も同じなのだろう。

大船は常の帆走でさえ四苦八苦となり、予定していた間切り走りや開き走りといった動作を見せるどころではなくなっていた。間切り走りとは風上への乙字（ジグザグ）帆走を、開き走りとは横風を受けて帆走することをいう。

それでも何とか体勢を崩しては戻すことを繰り返していたが、遂に帆に亀裂が走った。

「あっ、裂けたで！」

見物客の間に落胆のどよめきが起こる。

亀裂は大きく広がり、帆の下部分が遂に垂れ下がった。

帆を巻き上げた大船は沖で方向を変えると、付き従っていた瀬取船に曳航されて戻ってきた。

　舟入付近にいる長喜屋の面々は落胆をあらわにしている。一方、浜辺にいる七兵衛と長喜屋の主人二人は、役人たちにさかんに頭を下げている。

「まさか、この程度の風で帆が裂けるとはな。お前の言う通りだったな」

「網代帆《あじろほ》のままでは、張木《はりぎ》（バテン）が多くて重すぎます」

「では、どうしたらいい」

「木綿帆にしないと千石積みの操船は難しいと思います」

「木綿帆だと」

「そうです。木綿なら軽くて丈夫なので、帆が大きくても心配は要りません」

　しかし五左衛門は首を左右に振った。

「木綿帆は、筵帆《むしろほ》や莫蓙帆《ござほ》の倍以上の価格となる」

「でも筵帆じゃ、見ての通りです」

「それじゃ、木綿帆なら、うまくいったというのか」

「いや――」と言うと、嘉右衛門はまくしたてた。

「帆が破れなくても、さらに沖に漕ぎ出せば、強風に翻弄され、常より長い帆柱が折れたかもしれません。それならまだましで、沿岸部でふらつけば、暗礁に乗り上げてしまうでしょう。暗礁がなくても、あの大きな舵の羽板が浅瀬で底擦りします」

嘉右衛門はいつしか饒舌《じょうぜつ》になっていた。

「もしかすると、お前は長喜屋のしくじりを喜んでいるんじゃねえだろうな」

「滅相《めっそう》もない」

心中を見抜かれた嘉右衛門は慌てた。

五左衛門は、「仕方ねえな」と言ってため息をつき、七兵衛や役人たちのいる方に歩いていった。慰めの言葉をかけに行くのだ。

嘉右衛門は正直に自分の心に耳を当てた。

――わいは本心から残念に思っているのか。

嘉右衛門の心が首を左右に振る。

――いや、「それ見たことか」と快哉を上げたいのではないか。

それが、まごうかたなき本心だった。

――わいは嫌な男だ。

嘉右衛門は自己嫌悪に襲われた。

気づくと、周囲にいた見物人たちもまばらになっていた。

居たたまれない気持ちを抱え、嘉右衛門も一人、自らの作事場へと向かった。

その三日後、補強を施した筵帆で再び海に漕ぎ出した長喜屋の船だったが、今度は船体に問題が生じ、早々に引き返してきた。どうやら船体の大板の間から漏水《ろうすい》が生じたらしい。これだけの巨船になると、大板も巨大になる。だが大板の加工を別々に行ったので、最後の仕上げ段階で詰めが甘くなり、水漏れが生じたのだ。しかも悪いことに、岩礁に舵を底擦りした影響で、鷲口《わしぐち》と呼ばれる外艫の一部が破壊され、浸水が始まった。沈没はしなかったものの、もう船は使い物にならず、廃船扱いとなった。これにより幕府の出した建造資金が水泡に帰した。

十

長喜屋の広間では、役人たちが深刻な顔で談議を重ねていた。むろん造船に携わった長喜屋の主立つ大工たちも、末席で身を寄せ合うようにしている。

自分とはかかわり合いがないと思っていた嘉右衛門だったが、突然、五左衛門に呼び出され、この談議に加わることになった。

「丸尾屋で船大工をしております嘉右衛門と申します」

嘉右衛門が名乗ると、皆の顔が一斉に向けられた。

「ちこう」と役人の一人が手招きする。

正座したまま膝行《しっこう》する嘉右衛門の目に、広げられた差図が見えてきた。

「嘉右衛門とやら、此度のこと、そなたは何が主因だと思う」

嘉右衛門は、首をかしげて何も答えないでいた。

「忌憚《きたん》のないところを聞かせてくれ」

「はあ」と言いつつも、嘉右衛門は押し黙っていた。

この座には長喜屋の大工頭もおり、その顔をつぶすわけにはいかないからだ。

あまりに沈黙が長いため、五左衛門が助け船を出した。

「この嘉右衛門は口下手で、気が張ってうまく舌が回らないのだと思います。わいが昼に聞いたところによると――」

嘉右衛門に代わり、五左衛門が木綿帆のことを語った。

「木綿帆を使えば裂けないのか」

役人の一人が七兵衛に問う。

「やってみないと分かりませんが、軽くて丈夫な木綿帆なら見込みはあります」

七兵衛は木綿帆の有用性を強く説いた。

「最近になって、各地で植えられた綿花も十分に収穫できるようになり、木綿の値も落ちてきています」

さすがに江戸の商人だけあり、七兵衛は木綿の生産や価格動向に詳しい。

「それで帆はいいとしても、舵の件はどうする」

それについて即効性のある改善案は見出せない。

「で、どうするのだ」

役人が苛立つように言った時、長喜屋の奉公人の一人が権兵衛に何かを耳打ちした。

「何だと。その男は船を造ったことがあるのか」

権兵衛が首をひねる。

「どうしたってんですか」

七兵衛の問い掛けに、権兵衛が答える。

「何か披露したいものがあると言って、どこかの船大工が来ているようなんです」

「まあ、いいでしょう。ここに呼んで下さい」

「いや、しかし――」

権兵衛は不本意のようだが、七兵衛の命により、奉公人が廊下の奥に消えた。

――どうせ、本島か広島の大工だろう。金の匂いを嗅《か》ぎつけてきやがったんだな。

塩飽諸島では、ほかの島にも作事場がある。だが質量共に牛島を凌ぐものはない。高らかな足音がすると、一人の男が廊下の奥から現れた。

――いったい誰だ。

そちらを見たが、障子が邪魔になってよく見えない。

――おそらく愚にもつかないことを言うだけだろう。

早速、名乗るように促された男が前に進み出る。その姿を見た嘉右衛門は息をのんだ。

「船大工の弥八郎と申します」

大きな雛型《ひながた》（模型）を抱えた弥八郎は、役人たちのはるか下座に控えた。

「それは何だ」

役人の問いに弥八郎が答える。

「これは、亡き叔父と共に描いた差図と木割を元に造った千石船の雛型です」

弥八郎が、その奇妙な形をした船をうやうやしく掲げた。

――わいが知らぬ間に、そんなことをしていたのか。そうか。前に「今は見せられねえ」と言ったのは、こいつを作り上げてから見せたかったんだな。

丸尾屋の作事場を追い出されてから、弥八郎は本島のどこかに引き籠もり、雛型を作ることに心血を注いでいたのだ。

弥八郎から受け取った雛型を、七兵衛が役人たちの許に持っていく。

役人たちは首をかしげつつ、小声で何事か話し合っている。

「弥八郎とやら」

中央に座す同心が声を掛けた。

「こちらに来て、そなたらの考える工夫とやらを申し聞かせろ」

「はっ」と答えて弥八郎が膝行する。

「今、談議の中心となっていた帆のことですが、木綿帆を使わないと自在に取り回せないのは仰せの通りです。しかし木綿帆一枚では強風で破れます」

「では、どうする」

「二枚重ねて太い撚糸《よりいと》で刺子のように縫い合わせるのです」

「なるほど。そうすれば破れにくいというのだな」

「どれほどの強風が吹くかは見当もつきませんが、まずは破れぬ帆が張れます」

役人たちが何事か耳打ちし合う。

弥八郎を応援したい気持ちと否定したい気持ちが、嘉右衛門の内部で渦巻く。

弥八郎が雛型の細部について語っていく。

「しかし随分と腹の大きい船だな」

同心の言葉に与力たちが沸く。

「はい。船足は落ちますが、積載量を考慮すれば、かような形になります」

「いずれにせよ、外艫は大きいのだな」

「そこには工夫があります」と言うや、弥八郎は雛型を掲げ、外艫の部分を動かした。

「この外艫は固定ではなく、海の深浅によって出ている部分を調節できます」

同心たちが瞠目《どうもく》するや、七兵衛が膝を叩いて言った。

「なるほど。浅瀬では引っ込め、沖に出てからはすべて出すというわけだな」

「その通りです」と答えつつ、もう一度、弥八郎は外艫を動かしてみせた。

引き上げ式の舵というのは、戦国時代以前から考案されてきたものだが、船の巨大化に伴い、完全なものではなくなっていた。つまり船底からはみ出してしまうのだ。そこで弥八郎らは、身木を肘のように曲げることで、完全に収納できるようにしたのだ。

「よく分かったが、なぜその工夫を長喜屋に伝えなかった」

同心が咎《とが》めるように言う。

「わたくしは見ての通り、場数を踏んだことの少ない船大工です。そんな者の言うことに、手練れの大工たちは耳を貸しません」

「だからといって、何もしないのはけしからんではないか」

「仰せご尤もながら――」

同心の言葉を遮るように、七兵衛が口を挟む。

「終わったことは仕方ありません。今後、どうするかです」

「それは、そうだが――」

噂によると、七兵衛は老中たちの信が厚く、役人たちは頭が上がらないという。

「この者の考えで千石船ができるかどうかは、これから吟味いたします。まずは長喜屋に向後も続けさせるかどうか判断せねばなりません」

そのためには多額の資金が要る。幕府としても、長喜屋に継続的に投資を続けるか、別の地の別の船造りに託すか、決定せねばならない。

それからも議論は続いたが結論は出ず、判断は七兵衛に託された。

「長喜屋さんは限られた期間でようやりなさった。千石船を海に浮かべたことは称賛に値します」

その言葉に、権兵衛と伝助は目頭を押さえて俯《うつむ》いた。

「むろん残金はお支払いいたします」

「ありがとうございます」

二人が額を畳に擦り付ける。

「しかしながら、このまま続けても成果は出ないと思います」

二人が唖然として顔を上げる。

「全く新しい発想でないと千石船は造れない。それが、この河村屋にも分かりました」

同心たちに向かってそう告げると、七兵衛は長喜屋の二人の前に行って両手をついた。

「新しい船造りの方法を考え、それに確信を得たら、もう一度、頼みにまいります」

七兵衛が深く頭を下げる。

むろん二人に否はない。場には気まずい雰囲気が漂っていた。取り方によっては、塩飽の船造りが見限られたことになるからだ。

突然、七兵衛は立ち上がると、周囲を見回して大声で言った。

「長喜屋さんは、ここまでのことをやったんだ。これは無駄にならない。塩飽の船造りこそ日本一だ。これほどめでたい日はない。今日はわいの奢《おご》りだ。皆、好きなだけ飲んで食べてくれ!」

その言葉に一気に緊張が解けた。もはや失敗だと思う者はおらず、千石船を造ることへの第一歩が刻まれたという印象を持った。

ちらりと七兵衛たちの背後を見ると、雛型を大切そうに抱えたまま、弥八郎がこちらを凝視していた。その顔は、「おとっつぁんが市蔵さんの仇《かたき》を取らんなら、わいが取ったる！」と言わんばかりだった。

「さあ、膳を運んでくれ！」

七兵衛が手を叩くと、一斉に襖《ふすま》が開き、女たちが膳を運んできた。

嘉右衛門は去るべき時を覚《さと》り、さりげなく立ち上がった。すでに広間は宴会場と化し、去りゆく嘉右衛門と入れ違いに酒肴《しゅこう》が運ばれ、丸亀からやってきたとおぼしき芸妓や酌婦が擦れ違っていく。

――七兵衛さんはたいしたもんだな。

七兵衛は失敗を失敗とせず、成功話にすり替えてしまった。これで長喜屋の二人の面目も立ち、希望のようなものが芽生えてきた。

嘉右衛門が表口で草鞋《わらじ》を履いていると、背後から声が掛かった。

「嘉右衛門、待ちなよ」

「あっ、棟梁、ご苦労様です」

「見ての通りだ。これで塩飽の船造りは見限られた」

五左衛門は七兵衛の本音を見抜いていた。

「だが、これであきらめたら塩飽衆の名折れだ。この汚名を返上せねばならねえ」

「そいつは難しいことです」

「どうしてだ。弥八郎が市蔵と練ってきた船を造ってみないか。これは内々に河村屋さんからも言われているんだ」

「そんなことはできません」

嘉右衛門が首を左右に振る。

これで唯々諾々と五左衛門の命に従ってしまっては、嘉右衛門の立場がなくなる。

「お前の気持ちも分かる。だから、この話には乗らなくてもよい。それでは、一つだけ認めてほしいことがある」

「何ですか」

「実は、此度の座に弥八郎を呼んだのはわいだ。わいを頼ってきた弥八郎を、河村屋さんに紹介し、二人で先ほどの話を前もって聞き、この場で披露させたってわけだ」

弥八郎の提案は、事前に七兵衛と五左衛門には知らされていたのだ。

――そういうからくりだったのか。

確かに、唐突に面談を申し入れてきた一介の船造りの話を、幕府の役人が聞くわけがない。嘉右衛門の知らないところで、五左衛門から七兵衛へと根回しが行われていたのだ。

「そこでだ。お前の作事場でやれねえと言うなら、弥八郎を修業に出そうと思うんだ」

「修業と――」

「そうだ。大坂の伝法《でんぽう》に行くか、越前の敦賀《つるが》に行くか、どこで修業させるかまでは決めてねえ。弥八郎のことは河村屋さんに任せるつもりだ。お前に断りを入れることもないかと思ったが、弥八郎が、どうしても話をつけておいてくれと言うんでな」

嘉右衛門は衝撃を受けた。

「弥八郎が塩飽を出ていくんで」

「そうだ。若いもんは井の中の蛙《かわず》じゃ駄目だ。世間を見て知見を広めることで、一人前になる」

嘉右衛門もその通りだと思う。だが嘉右衛門から弥八郎に伝授したいことは、尽きぬほどある。

「どうだい。納得してくれるかい」

――弥八郎は半人前だ。今、外に出したら人様に迷惑を掛けることにもなりかねない。それが人命にかかわることなら、なおさらのことだ。

嘉右衛門は迷った。だが弥八郎と親子の縁を切った手前、嫌だとも言えない。

「本人は何と申していましたか」

「もちろん、行きたいって言っていた」

「奴はまだ半人前です」

「それは本人も分かっている」

「では、修業をさせる、ということですね」

「そうじゃねえ。大坂の船造りを学ばせながら、機会を見て、あの千石船の船造りに取り掛からせるんだ」

――そうか。そういうことなら仕方がない。

嘉右衛門は即座に決意した。

「分かりました。弥八郎の一身をお預けいたします」

「よかった」

五左衛門は満足そうに微笑《ほほえ》むと、嘉右衛門の背を叩いて宴席に戻っていった。

長喜屋の篝が赤々と浜辺を照らすのを眺めつつ、嘉右衛門は己のみならず弥八郎の人生にも、大きな転機が訪れようとしていることを覚った。

――市蔵、これでよかったのか。

嘉右衛門は心中、市蔵に語り掛けたが、思い出の中の市蔵は何も言わない。

――人は、それぞれの運命《さだめ》に身を任せるしかないんだな。

嘉右衛門は、大海に漕ぎ出した息子がどのように成長して帰ってくるのか、期待と不安の入り交じった気持ちで待つことにした。

第二章　父と子

一

――あれは何だ。

朝靄《あさもや》の彼方《かなた》に何かが見えてきた。

――まさか帆柱か。

それが林立する帆柱だと分かった時、弥八郎の胸は高鳴った。

そのうちのいくつかは白い帆をいっぱいに張り、縦横無尽に動き回っている。

――ここが大坂か。わいはここで勝負するのか。

胸に「やってやるぞ」という気概が満ちる。その反面、こんなに船の多いところで、二十一歳の若者に何ができるという不安が頭をもたげる。

「どうだ、驚いたか」

背後から七兵衛の声が掛かった。

「へい」と答えてみたものの、続く言葉は出てこない。

「江戸が武士の町なら、大坂は商人の町だ。驚くのはまだ早い」

それにしても、その船の数には目を見張るものがある。「出船千艘、入船千艘」とは聞いていたが、そこかしこを大小の船が行き交い、港に近づけば近づくほど、その密度は増していく。沖合から見ると、湾口付近の陸地は白い帆で見えないほどだ。

「ここ大坂は日《ひ》の本《もと》一の賑《にぎ》わいだ。住人の数は江戸の方が多いが、船の数は大坂の方が断然多い」

唖然として湾内を眺める弥八郎の横で、七兵衛が自慢げに言う。

二人の乗る五百石積み船は、徐々に大坂湾の中心部に近づいていった。

「あの島は何ですか」

弥八郎が湾口に横たわる巨大な島を指差す。

「あれは九条島《くじようじま》という砂洲だ。淀川によって上流から流されてきた土砂が河口にたまって島となったんだが、あの島が邪魔になるので、大船はかなり沖に停泊し、上荷船《うわにぶね》と呼ばれる平底の小船に、積んできた荷を載せ換えねばならない」

「それは手間ですね」

「そうだ。沖で載せ換えた後は、ああして澪木《みおぎ》に沿って淀川をさかのぼっていくんだ」

上荷船は、ほぼ一列になって河口に向かっていく。

「どうしてですか」

「淀川河口は、土砂がたまっていて水深が浅い。だからああして水路を行かないと、平底でも土砂に乗り上げちまうってわけさ」

入っていく船と出ていく船が、擦れ違う船を右手に見ながら整然と進んでいく。

――だから「出船千艘、入船千艘」というわけか。

弥八郎は、その光景を見て納得した。

「ここは水の都さ。言い換えれば船子の町だ」

「船子の町、と――」

「そうさ。船子だけで一万五千人、船大工だけで三千人。船や交易にかかわる者だけで、五万人はいると言われている」

「そんなに――」

塩飽のような狭い土地で生きてきた弥八郎にとって、七兵衛の言う数字は実感として摑みにくい。

「それだけ競争が激しいってことだ。ここで働くってのは並大抵じゃないぞ」

「心得ています」

やがて二人の乗る大船が所定の場所に垂らしを下ろすと、上荷船が群がるように集まり、荷を降ろし始めた。同時に乗客の渡し船も接舷され、渡し板が架けられた。それを渡って乗客が乗り込むと、渡し船は船着場に向かっていく。

河口に近づくに従い、淀川の両岸に海鼠壁《なまこかべ》の蔵が所狭しと並んでいるのに気づいた。その前を行き来する人の数も尋常ではない。その作り出す喧騒が迫ってくるので、弥八郎は気後れしてきた。

「七兵衛さん、今日は祭礼でもあるんですかい」

「ははは、そんなものないさ。ここはいつもこうなんだ」

七兵衛の高笑いも、人々の喧騒にかき消される。

やがて渡し船が船着場に着き、弥八郎は大坂への第一歩をしるした。

周囲を見回すと、様々な年齢や職業の老若男女が、何事か大声でしゃべりながら行き来している。どこかの藩の蔵役人なのか、胸をそびやかすようにして歩いている者もいる。

だが人々は道を譲ることはしても、武士だからといって頭を下げることはない。通り過ぎる人々は皆、それぞれの目的のために目を血走らせ、どこかに足早に向かっていく。

「何をやっている。迷ったら二度と会えんぞ」

七兵衛の声が五間（約九メートル）ほど向こうで聞こえる。弥八郎が血相を変えて走り寄ったので、七兵衛と従者は声を上げて笑った。

「戯れ言だよ。ここで迷ったって何とかなる」

七兵衛は歩きながら様々なことを教えてくれた。

「ここにいる船大工の大半は、天満《てんま》、堂島《どうじま》、伝法で働いている」

地名を言われても、土地勘のない弥八郎にはぴんと来ない。

「淀川沿いには大小無数の作事場があり、内陸部で伐《き》り出した部材を、河畔の船小屋で組み立てている」

「つまり部材を作る作事場と、船を仕上げる船小屋が分かれているんですね」

「そうだ。ここの仕事は細かく分かれている。帆職人、船蔵（船の保管業）、廻船問屋、材木屋、船道具屋など、船にかかわる仕事をしている者たちがわんさといる。中には解船《ときふね》屋といってな、廃船を買い上げてきて解体し、部材やら釘やら、まだ使えるものを転売する商いさえある」

七兵衛は人の波をかき分けるようにして進む。だが人ごみに慣れていない弥八郎は、対向する人とぶつかったり、お見合いしたりして、なかなか前に進めない。

「大坂が船造りの中心になったのは、どんな木材でも即座に集められるからだ」

弥八郎が懸命に七兵衛に追いつく。

「どんな木材でも、ですか」

「そうさ。船底の航に使う杉や松、波切《なみきり》の水押《みよし》に使う欅《けやき》、垣立に使う檜《ひのき》、舵柄《かじづか》に使う樫《かし》などが、ここにいれば容易に手に入る。もちろん木材は相場に左右されるので、十分な元手がないと思うようにはいかないがな」

七兵衛は、自分なら最上質の木材が即座に手に入ると言いたいかのようだ。

すでに半刻（約一時間）も歩いただろうか。七兵衛はその地位に見合わず、駕籠《かご》など使わない。途中でどこかの店に入って野暮用を済ませながら歩くからだ。その度に、弥八郎は従者と一緒に外で待たされた。

「着いたぜ」

伝法らしき町に入ったところで突然、七兵衛が足を止めた。

七兵衛が指差す先には、「船大工・淡路屋伊三郎《あわじやいさぶろう》」という看板が掛かっていた。

「わいは、ここで働くんで」

「ああ、もう話はつけてある」

そう言うと七兵衛は、「こんちは」と言いながら中に入っていく。従者もそれに続いたので、弥八郎も中に足を踏み入れた。

作事場の中では中棚らしき部材の仕上げが行われていた。二百石船のものらしく、さほど大きくはない。

「おーい、伊三郎さん」

そう七兵衛が呼ぶと、奥から伊三郎とおぼしき五十絡みの男が現れた。

「あっ、これは河村屋さんやないですか」

伊三郎と呼ばれた大工頭は、満面に笑みを浮かべて七兵衛を迎えた。

「おい、挨拶しな」と七兵衛に促された弥八郎は、頭をぺこりと下げて名乗った。

「ああ、あんたが塩飽から来た大工かい」

「へい。こちらの船造りを学びにまいりました」

弥八郎は謙虚に頭を下げながらも、決して媚《こ》びるような態度を取るまいと思った。

「まあ、せいぜい励むことやな」

そう言うと伊三郎は、すぐに別の話題に移った。

弥八郎はその場に立って、聞くでもなく二人の話を聞いていた。

――七兵衛さんは伊三郎さんに何を伝えたんだ。

ようやく長談議が終わり、七兵衛が帰ることになった。

「じゃ、そういうことで頼む。あれっ、お前はまだこんなところにいたのか」

表口に佇んでいた弥八郎を七兵衛が見とがめる。

「へ、へい」

「何事も最初が肝心だ。せめて箒《ほうき》と塵取《ちりと》りでも持ってきて、この辺を掃くぐらいのことはしろよ」

「は、はい」

弥八郎は内心、「そんな見習いの小僧のようなことができるか」と思ったが、それが顔に表れたのか、伊三郎が声を荒らげた。

「お前さんは今日からここで働くんやろ。少ないが給金も出す。せやから、すべてここの流儀に従ってもらいまっせ」

「も、もちろんです」

「ほな、まずは掃除からや」

「掃除、からですか」

唖然として七兵衛を見つめる弥八郎に、伊三郎が大喝する。

「はよせいや！」

七兵衛が頭を下げる。

「伊三郎さん、こいつを一人前に育ててやって下さい」

「承知してます。引き受けたからには一人前にします」

——どういうことだ。

弥八郎は大工たちの指揮を執るどころか、見習い同然に扱われるようだ。

「では、これで」と言って七兵衛が作事場を出ていく。

それを見た弥八郎は、慌てて七兵衛の後を追った。

「すいません。七兵衛さん」

立ち止まった七兵衛が、不思議そうな顔で振り向いた。

「まだ何か用があるのかい」

「いや、その——、伊三郎さんには、どういう話をしているのですか」

「話って何のことだい」

「千石船のことです」

「ああ、雛型のことかい」

「そうです。あの船をここで造らせてもらえるのではないのですか」

七兵衛が苦笑いする。

「勘違いするなよ。いつかはそうなるかもしれないが、それはお前さんの心掛け次第だ」

「どういうことです」

「いいか」と言うと、七兵衛は弥八郎の肩を引き寄せると、路上の真ん中から端に導いた。

「お前さんの考える千石船をここで造れるとは、わいは言っていない」

確かに七兵衛は道中、そのことには触れなかった。ただ「船造りの本場で修業させてやる」とだけ言っていた。

「だがな、それをここで造れないとも言っていない」

「そうです。だから――」

「いいから聞きな。わいが伊三郎さんに頼み入れれば、伊三郎さんも大工たちも、そろってお前さんの指図の下で、お前さんの千石船を造るさ。だがな、そんな仕事のやり方では、まともな船はできない」

「どうしてですか」

弥八郎には、頭の命令一下、全力を尽くす塩飽の船造り以外、知るよしもない。

「そんなことも分からないのか」

七兵衛が呆れたようにため息をつく。

「他人様《ひとさま》に最高の仕事をしてもらうには、まず、お前さんを受け入れてもらわねばならない。それが半年でできるか、十年かかるかはお前さん次第だ。もちろん十年経っても無理かもしれない」

　――そういうことか。

　丸尾屋の作事場は一つの共同体だったため、誰もが一丸となって働いていた。だが、ここは大坂なのだ。突然やってきた他所者《よそもの》の言葉を素直に聞くようなお人よしはいない。

「わいの言っていることが分かったな」

「はい」

「だったら、すぐに千石船の話などはせず、伊三郎さんの下で、ここの船造りを一から学ぶんだ。その時、決して『塩飽ではこうだった』と言ってはならないぞ」

「それは承知しましたが、あの雛型はどうします」

「心配するな。わいが預かっておく。あんなものを今、伊三郎さんたちに見せたら、反発を食らうだけだ。その時が来るまで、あれは河村屋の蔵に納めておく。それでいいな」

「承知しました」

「じゃ、行け」と言って、七兵衛は弥八郎の両肩を摑み、体の向きを変えさせた。

　その視線の先では、伊三郎が腕を組んでこちらを見ている。

「あの――」

「まだ何かあんのかい」

「七兵衛さんは、次にいつ来られるのですか」

「ははは」と高笑いした後、七兵衛が言った。

「分からないな。すぐに来るかもしれないし、もう来ないかもしれない」

そう言って身を翻した七兵衛は、従者を連れて雑踏の中に消えていった。

二

作事場の雰囲気はいつもと変わりない。だが嘉右衛門は、言葉には言い表せない違和感を抱いていた。

——もう市蔵も弥八郎もいないんだ。

それが違和感の正体なのかどうかは分からない。だが、そこにいるべき人物がいないということが、自分の居場所をもなくしているような気がした。

——わいがしっかりしないでどうする！

己を叱咤《しった》してみても、違和感を払拭できるわけではない。

——目の前の仕事に没頭するんだ。

首に掛けた手拭《てぬぐ》いで滴る汗をぬぐった嘉右衛門は、和紙の上にヘラで下書き線を入れ始めた。これを元にして最終的な差図に仕上げるのだが、その時は墨で実線を入れていく。常の注文なら、規格の決まった五百石船なので図面を新たに起こす必要はない。しかしこの注文は六百石積みの糸荷船なので、新たに紙図から起こさなければならない。

糸荷船は、オランダ船や中国船が運び込む絹糸・絹織物・羅紗《ラシャ》などの舶来品を長崎で積み込み、大坂と江戸で降ろす船のことだ。これまでこの商売は、幕府のお墨付きをもらった堺が独占していたため、糸荷船とは呼ばれずに堺船と呼ばれるくらいだった。

だが交易が盛んになるにつれ、堺だけでは船が足りなくなり、幕府が免許制を解除したため、今では各地で糸荷船の需要が高まってきている。

糸荷船が常の弁財船と異なるのは、積み荷が一度でも濡れると商品価値を失うことで、厳格に密閉せねばならないことだ。すなわち波をかぶっても船倉の品が濡れないようにするため、開《かい》の口《くち》（開口部）を極端に狭くし、その位置にも工夫が要る。

嘉右衛門は堺船を見たことはあるが、図面の入手はできていないので、見よう見まねで造るしかなかった。それでも様々な特徴を思い起こしながら、嘉右衛門は徹夜で差図を描き上げた。

翌朝、一番で出てきた磯平に差図を渡した嘉右衛門は、一服してから寝ることにして、作事場の前の浜まで行った。

——今頃、弥八郎はどうしているのか。

おそらく大坂の船造りたちと、千石船をめぐって侃々諤々《かんかんがくがく》の議論を続けているに違いない。だが誇り高い大坂の船大工たちが、おいそれと弥八郎の案を受け入れるとは思えない。

——だが、受け入れたらどうする。

あの雛型を見た大坂の連中が感心し、弥八郎の指揮下で千石船を造り上げてしまうことも十分に考えられる。

——そうなった時、わいの立場はなくなる。

息子に功名を挙げてほしいと思う反面、「うまくいってほしくない」という屈折した感情が心中で渦巻く。

その時、「頭」という声がしたので振り向くと、背後に磯平が立っていた。

「どした」

「よろしいですか」と磯平が問うので、「構わねえよ」と答えたが、磯平はいつになく緊張した面持ちでいる。

「何か思うところでもあるのか。遠慮せずに言ってみろよ」

「へい。この差図ですが——」

磯平の持ってきた差図をのぞき込むと、磯平がおずおずと言った。

「ここに開の口を開けるのはどうかと――」

磯平が示した箇所を、嘉右衛門はじっくりと見た。

「堺船はどこに開けていた」

「ここです」

磯平が指したのは、舷側の垣立部分だった。

「つまり荷を舷側から入れ、舷側から出すようにすれば、開の口からの浸水は防げます」

確かに重量物を積載しないので、舷側に開の口を開けても、積み降ろしの利便性は損なわない。

「堺船はそうだったか」

「はい。そうなっていたかと――」

「分かった。差図を描き直そう」

「いや、わいがやっておきます。頭はお疲れのようなので、お休み下さい」

「疲れてなんかいねえよ」

作事場に戻ろうとする嘉右衛門に、磯平が言う。

「どうかご自愛なさって下さい」

嘉右衛門の足が止まる。これまでだったら「うるせえ」と言いながら我を通したはずだが、なぜか磯平の勧めに従いたい気持ちになっていた。

「そうだな。そうするか」

「ええ、無理はしないで下さい」

嘉右衛門は、「分かった」と言うや、自宅に向かおうとした。

「頭、お待ち下さい」と、背後から磯平の声が追ってきた。

「まだ何かあるのか」

「実は、熊一のことですが――」

熊一とは十六歳になる市蔵の息子で、小僧から大工見習いに格上げしたばかりだった。

「熊一がどうかしたのか」

「へい。あれはいい大工になります」

磯平が笑みを浮かべる。

「どうして分かる」

「いろいろ試しにやらせてみたんですがね。どれもそつなくこなすんです」

「そつなくこなすもんが、いい大工になれるとは限らねえ」

「その通りですが、何事にも熱心で手堅いんです。腕の立つのを見せようなんて浮《うわ》ついたところがなく、技量的に無理なものは『できません』とはっきり言います」

磯平は自分の息子のようにうれしそうだ。

「そうか。やはり熊一は市蔵の子だな」

「はい。間違いありません」

そう言うと磯平は一礼し、作事場の方に走っていった。つられるように磯平の後を追おうとした嘉右衛門だったが、自宅に戻る途次だったことを思い出した。

作事場に戻っていく磯平の後ろ姿が、やけに眩《まぶ》しい。

市蔵や弥八郎がいないにもかかわらず、以前に比べ、嘉右衛門の作事場での存在感が薄れてきたような気がする。

——いいや、気のせいだ。わいがしっかりしないと、この作事場は駄目になる。

心中で己を鼓舞しつつも、嘉右衛門の足取りは重かった。


磯平が引き直した差図を元に、塩飽では初の糸荷船の船造りが始まった。これから需要が増えることが見込まれるので、五左衛門もしばしば作事場に足を運び、嘉右衛門に進捗を尋ねてきた。

六百石積みの糸荷船専用の輪木も新たに造られ、その上で組み立てが始まった。

和船造りは航の設置から始まる。航は洋船の竜骨と同じ役割を果たす船の大黒柱のようなもので、和船の航は幅広の厚板となる。

続いて航の前後に船首部分の水押と船尾部分の戸立《とだて》を接合する。その後、航の左右に根棚を取り付け、そこに横板の下船梁《したふなばり》をはめていくことで、船底部分が完成する。

同様に中棚と中船梁、上棚と上船梁を組み上げ、除棚《のけだな》と呼ばれる舷側板を取り付ける。そして上部に合羽や矢倉板といった甲板を張り詰めていく。

さらに帆柱を支える筒立や、帆柱を倒した際に受けの部分となる舳車立《おもてしやたつ》を取り付け、矢倉や垣立を組み上げることで船は完成する。

こうした工程は、主に大板を組み合わせていくことで進むので、これを「大板造り」と呼ぶ。その中でもとくに重要なのは、「はぎ合わせ」と「摺合わせ」で、この工程に大工の技量が問われることになる。

「はぎ合わせ」とは、何枚もの板をはぎ合わせて大板を造り出す技術のことで、国内交易が盛んになり、船の需要が増すことで、巨材の入手が困難となったために発達してきた。これは「木殺し」という接合面を丹念につぶす作業の後、縫釘ではぎ合わせることで完成する。この方法なら一枚板よりも水密性では劣るものの、船自体は頑丈になると言われていた。

「摺合わせ」とは、航・根棚・中棚・上棚などの大板どうしを組み上げていく際に、縫釘を打つ前に隙間なく調整する作業のことだ。

船大工と一言で言っても、差図に従って正確に鋸《のこぎり》を引く木挽《こびき》と、「はぎ合わせ」や「摺合わせ」などの組み立て作業を専らとする大工に仕事が分かれていた。

嘉右衛門率いる丸尾屋の作事場は、個々の技術の確かさと、それらをまとめ上げて完成度を高める統合力の両面に優れていたため、注文が引きも切らない状態が続いていた。

三

夜明けから日の入りまでこき使われ、へとへとになった弥八郎は、湯屋に行って湯舟につかり、これから先のことに思いを馳《は》せた。

——このままでは、本当に十年かかるな。

淡路屋では、河村屋七兵衛の紹介で来たというだけで白い目で見られ、先輩大工たちは弥八郎に厳しく当たった。それを伊三郎も見て見ぬふりをしている。

しかも、やらされるのは材木の運搬や掃除といった見習い仕事ばかりで、いつになっても鉋一つ掛けさせてもらえない。

そんな日々が数カ月続き、ようやく弥八郎も、伊三郎たちが自分を追い出そうとしていることに気づいた。むろん七兵衛の手前、伊三郎からは「出ていけ」とは言えないので、弥八郎の方から出ていかせようというのだ。

――姑息《こそく》なやり方だ。

そうは思いつつも、弥八郎は耐えるしかない。

皆で示し合わせているのか、弥八郎に話し掛ける者はいない。そのため弥八郎は休憩時間も一人で過ごし、一日の仕事が終わった後も一人だった。

――だが、ここで音を上げては負けだ。

出ていこうにも、弥八郎には行き場がないのだ。

「あの、もし――」

湯屋からの帰り道、暗がりから現れた女に突然声を掛けられた。頭には手拭いを掛け、小脇に筵らしきものを抱えている。

「旦那はん、遊んでいきませんか」

――なんだ、立君《たちぎみ》か。

立君とは、白人《しろうと》と総称される私娼たちの最下層に位置し、筵を抱えて客を引き、晴れていればどこかの藪《やぶ》の中で、雨であれば寺社の軒下などを借りて春をひさぐ女たちのことだ。

だが常の立君であれば、無理やり腕を取って暗がりに引きずり込もうとするのに、その女は慣れていないのか、ただそこに立ち尽くしていた。

「金なんてねえよ」

そう言い残すと、弥八郎は歩き出した。

「あの、いくらだったら出せるんどすか」

「いくらも出せねえよ」

追い払うために凄味《すごみ》を利かして言ったところ、立君は「すんまへん」と言って下がっていった。その呆気《あっけ》なさに拍子抜けしたが、立君とて金のない者に、いつまでもかかずらっていられないのだろう。

——ここで食べていくのは、並大抵ではないからな。

弥八郎は、塩飽での食うに困らない生活が特別だったことを思い知った。

その時、背後の暗がりから、だみ声が聞こえた。

「まだ客の一人も取れへんのか」

続いて何かをはたく音がすると、女の嗚咽が聞こえてくる。

——かかわり合いにならない方がいい。

弥八郎の冷静な部分がそう囁《ささや》く。だが、さらに罵倒が聞こえてきた。

「この役立たずめ。客も引けへん立君なんて野良犬以下や」

──野良犬だと。

弥八郎は、自分のことを言われたかのような気がした。

──お前は見て見ぬふりをするのか。それでは、お前はおとっつぁんと同じじゃないか。

心の中の別の一部が弥八郎を叱咤する。

──おとっつぁんと同じだと。わいは違う！

ゆっくりと振り向くと、大男が女を板塀に押し付けて、腕を振り上げていた。

「おい、待ちなよ」

「何や、あんさんは」

振り向いた男の顔に驚きの色が浮かぶ。

「通りがかりのもんさ」

「じゃ、向こうへ行ってや」と言いつつ、男が再び腕を振り上げる。

「兄さん、やめときなよ」

「何やて」

男が弥八郎の方に向き直った。

「わいのやることに文句でもあるんか」

「あると言ったらどうする」

「よう言うた！」

次の瞬間、男が弥八郎の胸倉を摑もうとしたが、その手を払った弥八郎は、体を入れ替え、足を掛けて男を突き飛ばした。

「うわっ！」

勢い余って積まれた天水桶《てんすいおけ》に突っ込んだ男が、無様に転がる。

「こ、この野郎！」

立ち上がった男は、ずぶ濡れになっていた。

「まだやるってのかい。こちとら腕には多少の心得がある。やるなら相手をしてやるぜ」

弥八郎の言葉に男は怖気《おじけ》づいたのか、「覚えてやがれ」と言い残して駆け去った。

――これで済んでよかった。

子供の頃から喧嘩っ早い弥八郎は、その度に嘉右衛門からひどく叱られた。

「大工ってのは腕が命だ。腕を怪我したら飯が食えなくなる。それだけは忘れるな」

その言葉を思い出すと、冷や汗が出る。

「あの――」

女はまだそこにいた。

「なんでえ」

「あの人は、すぐに仲間を呼んできます」

まだ危険は去っていなかった。

——これで怪我でもしたら、いよいよ淡路屋にはいられなくなる。

伊三郎は、これ幸いと弥八郎を追い出すだろう。

「ああいう連中は、一人では弱いので互いに助け合っています」

「じゃ、消えるしかねえな」

そう言って走り去ろうとする弥八郎の袖を、女が取った。

「待って下さい。このままでは、あてもただでは済みません。どうか連れてって下さい」

「よしてくれよ」と言いつつ女の腕を払おうとしたが、間近に見た女の瞳は真剣だった。

「どうか——、お願いします」

「分かったよ。でも逃げ切ったら、後は知らねえよ」

そう言うと弥八郎は、女の手を取って駆け出した。


——天満まで来れば、ひとまず安心だ。

歩を緩めた弥八郎は、女の手を放して河岸《かし》に下りた。そこだけ雁木《がんぎ》（階段）になっており、左右にはびっしりと浜納屋が並んでいる。むろんこの時間、どの浜納屋も戸が閉まっており、周囲に人気はない。

水打ち際まで行って水を飲もうとすると、女が「ここの水はよくないどす」と言う。

そう言われると飲む気も失《う》せる。

弥八郎は水を飲むのをやめると、雁木に腰を下ろした。どこかで犬の遠吠えが聞こえる。

昼の喧騒が嘘のように、大坂は寝静まっていた。

「よろしいですか」と言いつつ、女が横に腰を下ろす。

「顔を見られたかな」

弥八郎は仕返しが心配だった。

「あそこは暗がりやったさかい、顔は見られてないと思います」

意外に女は冷静だった。

「わいは弥八郎というんだが、あんたの名は」

「ひより、いいます」

「ひ、よ、りというのかい」

女がこくりとうなずく。

「うちは農家やったさかい、晴れの日が多くなるのを祈って付けたと、かあちゃんから聞いたことがあります」

弥八郎は、農家がそうした願いを込めて子に名を付けるのだと初めて知った。

「珍しい名どすか」

「ああ、聞いたことがない」

と言っても、弥八郎は塩飽のことしか知らない。

弥八郎は、自分のことをかいつまんで語った。

「それで、お前さんはどこの産だい」

「京都の北の福知山いうとこどす」

「ああ、だから『どす』と言っているんだな」

「そうどす。福知山は丹波国どす。でも京の都に近いので、言葉は同じどす」

ひよりが口辺をほころばせる。

「そうか。あんたは、京都でもここでも他所者《よそもの》か。わいらは似た者同士だな」

「そうかもしれません」

二人の会話は続いた。

それによるとひよりは、福知山近郊の農家の出で、あまりの貧しさから女衒《ぜげん》に売られ、大坂で働かされているという。年は十六なので、二十一になる弥八郎とは五つ違う。

——器量は十人並みで体型も華奢《きやしや》だし、これでは、なかなか客も付かないだろうな。

そう思ってひよりの顔を見ていると、ひよりは恥ずかしげに俯きながら歌い始めた。

福知山出て長田野《おさだの》越えて駒を早めて亀山へ
ドッコイセ、ドッコイセ
福知山さん葵《あおい》の御紋いかな大名も敵《かな》やせぬ
ドッコイセ、ドッコイセ
今度お江戸の若殿様に知行が増すげな五万石
ドッコイセ、ドッコイセ

そのかすれた声が耳に心地よい。

黙って聞き入っていると、次第にしゃくりあげるようになった。

「辛かったんだな」

「はい」

弥八郎がひよりの肩を抱き寄せる。

「帰りたいのか」

「うん。でも帰れない」

「どしてだ」

「あては邪魔者だから」

その言葉が弥八郎の胸を抉る。

――わいは誰にも邪魔者扱いされなかった。だが故郷を捨てた。ここにいる女は親に邪魔者扱いされ、故郷を出ていかねばならなかった。

弥八郎は自分の甘さを痛感した。

「これからどうする」

「分かりまへん」

「行くところはないのか」

「ありまへん」

ひよりが首を左右に振る。

――このままじゃ、同じことの繰り返しだ。

食べていけなくなれば物乞いになるしかない。だが若い女なら春をひさぐことはできる。

結局は、そこに落ちていくしかないのだ。

――このままなら生涯、ひよりは苦界《くがい》から抜け出せない。

それを思うと、暗澹《あんたん》たる気分になってくる。

「どうして、この世は思い通りいかないんだ」

胸内から感情が溢れ出てきた。

「あんたも辛いんやね」

「ああ、何をやってもうまくいかねえ。わいには人並み以上の才も腕もある。だが、どうしても運が向いてこねえんだ」

「運なんてものは、あてらには初めからないんだよ」

――確かにそうかもしれない。この女もわいも、ここでは、これからずっと底辺を這《は》いずって生きていかなければならないんだ。

弥八郎は、世間全体を敵に回しているような気がしてきた。

――だが、この女だけでも救えないか。この女を救うことで、わいの運も開けてくるんじゃないだろうか。

なぜか弥八郎には、そんな気がした。

「おまえさんは、どうやら馬鹿じゃねえ。銭勘定もできそうだし、本も読めるはずだ」

「うん。手習いは嫌いじゃなかった。でも漢字は読めないよ」

「わいだってそうだ」

二人の顔に笑みが広がる。

「もう、男に体を任せるのは嫌だろう」

「うん。優しい人もいるけど、もう嫌だ」

「よし」と言うや、弥八郎は懐に手を突っ込んで、小さな匂い袋を取り出した。

「ここに二分金がある。これを持って塩飽の牛島に渡り、嘉右衛門の作事場にいる梅という女を頼るんだ。そうすれば梅が仕事を見つけてくれる。梅への書簡は後で送る。この匂い袋があれば、梅はすべて分かってくれる」

その二分金は、大坂に向かう時、丸尾屋の紋が染め抜かれた新品の厚司《アツシ》と一緒に、梅が渡してくれたものだ。その時、耳元で「この中には、二分金が入っている。兄さんがどうしても耐えられなくなったら、この金で塩飽に帰ってきなよ」と言って押し付けたのだ。

「梅さんというのは――」

「わいの妹だ」

「でも、どうしてあてなんかに、こんなことしてくれるんどすか」

「分からない」

「あてのことが好きなの」

弥八郎の顔が笑み崩れる。

「惚《ほ》れるってのは、そんな簡単なことじゃねえ。ただ――」

「ただ――」

「お前の中に、わいを見ているのかもしれねえ」

大きな町に放り出され、一人で生きていかねばならない者は、同じ境涯に置かれた者の気持ちがよく分かる。

「でも、あてなんかを塩飽の方々が受け入れてくれるんやろか」

「受け入れてくれるかどうかじゃない。自分から受け入れてもらうんだ」

――何てこった。

いつの間にか弥八郎は、七兵衛から言われたことを受け売りしていた。

だが、ひよりという少女によって、七兵衛の言ったことが肚《はら》に落ちた気がした。

「でも、こんなお金は返せない」

「返さなくていい。これは、わいがもしもの時に塩飽に帰る時の金だ。わいは塩飽に戻るつもりはねえから、もう要らねえ」

「何もしてあげていないのに、もらえないよ」

その白首独特の言い方が、妙に可笑《おか》しい。

「気にすることはねえ。世の中持ちつ持たれつさ」

「でも――」

「じゃ、明日からどうする」

ひよりは唇を嚙んで黙り込んだ。同じことの繰り返しになると分かっているのだ。

「おまえの運が開けてくれれば、きっとわいの運も開けてくる。だから、これはお布施と同じだ」

「お布施――」

「そうさ。お前は観音様さ」

「兄さんは面白い人だね」

ひよりが笑窪《えくぼ》をへこませて笑う。

「明日の朝、ここから出る船に乗って淀川河口まで行き、そこで倉敷行きの船に乗せてもらうんだ。そこから塩飽行きの船が出ている。分かったな」

「うん」

「それでいい」

立ち上がると、清々《すがすが》しい風が胸内を吹き抜けていくような気がした。

「じゃ、息災でな」

その場から立ち去ろうとする弥八郎に、ひよりの声が追ってきた。

「どこに行くの」

「仕事場さ」

「また、会えるね」

「ああ、お天道様を信じていれば、必ず会える」

「よかった」

ひよりが安堵したように笑みを浮かべる。

弥八郎は笑って手を上げると、元来た道を引き返していった。

四

七カ月余の工程を経た延宝《えんぽう》元年（一六七三）十一月、いよいよ糸荷船が船卸される日を迎えた。

ここまでの作業は思ったよりも順調に進み、嘉右衛門は胸を撫で下ろしていた。

船上にいる磯平の合図によって、湾内に停泊する先駆け船の轆轤《ろくろ》が回される。同時に威勢のいい掛け声が聞こえ、大工たちによって糸荷船に結ばれた太縄が引かれていく。

いつも造っている五百石積みの船よりも一回り大きい糸荷船が動き出すと、見物している人々から歓声がわく。

糸荷船は舳《へさき》からゆっくりと海に入っていった。だが湾内は浅瀬なので、すぐに沖に出さないと船底が砂にはまってしまう。

——浅瀬に腰を下ろさせるな。

口にこそ出さないが、嘉右衛門の心中は穏やかではない。

だが、そんなことは百も承知とばかりに、牽引用の先駆け船につながれた太縄がぴんと張ると、三艘の先駆け船によって、糸荷船が外海へと曳航されていく。

——どうやら無事のようだな。

嘉右衛門は胸を撫で下ろした。

「おい、嘉右衛門」

「あっ、棟梁」

嘉右衛門が五左衛門に頭を下げる。

「どうやら、うまくいったようだな」

「へい。おかげさんで」

「これで注文主も喜ぶ」

この糸荷船は、丸尾屋が廻船業で使う船ではなく注文主に納品する船だ。

「此度はどこの注文で」

「何だ、知らなかったのかい」

「へ、へい」

「磯平には伝えてあったんだがな。石州浜田《せっしゅうはまだ》の清水《しみず》屋さんだ」

清水屋といえば、五百石積み以上の持ち船十二隻を数える有数の廻船問屋だ。清水屋は大のお得意だが、いつも細部にこだわり納期にうるさいので、注文を片付けるのは一苦労だった。

「それなら大急ぎですね」

「ああ、そうだ。大急ぎで納めろとよ。うちらと違って何隻もの大船が北海（日本海）を走り回っている清水屋さんだ。いち早く長崎に糸荷船を回し、次の南蛮船の寄港に備えたいんだろう」

三艘の先駆け船と糸荷船を結んでいた縄が外される。糸荷船の上では帆を張る作業が始まった。

——それにしても、注文主を聞かなかったわいも迂闊《うかつ》だったな。

これまでそんなことはなかった。注文主の名は船造りにとって関係がないとはいえ、お得意になると仕上げや艤装《ぎそう》などに好みがあるので、そこに気を配るのも大事な仕事だ。

——そうか。これまでは市蔵が教えてくれてたんだな。

嘉右衛門は、五左衛門から注文主の名を聞いたことがないのを思い出した。というのも、いつの間にか市蔵が注文主の名を知っていて、様々な会話の中で嘉右衛門に伝えていたからだ。

「磯平は、市蔵と弥八郎の穴をしっかり埋めているぜ」

唐突に五左衛門が言う。その真意を測りかねた嘉右衛門は口をつぐんだ。

「此度も、最後の『摺合わせ』で一苦労だったらしいが、磯平が何とか間に合わせたっていうじゃねえか」

「えっ、それはどういうことで――」

嘉右衛門は愕然とした。「摺合わせ」は嘉右衛門が担当し、うまくいったと思っていたからだ。

――どういうことだ。

そんなことを知らない五左衛門は、帆を張り終えた糸荷船を見つめつつ、独り言のように言う。

「見ての通り、これからは大船の時代だ。注文主も大船を求めてくる。急に千石積みは無理でも、わいらも徐々に大きい船を造っていかなきゃならねえ」

「へ、へい」

「弥八郎は、そのために大坂に行かせたと思えばいい」

五左衛門が思い出したように問う。

「そういえば、弥八郎が想い女《びと》を送ってきたってな」

「あっ、はい」

嘉右衛門は上の空になっていた。

「おい、聞いてんのか」

「聞いています。立君をやっていた女だというんですが、弥八郎とは男女の仲ではないようで」

「そんなわけないだろう」

五左衛門が高笑いする。

「そうかもしれませんが、梅が詳しく聞いたところ――」

梅がひよりから聞いた顚末を、嘉右衛門が語ろうとしたが、五左衛門は細かい事情には関心がないようだ。

「まあ、親としては心配だろうが、弥八郎も若いんだ。しかも、これで帰ってくる気があることが分かった。よかったじゃねえか」

「ええ、まあ」

「おっ、走り出したぜ」

先駆け船と結ばれていた太縄が外された糸荷船は、順風に乗って走り出した。

——どうやら心配はなさそうだ。

嘉右衛門は内心、安堵のため息を漏らした。

「それじゃ、明日までに艤装を施しといてくれ。明後日《あさって》には浜田に廻漕する」

それだけ言うと、五左衛門は去っていった。

——「摺合わせで一苦労」とは、どういうことだ。

五左衛門に確かめようと思ったが、後で磯平を問い詰めればいいことだと思い直した。

沖を気分よさそうに疾走する糸荷船を眺めつつ、嘉右衛門は足早に作事場に向かった。


「おい、磯平」

「へっ、何で」

「ちょっと来てくれ」

次の船の仕事をしていた磯平が手を止めると、嘉右衛門の後に続いた。

作事場から少し離れた浜まで来ると、嘉右衛門は煙管に煙草を詰め込んで一服した。

煙草をやらない磯平は、黙ってそれを見ている。

「何の話か聞きたかねえのか」

「いえ、頭が一服してからと思いまして」

「お前は気が利きすぎるんだ」

苦笑した後、嘉右衛門が糸荷船の「摺合わせ」のことを問うた。

「ああ、そのことで」

磯平は苦い顔をしている。

「確か、わいが最後の仕上げをして出来上がりとしたはずじゃなかったか」

「は、はい」

「その後に手を入れたのか」

磯平が黙ってうなずく。

「わいが出来上がりとしたもんに、どうして手を入れた」

「頭が帰った後、わいも片付けに入っていたところ、熊一がやってきて――」

「熊一だと」

「はい。どうしても気になる箇所があると言うんで、一緒に検分したんですが――」

「それがどうしたっていうんだ」

「実は――」

磯平が言うには、「摺合わせ」がうまくいっていない箇所があり、あのままでは、すぐにも漏水が始まるというのだ。

「そんなことはねえ」

「申し訳ありません」

「何でお前が謝る！」

「摺合わせ」は、その時は「これでよし」と思っても、幾度となく確認しないと、新たなずれが生じていることがある。

――しまった。最後にもう一度、検分するのを忘れていた。

これまで、それは市蔵がやっていた。黙っていても市蔵がやってくれるので、嘉右衛門は任せきりにしていたのだ。

磯平がおずおずと言う。

「熊一は船卸の寸前まで何度も検分することを、市蔵さんから叩き込まれたと言っていました」

市蔵は熊一を一人前にすべく、幼い頃から様々なことを教えていた。それに引き換え自分は「そのうち教えるさ」と思いつつ、弥八郎にろくに教えていなかった。

――だが今更、それを言っていても仕方がねえ。

「どうして、そのことをわいに告げなかったんだ。先ほど棟梁から聞いて、わいはそれを知ったんだ。とんだ恥をかかせてくれたな」

嘉右衛門は、やり場のない怒りを持て余していた。

「昨日の今日ですから。つい多忙にかまけて忘れていました。申し訳ありません」

磯平が腰を折って謝る。

「熊一の野郎も、なぜわいに言わねえ！」

磯平が口をつぐむ。

それは聞かずとも分かっていた。熊一のみならず若い大工たちは、嘉右衛門と話をしにくい雰囲気になっていたからだ。

父の儀助の言葉がよみがえる。

「大工頭は大工たちと馴れ合っちゃいけねえ。距離を置いて威厳を持って接するんだ。さもないと大工たちはお前を甘く見て、ろくな仕事をしなくなる」

嘉右衛門もその通りだと思った。だがそうした態度が、皆で何かを造り上げる時に大切な意思の疎通を犠牲にしているのも事実なのだ。

「それで徹夜で摺合わせをしていたのか」

「へい、朝までには何とか終わらせました」

だった。

「頭、申し訳ありません」

磯平が頭頂を見せるほど深く頭を下げる。だが嘉右衛門は、情けない気持ちでいっぱいだった。

「忙しいんだろ。もう行けよ」

「頭、熊一を責めないで下さい。すべての責めはわいが負います」

「そんなことは分かっている！」

磯平が逃げるように去っていった。

一人その場に取り残された嘉右衛門は、強い孤独を感じていた。

――どうしたっていうんだ。ここは、わいの作事場じゃないのか。

嘉右衛門は父親のことを思い出していた。

父の儀助はその晩年、指の先がうまく動かなくなり、それまでやれていたことができなくなった。今思うと、手ぶれ（リュウマチ）という病なのだろうが、当時は訳も分からず、儀助はやけになって道具に当たったり、悪態をついたりしていた。

それに気づいた嘉右衛門は市蔵と相談し、二人で陰に回って儀助の仕事を助けていた。

だがある時、つい儀助のやった仕事を見逃してしまい、不具合のあるまま船を出荷してしまった。それを注文主から指摘された五左衛門は、船を戻して修繕させた。

その時、二人が儀助を庇《かば》っていたことを知った五左衛門は、二人を土間に正座させて叱責した。

「いいか、これは丸尾屋の暖簾《のれん》（信用）にかかわることだ。お前らが儀助を庇いたい気持ちは分かる。だがな、儀助にはもう仕事をさせられねえ。お前らが儀助に隠居を勧められないなら、わいから言う！」

嘉右衛門は跡取りとして、儀助に引導を渡す役割を引き受けざるを得なかった。

――おとっつぁんはあの時、浜でぼんやりと海を見ていたな。

笑みを浮かべて儀助に近づいていった嘉右衛門が、「おとっつぁん、そろそろ身を引かんか」と告げると、儀助は安堵とも悲しみともつかない顔をしてうなずいた。

高くそびえるような存在だった父が、これほど小さな存在になるとは思わなかった。

儀助は何の不平不満も漏らさず隠居した。もう船造りには一切口を挟まず、作事場にも近づかなかった。

一度だけ、どうしても儀助に確かめねばならないことが出てきたため、無理を言って作事場に来てもらった。何カ月かぶりに作事場に来た儀助は一瞬、たじろいだように立ち止まり、作事場の中に入ることを拒んだ。それでも背を押すように中に入れ、船台に載せた古い船を見てもらった。

その時は、かつてやった仕事を正確に思い出して的確な指示を下したが、額には冷や汗を浮かべ、早く済ませたいという気持ちがあらわだった。

儀助が帰った後、市蔵は「わいらが頼りにしていると知れば、おとっつぁんは喜ぶと思ったのにな」と言っていたが、実際はその逆だった。

――おとっつぁんは、もう作事場に己の居場所がないことを知っていたんだ。それで居たたまれなかったに違いない。

今の嘉右衛門なら、儀助の気持ちがよく分かる。

それから儀助は酒浸りになった。兄弟がいくらいさめても、隠れて酒を飲み、最後は妻、すなわち嘉右衛門たちの母の墓所の前で、突っ伏すように死んでいた。

――わいは、そうはならないぞ。

だが儀助の気持ちが分かるということは、そうなりつつあるということなのだ。

――市蔵、わいはどうすりゃいいんだ。

嘉右衛門は天にいる弟に問うた。

五

淡路屋の輪木から、七百五十石積みの大船が淀川に滑り出た。

船大工たちが歓声を上げる。

七兵衛から「ようやった」と言われて肩を叩かれた伊三郎は、照れ臭そうに笑っている。

——だが、喜ぶのはまだ早い。

いかに川幅が広い淀川でも、海上帆走用の大船が川を下って海に出るのは容易でない。

三艘の先駆け船が曳航しているものの、七百五十石積みの大船の動きは安定していない。

——これはまずいぞ。

淀川は河口に近づけば近づくほど砂洲が多くなり、満潮でも外艫を引っ掛けてしまうことがある。

それでも操船に慣れた五百石積み船ならともかく、すべてに大きな七百五十石積みの大船では、相当の困難が伴う。

大船を追うように、船大工たちは川沿いの道を駆けた。弥八郎も彼らに続く。背後を見ると、七兵衛を乗せた駕籠の脇を伊三郎が懸命に走っている。

しばらく行くと、突然大船が止まった。

「どうしたんや！」

「砂洲に引っ掛けたんやないか！」

船大工たちが口々に喚く。

川の真ん中で立ち往生していることから、間違いなさそうだ。

七百五十石積み船を建造している最中《さなか》から、弥八郎は大坂での船造りに限界を感じていた。大坂で千石積み以上の大船を造っても淀川を下らせねばならず、よほどの幸運でもない限り、砂洲に引っ掛からずに海にたどり着くことはできない。

しかも港としての大坂は、木津川口を利用する河口港であり、浅瀬が多く水路は狭いため、船を湾外に出すまで、たいへん難しい舵取りを要求される。

だからといって堺や住吉も堆積物で遠浅になっているので、大船を沖まで出すのは容易でない。

大船は動きを止めていた。先駆け船が曳航しようとしているが、微動だにしない。

「中洲にはまったか」

「へい、そのようで」

七兵衛と伊三郎の会話が聞こえる。

続いて船上から、何人かの船子が飛び込むのが見えた。

それから半刻ほどして、ようやく船が動き出した。だがしばらく進むと、再び動かなくなった。そうしたことが何度か繰り返され、夜になって、ようやく船は海上に出た。

――七百五十石積みであの有様では、千石船では無理だ。

だが七兵衛の発想は、全く逆だった。

「こいつは川床を大掃除しないとな」

「大掃除と仰せですか」

伊三郎が首をかしげる。

「ああ、淀川の中洲から九条島まで、すべての土砂を取り除《の》けるのさ」

――船を出せないのは、船の大きさに問題があるのではなく、淀川の河口にたまった土砂にあるというのだな。つまり水の通りをよくするために、湾内の土を取り除けるというのか。果たして、そんなことができるのか。

あまりに壮大な話に、弥八郎は戸惑った。

「それは、また大きな話ですな」

伊三郎が苦笑する。伊三郎も本気にしていないのだ。

しかしこの十数年後、七兵衛の淀川河口開削事業によって大坂湾は遠浅の良港となる。

それにより、どのような大船でも容易に外海に出せるようになる。

その夜、弥八郎は七兵衛の大坂屋敷を訪れた。

「何だ、お前さんかい」

障子が開き、庭に控えていた弥八郎の姿を七兵衛が認めた。

「こんな夜分に申し訳ありません」

「それは構わん。宿の主が淡路屋の使いを庭に通したと言うから、小僧かと思っていたが、お前さんとはな。いいから上がんなよ」

七兵衛が手招きする。

「ご無礼いたします」と言いながら、弥八郎が座敷に上がった。

「あれから、文句の一つも言わずに働いていると聞いたぞ」

「は、はい」

「あの外艫では駄目だと思っていたんだろう」

「ええ、まあ」

「それが分かっていて、なぜ言わなかった！」

「えっ」

弥八郎は驚いた。七兵衛の言っていることが矛盾していると思ったからだ。

「お前さんが一人前の大工になりたいなら、己の考えを包み隠さず、伊三郎に告げるべきだろう」

「しかし――」

「お前の言いたいことは分かる。でもわいは、お前さんなら周囲を巻き込みながら、お前さん流の外艫を造りおおせると思っていた」

――今更、それはないだろう。

弥八郎は悪態をつきたい気持ちを抑えた。

「仕事というのは、言われたことを、ただやればいいってもんじゃない。己の考えや技を作物《なりもの》（成果物）に反映できてこそ、初めて仕事をしたと言えるんだ」

「でも連中は――、いや淡路屋の皆さんは、わいのことを仲間扱いせず、今でも他所者のような目で見ています。わいには指示された仕事をこなすことしかできません」

「それじゃ、お前は一人前の大工にはなれない。大工どころか、人と一緒にする仕事は何もできない。男夜鷹にでもなるしかないな」

――何てこと言いやがる！

いかに恩人の七兵衛の言葉でも、弥八郎は頭にきた。

「おい、今、お前さんは怒っているな」

「はい！」

「お前さんは怒りを抑えられない。つまりお前さんの主人は怒りなんだ」

「何を仰せで！」

「いや、お前さんは怒りに支配されている。お前さんは怒りの犬でしかないんだ」

「そんなことはない！」

弥八郎は、わき上がる怒りを持て余していた。

「わいだって、昔はお前さんと同じだった」

七兵衛がしんみりとした口調で言う。

「わいは伊勢の田舎から出てきて江戸で車力（車夫）になった。最初は大人たちから馬鹿にされ、毎日のように頭に来ていた。幸いにして体がでかくて力も強かったので、大人だろうと、気に食わない野郎は力でねじ伏せていた」

七兵衛は大柄で、その身長は五尺八寸（約百七十五センチメートル）近くに及ぶ。

「だがな、怒りに任せて相手をのしたところで何も変わらないと気づいたんだ。それから、わいは怒りや不満といった負の感情の主人になろうと決意した」

「負の感情の主人と――」

弥八郎にとって感情を支配するという感覚は、よく分からない。

「そうだよ。馬鹿にされても叩かれても、にこにこしていたんだ。すると不思議なことに、次第に皆は打ち解けてきた。気づいてみたら、多くの者たちを引き連れて口入屋《くちいれや》や材木屋をやっていた」

七兵衛の顔に一瞬、口惜しそうな影がよぎる。おそらく当時を思い出しているのだろう。

「怒りや不満といった負の感情の主人になってから、わいの運は開けてきた。だから今でも、わいは負の感情を表に出さない。出したが最後、人も運も逃げていくのを知っているからさ」

――そういうことか。

いつも笑みを絶やさず、誰に対しても腰の低い七兵衛には、そうした秘訣があったのだ。

「つまり、いくら懸命に仕事をしても、怒りや不満が顔に出てしまえば、人とうまくやっていけず、運は開けてこないと仰せなのですね」

「その通りだ」

七兵衛の顔に初めて笑みが浮かんだ。

「お前さんは淡路屋の連中を巻き込み、外艫一つすら思い通りに造れなかった。つまりただの大工にはなれても、人の上に立つ大工にはなれない」

——そうだ。わいはただの大工でしかないいんだ。打ちひしがれるような徒労感が押し寄せてくる。

——だが、これであきらめたらおしまいだ！

「七兵衛さん、もう一度、やらせて下さい」

「もう一度だと。何抜かしてやがる。この世はな、一度でもしくじれば、それでおしまいなんだ。お前は塩飽に戻って嘉右衛門さんに詫びを入れろ。それが一番いい」

——そういうことだったのか。

七兵衛は、弥八郎の才能を買って大坂に送り込んだのではなく、弥八郎に大坂という大海を見聞させ、自らの至らなさを覚らせ、塩飽で己の分を全うさせようとしていたのだ。だが弥八郎は、塩飽に戻る気など毛頭なかった。

——これくらいのことで、わいと市蔵さんの夢をあきらめるわけにはいかねえ。

口をついて言葉が出る。

「それじゃ、七兵衛さんは一度もしくじらなかったんですか」

「何だと」

「先ほどの話にもあったように、若いうちは、何をするにもしくじりながら覚えていくんじゃないんですか。そのお陰で、今の七兵衛さんがあるんでしょう」

「お前さんは――」

そこまで言ったところで口をつぐんだ七兵衛は、「やれやれ」といった調子で言った。

「どうやら、一本取られたな。いかにも、わいにも失敗や挫折はあった」

「それでは――」

「まだやりたければ、やらせてやってもいいさ。だが、無駄になるかもよ」

「覚悟の上です」

「そうか。だがな、今日のことでわいも学んだ」

「何をですか」

「川床の大掃除をしない限り、千石船が淀川を出ることは困難だということさ」

弥八郎もそれは思っていた。

「堺や住吉も遠浅なので、今のままでは大坂周辺で大船は造れない。となれば、淡路屋で仕事を続けても、お前の運は開けてこない」

「仰せの通りかもしれません。しかし――」

「どうせ勝負をするなら、お前と市蔵さんとやらの考えた船が造れるところで勝負する方がいい」

「そんなところがあるんですか」

七兵衛が言った。

「ある」

七兵衛が真顔で言う。

——だがわいは、もう塩飽には帰れない。

弥八郎が唇を噛み締めると、その心中を察したかのように七兵衛が言った。

「何も塩飽に帰れとは言ってない」

「じゃ、どこかに千石船を造れるところがあるんですか」

「ああ、わいが金を出して造らせようと思っている地がある」

「そこはどこです」

弥八郎が七兵衛に取りすがらんばかりに問う。

「日本一、海が荒れている場所さ。そこの海を縦横無尽に駆けめぐれる千石船を造る。そのためにわいが金を出し、その海に近い場所に作事場を造ることにした」

「そこがどこでも構いません。ぜひ、連れていって下さい！」

弥八郎が畳に額を擦り付ける。

「そうか。それなら聞くが、お前さんは、どこへでも行く気があるか」

「はい。行きます。市蔵さんとわいの船を造れる場所なら、地の果てへでも行きます」

「怒りの主になれると誓えるか」

「はい。怒りも不満も捻《ね》じ伏せてやります」

「よし！　その覚悟があるなら連れていってやる」

「いったい、そこはどこなんです」

七兵衛は弥八郎に視線を据えると言った。

「佐渡島《さどがしま》さ」

予想もつかない島の名が七兵衛の口から出てきた。弥八郎は佐渡島のことを何も知らず、そこの海がどれほど荒れているのかも分からない。

だが突然、何かが開けてくるような気がした。

「大坂と違って、佐渡島に行ったからには容易に帰ってこられない。その覚悟はできているな」

「もちろんです」

「よし分かった。伊三郎さんには、わいから話をしておく。お前さんは淡路屋の皆さんに懇切丁寧に頭を下げて、これまでの礼を言うんだぞ」

「分かりました。それで出発はいつですか」

「次の佐渡行きの船が出る時だ。それは調べといてやる」

「ありがとうございます」

弥八郎は心の底から七兵衛に感謝した。

六

延宝二年（一六七四）が明けて二月になった。五左衛門は所用で嘉右衛門の作事場に足を向けた。

牛島には東と西に山があり、その間に平地や湿原が開けている。二つの山々は東西の海岸線まで張り出しているため、海沿いの村は北の里浦と南の小浦にしかない。そのため多くの人々は内陸部に住んでいる。道も島の中央を南北を貫くように一本走り、それが海に突き当たったところで、少し東西に走っているだけだ。

五左衛門は痛みが引きにくくなった膝をさすりながら、小浦への道を歩んでいた。

――これほどの間、作事場に行かなかったことなど、今まであったかな。

五左衛門が作事場に出向くのは、三月《みつき》ぶりになる。

丸尾屋は廻船業と造船業を事業の二本柱にしている。その一方を担う嘉右衛門とは、これまで密に連携してきた。それが最近、疎隔《そかく》になってきていた。

――千石船を造ることを拒絶してから、嘉右衛門はわいを避けている。

それでも仕事がある限り、いつまでも気まずい関係でいるわけにもいかない。

ところが作事場に着くと、嘉右衛門はいないという。どこに行ったか問うても、皆、首をひねるばかりだ。

作事場の前で「さて、どうするか」と左右を見回していると、背後から声が掛かった。

「あの――」

振り向くと少女が立っていた。

「ああ、弥八郎の――」

「いえ、そんなんじゃないんです」

少女が恥ずかしげに俯く。

「そうだったな。梅ちゃんから聞いている。確か名は――」

「ひより、といいます」

「ああ、そうだ。どうだい、こっちの暮らしは慣れたかい」

「おかげさまで。皆さんご親切なので――」

「そいつはよかった。この世は何事も人の縁だ。あんたは、この島に縁があったんだ」

「は、はい」

春の日差しを受けて、ひよりは恥ずかしげな笑みを浮かべていた。

――弥八郎もたいしたものだ。

梅から聞いた話だが、弥八郎はひよりの境遇に同情し、全財産を渡して牛島に来るよう取り計らったという。

一方のひよりも、金だけもらってとんずらするようなことをせず、素直に弥八郎の言に従い、ここに来た。しかも余った金を梅に返したというのだから恐れ入る。

だが多忙な五左衛門は、ここでずっと世間話をしているわけにもいかない。

「それで、何か用かい」

「はい。頭ですが、朝方こちらにいらして磯平さんたちとお話しされた後、丘の方に行きました」

「嘉右衛門が丘に――。いったい何の用だい」

「今日は、お亡くなりになられた方の月命日とかで、話をしている間に、花を摘んでおくように言いつけられました」

「ああ、そうだったな」

今日が市蔵の月命日なのを、五左衛門は思い出した。

ひよりと別れた五左衛門は一人、墓所への道を上り始めた。だが少し行くだけで息が切れてきた。最近は上り坂などを歩くと、息が切れるし膝も痛くなる。それでも無理していると、胸の動悸が激しくなってきた。立ち止まって脈を診たが不規則で弱々しい。

――わいの体も、ガタが来ているのか。

五十となった五左衛門は体力の衰えを感じていた。

それでも五左衛門は墓所への坂道を上った。というのも一本道なので、途次に下りてくる嘉右衛門と出会えるものと思っていたからだ。しかし、いつまで歩いても嘉右衛門とは出会えず、遂に墓所に着いてしまった。

「仕方ねえな」と思いつつ墓所に行ってみると、嘉右衛門が市蔵の墓の前で倒れていた。

「おい、どした！」

五左衛門は駆け寄ると、嘉右衛門を抱き起こした。

「しっかりしろ！」

その時、酒の臭《にお》いが鼻を突いた。見回すと、近くに貧乏徳利が転がっている。

――なんてこった。酔いつぶれていたのか。

「うう――」

五左衛門が安堵のため息を漏らすと、ようやく嘉右衛門が薄目を開けた。

「あっ、棟梁」

抱き起こしているのが五左衛門と知った嘉右衛門は、慌てて起き上がろうとする。

「少し酒が過ぎたようで、申し訳ありません」

嘉右衛門は、その場に正座して頭を下げた。

「昼間っから、こんなところで飲んでいたのか」

「面目ありません」

嘉右衛門が頭《こうべ》を垂れる。

「最近、酒が過ぎていると聞いたぞ」

五左衛門もその場に胡坐《あぐら》をかいたが、嘉右衛門は視線を合わせようともせず悄然として
いる。

「市蔵を失い、弥八郎にも出ていかれてしまったお前の気持ちは分かる。だがな——」

「そんなんじゃないんです」

嘉右衛門は即座に否定した。

「じゃ、どういうことだ」

「棟梁は、まだしっかりしていらっしゃる。だから棟梁には分からないことです」

——そんなことはない。

五左衛門も、ここのところ体調の悪い日が続いていた。

「まだ老け込む年じゃねえ。しっかりしろ！」

「へ、へい。しかし——」

嘉右衛門が弱々しく瞬《まばた》きする。

——こいつは、何かから逃げたくて酒におぼれていたのか。

五左衛門にも、ようやく嘉右衛門の気持ちが分かってきた。

「お前は何に怯《おび》えている」

「何にも怯えていません。ただ——」

「ただ、何だ」

「先々のことを考えると、辛くなってしまうんです」

「おい」と言いつつ、五左衛門の声音が険しくなる。

「わいだって辛いことや悲しいことはある。先々のことだって不安だ。だからって酒に逃げたりはしない」

五左衛門には子がなかった。

「お前がしっかりしないで、作事場はどうする」

「わいなんていなくても、仕事は回ります」

「そんなはずはねえ。もう市蔵も弥八郎もいないんだぞ」

「それが違うんです」

「どういうことだ」

嘉右衛門によると、これまでは自分が作事場の大黒柱だと思ってきた。だが二人がいなくなって初めて、様々な点で市蔵や弥八郎に助けてもらっていたと知ったというのだ。

「それなら今は、お前が二人の代わりを務めねばならねえだろう」

「いいえ、二人がいてこそ、わいの居場所があったんです」

「よく分からねえな」

「二人がいなくなって初めて、わいの居場所なんて初めからなかったと知ったんです」

「何だって」

ようやく嘉右衛門の言いたいことが分かってきた。

「そんなことはねえ。お前がいたから、二人の仕事は生きたんだ」

「そう言っていただけると――」

嘉右衛門が唇を嚙む。

「さあ、立ちなよ」と言いつつ、五左衛門が嘉右衛門を支えながら立たせた。

「家で酒を抜いてから作事場に行け。作事場に行ったら夜まで出るな。明日もだ。そのうちお前の値打ちが、皆にもお前にも分かってくる」

「それは真《まこと》で――」

「ああ、間違いない。お前あっての作事場なんだからな」

そう言いながら、五左衛門の脳裏には「本当にそうなのか」という疑問が浮かんだ。

ようやく立ち上がった嘉右衛門が、「ところで棟梁――」と問う。

「ここまで来られたのは、何か用があってのことですよね」

「ああ、そうだった。実はな、河村屋さんから書状が届いた。塩飽の船手衆を借り上げる件だ。だが、それだけじゃない。そこには弥八郎のことも書かれていた」

嘉右衛門の顔色が変わる。

「大坂では思うように船が造れないんで、弥八郎を佐渡島に送るという」

「佐渡島っていうと、北海（日本海）に浮かぶ金山の島のことですか――」

嘉右衛門が啞然とする。

「何も佐渡金山で働かされるわけじゃねえ。河村屋さんによると、河村屋さん自身が金を出して、あそこで千石船を造るというんだ」

「でも、奴はまだ半人前です」

「それは河村屋さんも知っている。だが奴の差図を描く才は並ではないという」

「どうしてそれを」

そのことは嘉右衛門も気づいていた。だが一度として褒めたことはなかったので、弥八郎がそれを自覚しているかどうかは分からない。

「書状には、弥八郎を預かってくれた淡路屋さんの言葉として、『鯨を川で泳がせることはできません』と書かれていた」

嘉右衛門が息をのむ。

大工はその腕で評価が決まる。だが新造船の際、何かを改善したり、問題を解決したりするためには、新たな差図を起こす必要がある。そこには大工の腕とは別の才能が必要になる。

「弥八郎は、淡路屋で辛い目にも遭っていたらしいが、そこの親方は厳しく接しながらも、弥八郎の才を見抜いていたってことだな」

酔っていることもあり、嘉右衛門には込み上げてくるものがあった。

「よかったな」

「へい。大坂で鍛えてもらい感謝に堪《た》えません」

嘉右衛門は、大坂の方を向くと手を合わせた。

「可愛い子には旅をさせるんだ。弥八郎は鯨のようにどでかくなって戻ってくる」

「へ、へい」

「じゃ、行くか」

二人は思い出話をしながら墓を回ると、最後に市蔵の墓の前で、そろって手を合わせた。

――市蔵、お前さんの思案は弥八郎が実現させる。

横で手を合わせる嘉右衛門も同じことを思っていると、五左衛門は知っていた。

七

延宝二年の初夏、弥八郎は河村屋七兵衛に連れられ、佐渡島に向かっていた。

――波が瀬戸の海とは違う。

北海のうねりは、瀬戸内海よりも桁違いに大きい上に波長が長い。しかも青く澄んだ瀬戸内海とは異なり、濃藍《こあい》色で底知れない深さがあるような気がする。

盛り上がっては消えていく巨大なうねりの山々を見つめながら、弥八郎は故郷から随分と離れたところに来てしまったという感慨を抱いていた。

――皆、変わりないだろうか。

父の嘉右衛門や妹の梅はもちろん、牛島の人々の顔が浮かんでは消えていく。

――わいは、これから知り合う人たちとうまくやっていけるのか。

佐渡島では、全く見ず知らずの人々に囲まれて暮らしていかねばならない。大坂の時のように冷たく扱われることも考えられる。だが弥八郎は、ただそこで暮らすだけではなく、皆を巻き込んで千石船を造らねばならないのだ。

それは叶わぬ夢のような気がする。

――だが、ここで踏ん張らなかったら、千石船は永遠に造れなくなる。

弥八郎は佐渡島に着いたら、不退転の覚悟で千石船に挑むつもりでいた。

――それにしても、気分が悪いな。

舳に波が当たる度に船が上下に大きく揺れる。それだけなら何とか堪えられるが、舷側にも大波が当たるので、横揺れも伴う。その不規則さに、海に慣れた弥八郎でも耐えられなくなってきた。

――塩飽の船子たちは、こんな海にまで来ていたんだな。

彼らから北海の厳しさは小耳に挟んでいた。だが彼らには、物事を大袈裟《おおげさ》に語るのを恥じる文化があり、ここまで凄まじいものだとは決して言わなかった。

腹底から、波のように悪寒がわき上がってくる。

遂に耐えきれなくなり、弥八郎は舷側から顔を出して胃の中のものを吐いた。

眼下の海は、そんな弥八郎をあざ笑うかのように波の先を伸ばしてくる。

「どうした」

背後で七兵衛の声がしたので、口元を袖で拭きながら弥八郎は振り向いた。

「何でもありません。ただ舷側に当たる波が、どれほど強いか確かめていたんです」

「物は言いようだな」

七兵衛の高笑いが、風波の音にかき消される。

「何事もそうだが、慣れれば何ともなくなる」

「へ、へい」

「今は四月だ。一年のうちで最もましな方だ」

「これで、ですか」

「ああ、そうだよ」

――これよりも荒れた海に大船を浮かべるのか。

弥八郎は自信がなくなってきた。

「ほら、見えてきたぞ。あそこで、お前さんは船を造るんだ」

ようやく佐渡島らしき陸地が見えてきた。

新潟港から佐渡島までは十里（約四十キロメートル）余の距離があるが、順風に恵まれたためか、日の出とともに出た船は、日の入り前に小木港に着くことができた。

小木は北海交易の一翼を担っている港だけあり、旅籠《はたご》や居酒屋などが軒を連ねていた。中には女郎屋とおぼしきものまである。港を行き交う人も多く、蔵の中に何かを運び込んだり、運び出したりする人足の姿も見える。

——肚を据えて掛かるしかない。

弥八郎の心中には、開き直りに近い覚悟が芽生えつつあった。

佐渡島の最南端に近い小木港から一里（約四キロメートル）ほど西に行くと、宿根木《しゅくねぎ》という名の船造りの町がある。そこが千石船造りの拠点になるという。

小木港から海岸沿いに曲がりくねった道を行くと、半刻も経たずに宿根木に着いた。

宿根木の集落は背丈の倍ほどもある風垣《かざがき》（防風柵）に囲われ、外からは見えない。七兵衛によると、冬の強風が叩きつけるように吹く上、砂が入り込んでくるので、無数の竹を編んで風垣にしているという。

風垣の中心付近にある戸をくぐると、幅が一間（約一・八メートル）もない路地が四通八達していた。その路地沿いに、無数の小さな家屋が身を寄せ合うようにして立っている。

それぞれの家は総二階建ての縦板張りで、船の廃材が再利用されているものもある。どの家の外壁も傷んでおり、この地の塩害は瀬戸内海の比ではなさそうだ。

蔵のような白壁造りの建物もあるが、多くは外壁全体に杉板をめぐらせた「覆屋《おおいや》」となっている。七兵衛によると、これらは「サヤ」と呼ばれ、強風や塩害で外壁が破損することを防いでいるという。

風の強さは屋根にも表れており、すべての家の屋根は、強風に強い「石置き木羽葺《こばぶ》き屋根」となっている。

これらのことから、この島の人々が、瀬戸内海とは比べものにならないほど過酷な環境で暮らしていることを知った。

狭い路地を何度も曲がって海に近い一角に着くと、「船大工　清九郎《せいくろう》」と書かれた木製の看板が見えてきた。その前で、ようやく七兵衛は立ち止まった。

「ここだ。少し待ってろ」と言うと、七兵衛は遠慮なく中に入っていく。

中で働いていた大工たちが一斉に手を休めると、口々に七兵衛に挨拶する。

「清九郎さんはいるかい」

七兵衛が声を掛けると、奥からがっしりした体軀《たいく》の男が一人やってきた。

「お待たせしました」

「おう、清九郎さん、久しぶりだな」

その三十代後半の男は、大坂の伊三郎のように七兵衛に媚びを売ろうとしない。あくまで無愛想に腰を少し曲げただけだった。

清九郎は小柄だが肩幅があり、そのはっきりした顎骨の線が、この男の意志の強さを表していた。

七兵衛と清九郎は、作事場の奥に入って何やら話し合っている。その手振り身振りから、船の話なのは間違いない。

弥八郎が入口付近で手持ち無沙汰にしていると、背後から声が掛かった。

「あんたも、ここで働くのかい」

振り向くと長身痩軀《そうく》の少年が立っていた。その顔は潮焼けしており、白い歯がやけに眩しい。

「おそらくな。わいの名は弥八郎だ。瀬戸内海の塩飽から来た」

「瀬戸内海か。すごく海がきれいだってな」

「ああ、そうだ。内海なので波も穏やかで、どこの海よりも澄んでいる」

「いつか行ってみたいな」

「わいがここに来られたんだ。お前さんも行けるさ」

この時代、人の行き来は自由ではない。弥八郎の場合、幕閣に顔の利く七兵衛が付いているので、どこへでも行けるが、七兵衛の後ろ盾がなければ塩飽を出ることさえ叶わなかっただろう。

「名乗り遅れました。ここで生まれた孫四郎《まごしろう》です」

「よろしくな」

得意げに孫四郎が続ける。

「河村屋さんが来てからこの方、ここには、諸国から腕のいい大工が次々とやってきています」

「そうなのか」

腕を見込まれてここに連れてこられたのは、どうやら弥八郎だけではないようだ。

――いや、わいは、腕を見込まれて連れてこられたわけじゃない。ほかに行き場がないから、頼み込んでここに連れてきてもらっただけだ。

弥八郎は大工としての実績が少ないため、半人前だと自覚している。だが新造船の構想を練り、それを差図に落としていくことにかけては、誰にも引けを取らないと思っていた。

――だが当面は、そうした才を隠しておかねばなるまい。

弥八郎は己を戒めた。

「河村屋さんから聞いたんですが、どんなに荒れた海でも走り回れるような千石船を、ここで造るのだとか」

「わいもその手伝いで来たんだ。だが、ここの海は尋常ではないようだな」

「北海は初めてですか」

「ああ、新潟からここまで、初めて北海を航行してきた」

佐渡島の小木から本州に向かう場合、十六里余南東の越後国の新潟港が最も近い。だが常の場合、出羽国の酒田から小木を目指す船が多い。酒田と小木は四十里余も離れているが、佐渡島と本州の間には、日本沿海で最大の難所と呼ばれる佐渡海峡が横たわっており、多くの船は、その潮流の強さを避けて航行せねばならないからだ。そのため新潟・小木間の行き来は冬の間、ほとんど途絶していた。

七兵衛が東回り航路を開発した折の中継基地である立務所《りつむしょ》も、新潟には設けられず、酒田と小木に設けられていた。

「驚いたでしょう。それでも今の季節はましな方です。真冬になると、波は倍近い大きさになり、雪を含んだ北風が容赦なく吹きつけてきます」

「そんなに凄いのか」

「はい。まれなことですが、強力な潮が真正面からぶつかると、『地獄の窯《かま》』が現れます」

「『地獄の窯』だと」

「はい。そこを押し通ろうとすると、どんな船でも破船します」

孫四郎が得意げに言う。

「そうかい。いい話だった」

「えっ、驚かないんですか」

「驚いたさ。でもな、それであきらめていたら何もできない」

孫四郎が目を丸くする。

「弥八郎さんは相当、腕に自信があるんですね」

「いいか、小僧」

弥八郎が孫四郎の肩を摑む。

「わいは大工としては半人前さ。だが千石船を造り上げるまでは、ここから去るつもりはねえ」

孫四郎の顔には、畏怖とも尊敬ともつかない色が浮かんでいた。

その時、ようやく七兵衛と清九郎の二人が戻ってきた。

「孫四郎、仕事は終わったのか」

清九郎が、どすの利いた声で問う。

「はい。終わりました」

「だったら、みんなの水を汲《く》んでこい！」

孫四郎はその場にあった桶を両手に持つと、脱兎《だっと》のごとく走り去った。

「少し見ぬ間に、孫四郎は随分と大きくなったな」

七兵衛が目を細める。

「へい。子の成長はあっという間です」

どうやら孫四郎という名の少年は、清九郎の息子のようだ。

「おっと、そうだ。今日は、また若いのを連れてきたぜ」

七兵衛に促され、弥八郎が頭を下げる。

「塩飽から来ました弥八郎と申します」

「そうかい。わしがこの作事場の主の清九郎だ」

それだけ言うと清九郎は、弥八郎の手首を摑み、その手の平を見つめた。

「お前は、まだ半人前だな」

――ここでも、こういう扱いなのか。

反発心が込み上げてくる。

「なんだい、その目は。そうじゃねえって言うのかい」

――駄目だ。怒りを抑えるんだ。

弥八郎が己に言い聞かせる。

「一人前の手っていうのはな、こういうのを言うんだ」

清九郎が己の手の甲を見せる。

その指は枯木のように節くれだち、醜くねじ曲がっていた。裏返すと、石のように固そうな手の平が現れた。

「わしの手は茶碗を持つと、熱さが伝わるまでに時間が掛かる。だから、よくやけどをする。だが痛みはない。手の平の感覚が鈍っているからな」

——おとっつぁんの手と同じだ。

その手の平は、父の嘉右衛門のものに似ていた。

幼い頃、嘉右衛門は弥八郎を抱えると、よく頭を撫でてくれた。だが母と違って、その手は石のように固かった。

「お前の手の平では、ここまで来るのに十年は掛かる」

——その通りだ。

弥八郎が頭を下げる。

「仰せの通り、わいは半人前です。ここで鍛えていただき、一人前にして下さい」

その言葉を聞いた七兵衛が、うれしそうにうなずく。

だが清九郎は、弥八郎に視線を据えると言った。

「素直なところに見どころはあるが、半人前は半人前だ。わしが預かる限りは、この島から逃げ出したくなるほど鍛えてやるからな」

「分かりました。よろしゅうおたの申します」

弥八郎が深く頭を下げる。

「河村屋さん、それでよろしいですね」

「ああ、わいが口を挟むことじゃない。こいつを煮て食おうが焼いて食おうが勝手にしてくれ」

七兵衛が高笑いした。

八

目覚めると、日は高く昇っていた。

──しまった。寝過ごしたか。

半身を起こしかけたが、考えてみれば、とくに急ぐこともない。

傍らには空の瓢《ひさご》が転がっている。そういえば昨夜、一人で寝酒したのを思い出した。

ため息をつくと酒臭い。よほど飲んだ時でないと、翌朝まで臭いが残ることはない。

立ち上がろうとした嘉右衛門だったが、足がふらつく。慌てて柱に手を掛けて転倒を防いだが、足腰が衰えているのは明らかだ。

――なんてざまだ。

覚束《おぼつか》ない足取りで裏の井戸まで行った嘉右衛門は、裸になると頭から水を浴びた。

同居している梅はすでに仕事に行ったらしい。部屋をのぞくと布団が上げてあった。

――なぜ起こしてくれない。

そう思いながら、傍らに畳まれている着替えの上に置かれた書置きを見ると、「いくら起こしても起きないので、先に行きます」と書かれていた。

膳の上には雑穀米と干物の朝餉《あさげ》が置かれていたが、手を付ける気にはならない。

嘉右衛門は大あくびをすると、仕事に行く支度に掛かった。


重い足を引きずりながら作事場に赴くと、皆すでに仕事を始めていた。日は高くなり、巳の下刻（午前十時頃）を回っているのは明らかだ。

嘉右衛門の姿を認めると、大工たちは口々に挨拶の言葉を述べるが、そのどれもがよそよそしい。

――いや、そう聞こえるだけだ。何も変わっちゃいない。

そう思おうとするが、擦れ違う誰もが気まずそうに視線を外し、そそくさと行ってしまう。かつてのように畏敬の念を持って、嘉右衛門の顔色をうかがう者はいない。

——わいは、もういてもいなくても同じ存在なんだ。

作事場に来る度に、その度合いが高まっているように感じられる。それはかつて、父の儀助が感じていたものと同じはずだ。

入口付近で皆の仕事ぶりを見るでもなく見ていると、「おとっつぁん」という声が掛かった。振り向くと梅がいた。その背後には、大坂から来たひよりという少女が何かを持って立っている。

「何でえ」

「おとっつぁん、今朝は食べてきたの」

何も答えないでいると、梅は「食べていないんでしょう」と決めつけてきた。

「うるせえな。わいに構うな」

「おとっつぁん、何か口に入れなきゃ駄目だよ」と言うと、梅がひよりを促す。

「これを」と言いつつ、ひよりが何かを載せた笊《ざる》を嘉右衛門の前に差し出した。笊の上の布巾《ふきん》を取ると、二つの握り飯に沢庵《たくあん》が添えられている。

嘉右衛門は、ようやく腹が減ってきていることに気づいた。

黙って握り飯を手にした嘉右衛門は、それを口にした。口の中に懐かしい味が広がる。

「おとっつぁん、こんな暮らしを続けていたら、すぐに死んじまうよ」

「余計なお世話だ」

梅に背を向けると、そこに腰を下ろした嘉右衛門は、半分ほど食べた握り飯を笊の上に戻した。悪寒に襲われ、瞬く間に食欲をなくしたのだ。

「こんなことじゃいけないよ。みんなは、おとっつぁんが立ち直るのを待っているんだ」

「立ち直るだと」

「そうだよ。市蔵さんが亡くなり、兄さんは出ていった。寂しいのは、おとっつぁんだけじゃない。だけど、おとっつぁんはいつまでも――」

「そんなんじゃねえ！」

嘉右衛門の心の中では、市蔵の死と弥八郎の不在は整理がついていた。だが、それによって明らかになった己の存在意義の薄さに戸惑っているのだ。

――それを梅に言っても仕方がない。

嘉右衛門は酒臭いため息をつくと、両膝の間に顔を埋《うず》めた。

「もう、ここにわいの居場所はねえんだ」

つい口をついて言葉が出た。

嘉右衛門の作事場では、磯平を中心にした新たな体制が回り始めており、嘉右衛門がいなくても、仕事に支障は来さない。

「それは違うよ。みんなは、おとっつぁんがいないから、仕方なく磯平さんを中心に頑張っているんだ。どんな家だって大黒柱があるから倒れないんだよ」

梅が嘉右衛門の肩を摑んで揺する。これまでなら「うるせえ！」と言って手を払ったはずだが、なぜか嘉右衛門は、そんな気にならない。

「わいがこのまま死ねば、弥八郎は戻ってくる」

「何を言うの！」

「わいの仕事は終わったんだ」

「それは違うよ！」

梅が嗚咽を漏らす。

「梅、誰も時の流れには逆らえねえ。それに抗うことほど、みっともないことはねえ」

嘉右衛門は立ち上がり、浜に向かった。無性に一人になりたかった。

背後からは、梅の嗚咽と「梅さん、しっかり」というひよりの声が聞こえる。

空は青く澄みわたり、海鳥がのんびりと舞っていた。

——昔から何も変わりゃしねえ。変わっていくのは人だけだ。

嘉右衛門は、この時ほど生きることの苦しさを感じたことはなかった。

「頭！」

その時、背後から磯平が追い付いてきた。

「なんでぇ」

「奥にいたんで気づかなかったんですが、今、聞いてすっ飛んできました」

「だから、何の用だって聞いてるんだ」

「いえ――」と言いつつ、磯平が口ごもる。

「お前がいてくれてよかったよ」

「頭――」

「どんなことがあろうと、棟梁の持ってくる仕事をないがしろにはできねえ。だから、お前には感謝している」

「お待ち下さい。頭あっての作事場です。われわれだけで、いい仕事はできません」

「そんなことはねえ。お前はいい仕事をしている」

「頭、そんな水臭いことを言わないで下さい」

磯平が唇を嚙む。

皮肉なことだが、彼らが一丸となっていい仕事をすることで、嘉右衛門の居場所は、いっそうなくなっていく気がする。

嘉右衛門が一人で海に向かって歩いていくと、もう磯平はついてこなかった。

波打ち際まで来ると、嘉右衛門はようやく歩を止めた。実は、このまま入水《じゅすい》してもいいとさえ思ったが、足が勝手に止まったのだ。

――市蔵、そっちはどうだ。居心地はいいか。

市蔵に無性に会いたい。

――そうか、お前は成仏したんだな。

これまで嘉右衛門は、市蔵の死を頭で理解しているだけだった。それが、無性に会いたくなることで、成仏したと覚ったのだ。

それは、妻のあさが死んだ時と同じだった。あさの死から一月ほど経った朝、目覚めて傍らを見ると、いつも敷かれていた布団がない。むろん台所からも、菜を切る音は聞こえてこない。その時、嘉右衛門は、あさが遠い存在になったと覚った。

嘉右衛門は布団をかぶって泣いた。あさが死んだ直後よりも、その時の方が悲しかった。涙が止め処《とど》なく流れた。隣の部屋で寝ている弥八郎と梅に気づかれまいと、懸命に声を抑えた。

――みんな行っちまうんだな。

嘉右衛門は、初めて自分も〝そこ〟に行きたいと思った。

——市蔵やあさのいるところに、連れていってくれるか。

嘉右衛門が海に向かって一歩踏み出した時だった。

「あの」と、背後で声がした。

——あさ、か。

はっとして振り向くと、少女が立っていた。

「何だ、お前さんか」

「あてですんまへん」

「どした」

「梅さんから、頭を呼んでくるよう言われたんどす」

「そうか。わいなんかを探しに来たのか」

「はい。梅さんが皆で昼餉を取ろうと仰せになり——」

作事場では夜通し仕事になると、梅が櫃《ひつ》を運び込み、大工たちが代わる代わる食事する。

仕事の目途が立った時などは、全員が作事場で車座になり、宴《うたげ》になることもある。

「わいのことはいいから、みんなと食べな」

「でも——」と言って、ひよりはそこから去り難そうにしている。

——わいが海に入るんじゃないかと案じているんだな。

「心配要らねえ。足を冷やしたかっただけだ」

ひよりがほっとしたような顔をする。

「お前さんの名は――」

「ひよりといいます」

「ああ、そうだった。いい日和が続くように親につけてもらったんだったな」

「はい」と言いつつ、ひよりが口辺に笑みを浮かべる。

「故郷の暮らしは苦しかったろう」

「はい。とても――」

愚問だった。娘を人買いに売るような小作農の生活が楽なはずはない。

「何で生計《たつき》を立てていようと、わいら民にとっては生きにくい世の中だ」

「でも皆さんは、造ったものが残ります。百姓はせっかく作った作物も、大半は地主様とお武家様に持っていかれます」

「なるほど、その通りだな」

大工は手を掛けて造ったものが残る。船ができ上がれば誇らしい気持ちになるし、たとえ人手に渡っても、自分たちの造った船がどこかの海を走り回っていると思うと、やりがいを感じる。

「あてら百姓の家に生まれたもんは、生きていくのが精いっぱいどした。そやから、あては売られたんどす」

ひよりの声音が悲しげな色を帯びる。

「でも、いつかお天道様の下を歩ける日が来ると信じ、苦界を生きてきました」

――意外にしっかりしているんだな。

どこにでもいるような少女だと思っていたが、ひよりは芯の強い一人前の女だった。

「嫌なことを思い出させちまったな」

「ええんどす」

ひよりがにこりとする。

「あてはここに来させてもらって、皆さんに温かく迎えられて幸せどす。これも弥八郎さんのお陰どす。そやけど弥八郎さんは、遠いところに行ってしまいました」

「ああ、そうだ。行っちまったな」

「戻ってくるんでしょうか」

「分からねえ。だがもう奴は大人だ。わいが何か言ったところで、聞く耳は持たねえよ」

今となっては、弥八郎の荒ぶる性格が懐かしい。

「本当にそうどすか。弥八郎さんは、頭が『戻ってこい』と仰せになるのを待っているのではないでっしゃろか」

「たとえそうであっても、今、それは言えない」

「どうしてどすか」

「諸国の船造りを学ぶのも、これから一人前の大工になるために必要なことだ」

「それが大工の道と――」

「そうだ。諸国の船造りのよい点を学び、それを若いもんに伝えていく。そうした姿勢がない大工には注文が来なくなる」

ついロをついて言葉が出たが、それこそ大船造りを拒否した己のことだと気づいた。

嘉右衛門は心中、自嘲した。

「では、弥八郎さんが戻ってきた時、頭は受け入れてくれますね」

嘉右衛門が黙ってうなずく。

それを見たひよりは、「よかった」と呟くと先に立って歩き出した。

そのか細い肩を見ながら、嘉右衛門は「この娘が弥八郎の嫁になってくれたらいい」と思った。

九

佐渡島での生活が始まった。

すぐに船造りに駆り出されるかと思いきや、まずは千石船を造るための作事場の拡張や部材を木挽きするための作事小屋の建築を手伝わされた。

七兵衛は自ら資金を負担し、これまで二百石積み船までしか造れなかった清九郎の作事場を、千石積みの船が造れるまで拡張しようとしていた。

七兵衛は町年寄や清九郎と頻繁に会っては打ち合わせをし、五日ほど滞在しただけで帰ることになった。

清九郎から「河村屋さんの見送りに行ってこい」と言われた弥八郎は、七兵衛の宿を訪れ、その荷物を持って小木港まで見送りに行った。

港に着くと、ちょうど七兵衛が乗る予定の大船の方から、何艘かの瀬取船が戻ってくるところだった。どうやら荷の積み込みを終え、出航の準備が整ったようだ。

「ここでなら、何とかやっていけそうだな」

七兵衛が弥八郎に語り掛ける。

「へい。ここでやれなかったら、もう行き場はありません」

「その通りだ。ここには逃げ場はない。あの者たちのようにな」

七兵衛の視線の先には別の船があった。そこでは人足たちが、金や鉱物の入った布袋を積み込んでいる。

「あれが何をしているか分かるな」

「へい。孫四郎から聞きました」

清九郎の息子の孫四郎は人懐っこい性格で、折に触れて、この島で生きていくために必要な知識を教えてくれる。

「あれは罪人か無宿人だ」

佐渡金山の採掘は専門の掘師たちが当たっているが、坑道内にたまった水を外に汲み出す水替《みずかえ》や、鉱物の運搬や積載作業は、罪人や無宿人が担っている。

「奴らは劣悪な仕事場で働いている。仕事自体もきつい。だから大半は三年と持たないで死んでいく。逃げ出す者が跡を絶たないのも分かるというものだ」

「こんなところから、どうやって逃げ出すんですか」

「死ぬと分かれば、人は何でもやる。清九郎のところでも何度か小船が盗まれている」

金山から逃亡した罪人が清九郎の作事場まで来たと聞き、弥八郎は息をのんだ。

「もちろん首尾よく小船を盗んでも、越後国にたどり着いた者はいない」

弥八郎は北海の荒波を思い出した。

罪人たちは磯釣りか何かに使う小船を盗むのだろうが、そんな船であの海を渡ることなど、できようはずがない。

「それでも、奴らは船を盗むのですね」

「そうだ。奴らは死に物狂いだ。だから何があっても、奴らにはかかわるなよ」

「分かりました」

弥八郎は、この島の暗部を垣間見た気がした。

「お前さんも、船を盗んで逃げ出そうなんて気は起こすなよ」

七兵衛が弥八郎の肩を揺すりながら笑う。

「ご心配には及びません」

実際のところは不安だらけなのだが、今はそう答えるしかない。

「それで、わいが預かっている雛型だがな――」

「雛型がどうかしましたか」

七兵衛に預けた雛型は、大坂の河村屋の蔵にあるものと思っていた。

「小木の廻船問屋の風間屋さんに預けておいた」

風間屋といえば、佐渡島でも有数の大店《おおだな》である。

「ここに運び込んでいたのですね」

「ああ、ここは大坂のように、ちょくちょく来られる場所じゃないからな」

「恩に着ます」

市蔵と一緒に造った雛型がこの島にあると聞き、弥八郎は市蔵が側《そば》にいてくれるような安堵感を抱いた。

「風間屋さんには、そのうち挨拶に行けばいい。だがな――」

七兵衛が弥八郎の襟を摑んで引き寄せると、小声で言った。

「まだ雛型を清九郎さんたちに見せるなよ。お前さんがここの作事場に溶け込み、その腕を一人前と認められてからでないと反感を買うだけだ」

「分かっています」

「勝負札というのは、ここ一番で使うもんだ」

「は、はい」

最後に弥八郎の肩を叩くと、七兵衛は渡し板を伝って瀬取船に乗り込んだ。

弥八郎が荷物を運び込もうとすると、七兵衛の従者が引き受けてくれた。

「じゃあな、体に気をつけるんだぞ」

渡し板が外され、船が動き出す。

「お気遣いありがとうございます」

七兵衛の乗った瀬取船が桟橋を離れ、湾内に停泊する便船に近づいていく。腕組みしながら大船に向かう七兵衛の後ろ姿を見ながら、弥八郎は初めて心細くなってきた。

——だが案ずることはない。わいには市蔵さんの雛型がある。

弥八郎はそれを支えにして、この島で生きていこうと決意した。


作事場に戻った弥八郎が、清九郎に七兵衛を見送ってきたことを告げると、清九郎は不機嫌そうに「それだけか」と問うてきた。

「えっ、ほかに何か——」

「気の利かない奴だな。次に来るのはいつ頃か、河村屋さんに聞かなかったのか」

「ああ、はい」

たとえ問うたところで、「分からない」と言われるに決まっている。

「もういい。その辺を掃いていろ」

「へい」と答えて弥八郎は、手早く箒と塵取りを持って大鋸屑《おがくず》を片付け始めた。

弥八郎は不満を面に出さず、命じられた仕事に取り組もうとした。

しばらくして昼の休憩になった。

作事場では三食出るが、米が出るのは盆と正月だけで、普段は雑穀に大根などの菜が主食となる。それらを車座になって食べながら、皆で世間話をするのだ。

大坂の時のように、手の空いた者が別々に食事をするわけではないので、互いを知るいい機会になる。

「おい、そこの若いの、お前さんは塩飽から来たんだって」

大工の一人が問うてきた。

「へい。塩飽の牛島から来ました」

「ここはどうだい」

「いや、無我夢中なんで、いいも悪いも考えたことはありません」

「こいつはまいった」

弥八郎の受け答えが面白かったのか、皆がどっと沸く。

「冬が来たら瀬戸の海に帰りたくなるぜ」

その言葉に皆もうなずいている。

「皆さん、故郷はどこなんですか」

「ばらばらだよ。でもな——」

長身で物静かな男が答える。

「多くは越後や越前の産だが、中には大坂や江戸はもちろん、西国や九州から来ている者もいる」

「つまり皆さんは河村屋さんとの縁で――」

「そうだよ。わしらは、冬の佐渡海峡でもびくともしない頑丈な千石船を造りたいという河村屋さんの話にほだされて、ここまで来ちまったんだ」

その言葉に周囲から賛同の声が上がる。

佐渡海峡とは、佐渡島と越後国の間に横たわる最短距離八里弱の狭い海峡のことだ。冬場はこの難所での海難事故が多いため、晩秋から初春までの四月《よつき》ほどの間、好天を見計らって小型の便船が往復する以外、船の航行はできなかった。

――それほどの難所を苦もなく航行できる船を造るために、皆は集められたんだな。つまり皆、相当の腕ってわけか。

佐渡に来てから、それぞれの仕事ぶりまで観察する時間はなかったが、その話しぶりや道具の扱いから、誰もがかなりの手練《てだ》れだとは思っていた。

「河村屋さんは、そこまでして千石船を造りたいんですね」

「ああ、そうさ」

背後の声に振り返ると、清九郎が立っていた。皆は雑談をやめて飯を咀嚼《そしゃく》したり、汁をすすったりしている。

「わしの作事場は、せいぜい二百石積みの船を造るので精いっぱいだった。だがな、河村屋さんが千石船を造るには、ここしかないと言うんだ」

清九郎が弥八郎の隣に座る。

「佐渡の海があるからですね」

弥八郎の言葉に清九郎がうなずく。

「そうだ。河村屋さんは『この国の沿岸で、一番厳しい海域に耐えられる船じゃないと駄目だ』と言って、多くの金を出してくれた。これからも出してくれるという。だが、ここには船大工も少ない。わしが『無理です』と言ったら、河村屋さんは『わいはかつて口入屋をしていた。人探しなら任せろ』と仰せになり、お前たちを連れてきたってわけだ」

皆は黙って清九郎の話に耳を傾けている。

「だからお前らは、河村屋さんのお眼鏡に適った腕利きの大工たちだ。失敗は許されない。わしも頭に指名されたからには、造れなかったら腹を切るくらいの覚悟でいる」

清九郎の面には、言葉通りの悲壮感が溢れていた。

——とんだところに来ちまったな。

七兵衛は各地から腕利きの大工を熱心に誘い、佐渡島に連れてきていたのだ。確かに七兵衛の本業は材木商なので、大工の腕には目が利くに違いない。

――だが、わいはどうだ。まだ大工としては半人前じゃないか。こんな連中の中で、果たしてやっていけるのか。しかも、そんな腕利き連中に、あの雛型を認めさせることができるのか。

あまりに険しい道のりに、弥八郎は気が遠くなりそうだった。

「河村屋さんによると、わしらが二年の内に千石船を造れなかったら、江戸が飢えるという」

――江戸が飢えるだと。

それは初耳だった。

「今、諸国はひどい飢饉《ききん》に見舞われている。食えなくなった者たちが次から次へと江戸に流れ込むので、それまでいた人々も飢えに苦しむようになってきているそうだ。しかし天領の米を陸路で江戸に運ぶのは至難の業だ。そこで河村屋さんは東回り航路を開拓し、出羽や陸奥の天領の米を、海路で江戸に集められるようにしたんだ」

七兵衛は様々な管理方法を編み出し、天領の米を江戸や大坂に安全確実に届けられるようにした。だが、それでも大きな問題が残っていた。船の数が足りないのだ。つまり江戸に流入する人々の胃袋を満たすには、それに見合った量の米を江戸に送らねばならない。だからといって船の数を増やせば難破の危険性が増し、損米率も高くなる。むろん手練れの船子の数に限りがあるので、徒《いたずら》に船の数を増やすことはできない。

それらの問題を一気に解決できるのが、千石積み以上の大船なのだ。

──つまり一隻あたりの積載量を増やすことで、城米廻漕の効率を高め、損米率を低減させるというわけか。

七兵衛によれば、このままだと江戸は飢えて各地で略奪や打ちこわしが頻発し、政情不安になるという。

そこに孫四郎がお茶を淹《い》れてきた。

「皆さん、お待たせしました。熱いお茶です」

孫四郎が如才なく皆に茶碗を配っていく。

「此奴《こやつ》のことは皆も知っていると思うが、わしの息子の孫四郎だ。まだ半人前にもならないが、面倒を見てやってくれ」

「へい」と皆が声を合わせる。

「そうだ。皆にはまだ、ここにいる弥八郎を紹介していなかったな」

清九郎が弥八郎のことを簡単に紹介する。

「弥八郎、皆の名前や生国《しょうごく》は、それぞれの仕事に絡んだ時に聞け」

どうやら弥八郎以外は、すでに互いの紹介が済んでいるらしい。

「ここにいる者たちは、千石船を造るために集まった。地縁も血縁もない。もちろん互いに貸し借りもない上、友というわけでもない。だがな——」

清九郎の声が強まる。

「お前らは玄人《くろうと》中の玄人だ。玄人として仕事に取り組め。もしも下手打ちやがったら容赦はしねえからな」

「へい」と皆が再び声を合わせる。

——清九郎さんも無理しているんだな。

どうやら腕利きの大工たちを束ねることになり、清九郎も過度に気が張っているらしい。

「まあ、皆さん、楽しくいきましょう」

突然、孫四郎がおどけた声を上げた。

「今からご披露する民謡は、九州から入った船が伝えてきたものですが、それを小木のたらい船で働くケサという女が独特の調子で謡《うた》い、こちらで流行っているものです。では聞いて下さい。曲の名は『ハイヤ節』と言います」

ハイヤで今朝出た船はエー、どこの港にサーマ入れたやらエー
（南風《はえ》に乗って今朝方出た船は、〈風が強くなったので〉どこかの港に入れたらよいのだが）

孫四郎が謡い始めた。妙な節で謡うので皆の顔に笑みが広がる。

突然、手拍子が聞こえた。清九郎である。

――清九郎さんも息子に助けられたというわけか。

清九郎は皆の気持ちを引き締める話をしたが、それが終われば、何らかの方法で皆と打ち解けたかったに違いない。孫四郎はその気持ちを汲んで、自ら道化役となったのだ。

皆も手拍子を打ち始めた。むろん弥八郎も打った。

その時、突然、塩飽にいる嘉右衛門の顔が浮かんだ。

――おとっつぁん、わいの勝手を許してくれよ。いつか必ず帰るからな。

弥八郎は心中、嘉右衛門に語り掛けた。

あれに見えるはエー、旦さの船かエー、今日もハイヤに乗って戻ってくるさエー
（あれに見えるのは旦那さんの船か。今日も南風に乗って戻ってくるよ）

孫四郎は遂に立ち上がり、手をかざしては下ろす奇妙な踊りを始めた。皆の手拍子が高まる。

後に「佐渡おけさ」と呼ばれることになるその踊りを見ながら、弥八郎はこの地に来てよかったと思った。

十

大坂の喧騒は五左衛門にとって心地よいものだった。

五左衛門のような商人は、そうした活気を己の活力にしていくところがあり、大坂のような場所に来ると、なぜか元気がわいてくる。

――他人の活力を少しでもいただかないとな。

ここのところ五左衛門は、しばしば気分が悪くなり食欲もなくなっていた。最近は吐瀉《としゃ》物《ぶつ》の中に血が混じっていることもある。

そうした不調を、五左衛門は周囲に漏らさなかった。というのも、そんなことをすれば、皆が心配して隠居を勧めてくるからだ。

——まだ隠居するわけにはいかない。

五左衛門は、丸尾屋だけでなく塩飽諸島の商人たちを束ねていく立場にある。しかも今、七兵衛を介した幕府との大商いも進んでおり、それが一段落するまで隠居はできない。

実は今回の大坂行きも、著名な医家に検診してもらうことが目的の一つだった。

医家によると、胃の腑の下部辺りに小さなしこりがあり、それが不調をもたらしているという。そのしこりには五左衛門も気づいており、以前より少しずつ大きくなってきている気がする。

五左衛門が治療法を聞くと、医家は黙って首を左右に振った。

——だとしたら、いつ死んでもいいようにしておかねばならない。

五左衛門は覚悟を決めた。

河村屋の大坂店は天満の青物市場の近くにある。天満は大坂の中でもとりわけ賑やかな一帯で、今朝も棒手振《ぼてふ》りたちが威勢のいい掛け声を上げながら四方に散っていく。

棒手振りたちは、野菜の満載された籠を前後に取り付けた天秤棒《てんびんぼう》を担ぎ、それぞれの縄張りに向かう。彼らは皆若く、その筋肉は躍動していた。

そうした光景を眺めていると、若さというのが、いかに貴重か思い知らされる。

かつて五左衛門は、人は五十まで生きられれば十分だと思っていた。だが、いざその門口に差し掛かってみると、心配事が山積されており、まだまだ死ねないと思う。

——人にも春夏秋冬がある。だが四季の移ろいと違って、人の春は二度とやってこない。当たり前のことだが、人は衰え、やがて死ぬ。それを受け入れていかねばならないのだが、人によっては、それがうまくできない者もいる。

——嘉右衛門よ、お前の気持ちはよく分かる。

そんなことを思いながら、五左衛門は河村屋の暖簾《のれん》をくぐった。

前もって来訪を知らせてあったので、七兵衛は中で待っていてくれた。

「お久しぶりですな」

七兵衛が血色のいい相好《そうごう》を崩す。七兵衛は五左衛門より年上のはずだが、十以上も若く見える。

型通りの挨拶を交わした後、早速、五左衛門は切り出した。

「われらの船と船手衆の働きぶりは、いかがですか」

「塩飽の船手衆は国内随一と聞いていましたが、なるほど、見事な帆さばきや舵さばきで縦横無尽に海を走り回り、今ではほかの船子たちの手本になっています」

五左衛門は胸を撫で下ろした。

「そうですか。それはよかった」

「塩飽の衆に城米廻漕を依頼してからというもの、損米の割合も下がり、お上も喜んでいます」

「ありがとうございます」

お上という言葉が出ると、自然に体が硬くなる。

「ただ――」と言って、七兵衛が思案顔になる。

「やはり今ある船だけでは、江戸の胃の腑を満たすことはできません」

「もっと船を増やさねばならないのですか」

「いや、船を増やせば、それだけ船子の数も必要になる上、海難事故も起こりやすくなります。だからこそ大船が要るのです」

「では、やはり千石船を――」

「はい。しかし大船というのは、なかなか厄介なものですな」

七兵衛がこれまでの顚末を語った。

「ということは、佐渡の方もこれからなんですね」

「そうなんです。腕のいい大工をかき集め、まずは七百五十石積みの試し船を造らせようと思っています。それで不具合を調整してから、千石船に挑むつもりです」

「素人考えですが、船というのは、すべてを大きくすればよいわけではなく、新たな思案が必要なはずです。それで嘉右衛門の息子のことですが――」

「もちろん弥八郎のことも、あの雛型のことも忘れてはいません。ただ、そう容易にはいかないでしょう」

七兵衛の言うことは、五左衛門にもよく分かる。

「大工たちの心を、いかに摑むかですね」

「その通りです。わいが命令一下やらせることもできます。だがそれでは、いい仕事はできません。ここは焦らず、皆が一丸となって、新しい思案に基づいた大船が造れるように仕向けるしかないのです。ただそれをやるのは、わいではありません」

七兵衛の顔に笑みが浮かぶ。

「どうしてですか」

「わいは大工ではないからです。皆の心を束ねることができるのは、大工しかいません」

「つまり弥八郎に、それを託したと――」

七兵衛が大きくうなずく。

「はい。実績も経験もない弥八郎だからこそ、できると思うんです」

「なぜですか」

「わいは腕のいい大工を佐渡島に集めた。皆、船造りに関しては一家言《いっかげん》持っている。そんな連中を実績や経験で束ねようとしても無理です」

「話がよく分かりませんが」

五左衛門には、まだ七兵衛の真意が見えてこない。

「皆に『こいつのためにやってやろう』という気持ちを起こさせなければ、最高の仕事はしてもらえないのです」

「さすが河村屋さんだ。人の心の動きまで透けて見えるのですね」

「これも、車力や口入屋をやっていた経験から得たものです」

七兵衛の人の使い方は、地位や金の力に物を言わせて無理やりやらせるのではなく、その仕事を成し遂げることで得られるものを噛んで含めるようにして説き、それぞれの自主性に任せるという方法だった。それがいい仕事につながると、七兵衛は知っているのだ。

「しかし、そんな大役を弥八郎に――」

「むろん頭には、清九郎という佐渡の大工頭に就いてもらっています。しかしその下で、皆を動かすのはあの若者です。大坂で学んだことを生かし、弥八郎はきっとやってくれると思います」

「あの弥八郎が――」

幼い頃からよく知っている弥八郎が、これだけ七兵衛に期待されていると知って、五左衛門は心底うれしかった。

「ただ、江戸はいつまでも待ってはくれません」

七兵衛の顔が曇る。

「江戸が待ってくれない、とは」

「実は――」

七兵衛が江戸の人口が急増していることを語った。

「それは深刻ですね」

「そうなのです。それでわいは、二年の間に千石船を佐渡の海に浮かべることができないなら、佐渡から手を引くつもりでいます」

「ということは、ほかでもやっているのですね」

「まあ、そういうことです。お上の金も絡んでいるので、どことは言えませんが、複数の地で千石船を造らせようとしています。それだけお上も必死です」

「つまり、最も早く北海の荒波に耐えられる千石船を造ったところが、今後も千石船造りの中心になるというわけですね」

「そうです。わいらは競わせることで成果を早く得たいのです」

七兵衛がふと漏らした「わいら」という言葉は、複数の主体を指していた。

――つまり七兵衛の背後には、幕府の要人たちがいるということか。

とてつもなく大きな仕事に、弥八郎は巻き込まれつつあるのだ。

「それで塩飽の方ですが――」

七兵衛が不安そうに問う。

「嘉右衛門さんの作事場は、うまく回っているのですか」

「はい。ご心配には及びません。お得意さんだけでなく、新造船の依頼がひっきりなしに入ってきています。これも河村屋さんが、塩飽の船の優秀さを諸国に広めてくれたおかげです」

「いやいや、わいは何も言っていません。塩飽の船と船手衆が、仕事でそれを証明しただけです」

「河村屋さんのお陰で、塩飽の民は飢えに苦しむこともなくなりました。これからも、お力添えさせていただきたいと思っています」

「こちらこそ感謝の言葉もありません」

七兵衛が薄くなった頭頂を見せて頭を下げた。

河村屋を出た五左衛門は、再び天満の喧騒を歩いた。擦れ違う者たちは皆、目の前の仕事や用事のことだけを考えて速足で通り過ぎていく。だがそんな彼らにも、いつかは衰えが訪れ、仕事も用事もなくなる時が来る。そんな日のことを誰も考えはしないのだろう。だがそれは、誰の身にも間違いなくやってくるのだ。

――そろそろ、わいの番が回ってきたということか。

五左衛門は相変わらず多忙で、丸尾屋だけでなく塩飽の船手衆をも取り仕切っていることに変わりはない。だが徐々にでも、番頭らに権限を与え始めねばならないと思っていた。

――わいに万が一のことがあっても、塩飽の船手衆と丸尾屋の痛手を最小限に抑える算段をしておかねばなるまい。

五左衛門は塩飽に帰ったら、新たな丸尾屋の運営体制を考えねばならないと思っていた。

――嘉右衛門よ、お前がわいに、それを教えてくれたんだ。

むろん五左衛門は、嘉右衛門の居場所も確保してやらねばならないと思っていた。

天満の喧騒の間を通り抜け、五左衛門は塩飽に戻る船が出る船着場に向かっていった。

第三章　若獅子の船

一

延宝二年（一六七四）も瞬く間に終わり、延宝三年の元旦を迎えた。

例年のように、作事場の大工や関係者を率いて池神社に出向いた嘉右衛門は、皆の「無病息災」と自らの作事場で造った船の「安穏無事」を祈って奉幣した。

神妙な顔で神主の祝詞《のりと》を聞いた後、皆で作事場に戻り、嘉右衛門が訓示を垂れて解散となるが、その後は作事場内で酒盛りになるのが恒例だ。

しばらくの間、皆と酒を酌み交わしていた嘉右衛門だったが、微妙な空気を感じ取った。

——わいは疎外されているのか。

これまでと違い、誰もが嘉右衛門と目を合わせないようにしている。

――いや、気のせいだ。そんなことはねえ。

だが違和感は次第に大きくなっていく。

――そうか。これまで皆は、わいと並んで座す市蔵に話し掛けていたんだ。それをわいは、己にも話し掛けられていると思い込んでいた。

市蔵は嘉右衛門が話の輪の中心にいるように、それとなく仕向けてくれていたのだ。

それに気づくと居たたまれなくなり、半刻も経たないうちに、「棟梁のところに挨拶に行ってくる」と告げて作事場を出た。

道すがら、嘉右衛門はつい三年前の新年の酒盛りに思いを馳せた。

――あの時は市蔵も弥八郎もいた。弥八郎は、「飲むな」というのに無理して濁酒《どぶろく》を飲み干して倒れちまったな。

大工たちは一人ひとり、車座の中心にいる嘉右衛門の前に来て今年の抱負を述べるのが習慣だった。その度に誰かが茶々を入れ、皆が沸くことを繰り返した。常は厳格な嘉右衛門も、正月だけはにこやかな顔で盃を受け、苦言など一切言わなかった。

――そんな正月を過ごすことは、もうないんだな。

空は晴れており、鳶《とんび》が一羽、獲物を狙うでもなく悠然と風に乗っている。

――お前も一人で正月を過ごしているのか。

嘉右衛門は自嘲すると、丸尾屋へと足を向けた。

丸尾家でも正月の祝いで親類縁者が集まり、たいへんな賑わいだった。

嘉右衛門が挨拶に来たと告げると、早速、奉公人の一人が奥の間に案内してくれた。そこでは、五左衛門が親類縁者と車座になって酒盛りをしていた。

「嘉右衛門か。いつもは二日に来るのに元日に来てくれたか」

五左衛門は親類たちに囲まれて盃を重ねていたらしく、すでにでき上がっていた。

「元日は親類縁者だけの集まりと知っていたのですが、いの一番に挨拶だけでもと思い、足を向けてしまいました。すぐにお暇《いとま》いたします」

「何を水臭いことを言っているんだ。お前は親類も同じだ。こっちに来て盃を受けろ」

「へ、へい」

それを機に、親類たちは五左衛門の許から下がっていった。

「ああ、そうだ。お前は残っていろ」

五左衛門が一人の若者に声を掛けた。

「嘉右衛門、確か初めてだったな。うちに養子入りする重正《しげまさ》だ」

「大工の嘉右衛門と申します。お見知りおきを」

重正は小声で何か言っているが、よく聞き取れない。

「おい、はっきり物を言え」

「す、すいません。丸亀の金毘羅屋《こんぴらや》の三男で、このほど丸尾屋さんとの間で養子縁組が整った重正と申します」

子のいない五左衛門は以前から養子を探していた。それがようやく見つかったと喜んでいたが、まさか丸亀屈指の廻船問屋の金毘羅屋の御曹司とは思わなかった。

「重正は、金毘羅屋さんで商いのことをみっちり叩き込まれたと聞く。これでわいも肩の荷が下りた」

「そいつはめでたいことですね」

「それよりも、正月早々どうしたんだ。作事場でも正月祝いをやっているんだろう」

「ええ、やっています」

それだけ聞いて嘉右衛門の気持ちが分かったのか、五左衛門がため息をつく。

「堂々と居座っていればよいものを。お前の作事場だぞ」

「それは分かっていますが、わいがいると若い衆が硬くなるので、元日ぐらいは伸び伸びさせてやろうと思いまして」

「そこまで気を遣うことはねえよ。職人仲間の酒なんだ。酒盛りの最中でも、上下関係をはっきりさせておくことが大切だ」

五左衛門の言うことは正論だ。確かに無礼講も大切だが、正月の酒は新年の初めを祝うものであり、今年一年の仕事を始めるにあたって、皆の気持ちを一つにさせる意味がある。それを思えば、大工頭として威厳ある態度で盃を受けてもよかったはずだ。

「わいと盃を交わしたら戻るんだ。後は酒の座にいるだけでいい」

「分かりました」

五左衛門が嘉右衛門の盃に再び酒を注《つ》ぐ。

作事場の濁酒とは異なる上質の清酒なので、胃の腑に染み入るようだ。

「伏見の酒だ。違うだろう」

「ええ、実にうまいです」

「年末に大坂に行った折に買ってきたんだ。そうだ。作事場にも一樽運ばせておく。若い衆が喜ぶぞ」

五左衛門が高笑いする。

「申し訳ありません」

「いいってことよ。大坂では河村屋さんにも会ってきた」

「えっ、河村屋さんに――」

盃を飲み干そうとした嘉右衛門の手が止まる。

「弥八郎の消息を聞いた。佐渡島で励んでいるそうだ」

「そうなんですか」

「ああ、大坂ではうまく溶け込めなかったようだが、佐渡島では受け入れてもらえているようだ。河村屋さんが金を出し、清九郎という男の作事場を拡張したので、新顔の大工ばかり集められたのがよかったようだ」

「そうでしたか」

嘉右衛門はこの時、初めて清九郎という名を聞いた。

「このまま、弥八郎がうまく溶け込んでくれればよいのだが――」

煙管の灰を落とすと、五左衛門は新たに煙草を詰め始めた。

「弥八郎は奔馬のような奴です。己の思い通りにいかないと、すぐに癇癪《かんしゃく》を起こします。わいにはそれが心配です」

五左衛門が首を左右に振る。

「弥八郎はもう二十歳を過ぎている。いつまでも童子《わっぱ》のままじゃねえ」

「そいつは分かっていますが――」

「親というのは、いつまでも子のことが心配なんだな。だがな――」

五左衛門が煙管を渡してきたので、嘉右衛門は一礼してそれを吸った。胸内に安堵感のようなものが広がる。

「弥八郎は、もう相手の気持ちを察することもできるようになったはずだ。今度はうまくいくさ」

五左衛門が己に言い聞かせるように言う。

「だといいんですがね」

懐から手巾を出した嘉右衛門は、煙管の吸い口を丁寧に拭いてから返した。

「弥八郎は、お前の大事な跡取りだ。いつか戻ってくる。その時は腕利きの大工になっているぞ」

「棟梁に気遣っていただき、弥八郎は幸せもんです」

「当たり前じゃねえか。なあ、嘉右衛門、時の流れだけは皆同じだ。いつかは、わいらも座を譲らねばならない時が来る」

――そうか。棟梁もそのことを考えていたんだな。

隠居の時機を探っていたのは、五左衛門も同じだった。

「だがな、隠居というのは難しい。どうしても『一段落したら隠居しよう』と思いつつ、その座に居座り続けちまう。でもな、それじゃいけねえ。どっかですぱっとな――」

そこまで言ったところで、五左衛門が咳き込んだ。

「いいか、嘉右衛門、弥八郎はな――」

五左衛門の咳き込みが激しくなる。

「棟梁、どうしたんで――」

「心配するな。煙草のせいだ」と言いつつ、五左衛門は手元にあった盃を飲み干した。

それで咳は収まり、五左衛門が再び話し始めた。

「弥八郎は立派な大工になって帰ってくる。その時は――」

五左衛門が胸を押さえた。

「文句を言わず――、文句を言わずに迎え入れるんだぞ」

「棟梁！」

苦しげにあえぎつつ、五左衛門が顔の前で手を振る。

「どうも今日は――、具合が悪い。おい、横になるぞ。奥の間に床を敷いておけ」

すかさず手代が駆け寄ってきて介抱する。だが重正は、おろおろするばかりだ。

「すまねえな。そんな次第だ。また明日、話をしよう」

「棟梁――」

すぐに駆け付けてきた番頭らの手を借り、五左衛門が奥の間に去っていった。

――棟梁は、どこか悪いのか。

嘉右衛門は、皆に抱えられながら去っていく五左衛門の後ろ姿を茫然と見送った。

二

翌朝、作事場に顔を出す前に丸尾屋に向かった嘉右衛門は、番頭から五左衛門の病が深刻だと聞かされた。

どうやらあの後、苦しみ出して意識を失ったらしい。今は牛島唯一の医家が付きっきりで看病しているので、小康を得ているという。それを聞いた嘉右衛門が「棟梁に挨拶だけでもさせて下さい」と言うと、番頭が意向を確かめに行った。しばらく待っていると、番頭が「主人が来いと言っています」と伝えてきた。

嘉右衛門が奥の間に入ると、五左衛門は床に臥《ふ》せっていた。

「嘉右衛門か」

その声も弱々しい。

「へ、へい」

「皆、下がってくれ」

五左衛門を囲んでいた医家や女中たちが、ぞろぞろと下がっていく。

広い奥の間は、五左衛門と嘉右衛門だけになった。

「棟梁――」

「心配するな。すぐに癒える」

だが五左衛門の顔に生気はない。

「いったいどうしたんで」

「どうやら胃の腑の病らしい。大坂の医家がそう言っていた」

「これまでは分からなかったんですか」

「ああ、牛島の藪は、今まで『棟梁の体は何の心配もありません』なんて言ってやがったが、わいが大坂の医家の診断を教えてやると、『実は、わたしもそうではないかと疑っていました』だと」

二人は笑い合った。

「でも、たいしたことはなくて何よりでした」

「いや、そうでもなさそうだ。このまま病臥《びょうが》したままになるかもしれん」

「ま、まさか」

「そりゃ、立って歩けないこともないさ。だが仕事は、とても無理だとさ」

「では、いよいよ――」

嘉右衛門が語尾を濁したが、五左衛門は他人事《ひとごと》のように言った。

「ああ、無念だが隠居せざるを得まい。これからは重正が店を仕切ることになる」

「これまでと変わらず、われらは重正様の下知《げち》に従います」

「そうしてくれ。奴は至らないかもしれないが、頭は悪くない。何とか丸尾屋を回していけるはずだ。だが生まれが生まれだけに甘やかされて育ったのか、少し手前勝手で強引なところがある。面白くないこともあるかもしれないが、堪忍してやってくれ」

「もちろんです」

五左衛門が唇を嚙む。

「唯一残念なのは、弥八郎に千石船を造らせてやれなかったことだ」

「棟梁、それは――」

突然、五左衛門の腕が伸びると、嘉右衛門の襟首を摑んだ。

「嘉右衛門、わいはいつの日か千石船を海に浮かべたい。それができるのは弥八郎しかいねえ。奴のやりたいようにやらせてやれ。それが一番だ」

それだけ言うと、五左衛門の顔が苦痛で歪んだ。

「棟梁、しっかりして下さい！」

「いいか、時の流れに人は抗《あらが》えねえ。いつか千石船の時代が来る。いや、もっとでかい船が必要とされる時代が来る」

「棟梁――、そこまで千石船を造りたかったんですね」

嘉右衛門は、五左衛門の気持ちが分からなかったことを悔やんだ。

「ああ、わいは人に先んじることで、ここまでの身代になれた。そのわいの許に河村屋さんが飛び込んできてくれた。商人としてこれほどの勝機はなかった」

「棟梁、何と申し上げていいか――」

嘉右衛門にも言い分はあるが、あえて口を閉ざした。

「もう、そのことはいい。だがお前にも身を引く時が来る。その時は弥八郎にすべてを託すんだ」

「しかと承知しました」

その時、部屋の外から番頭の声がした。

「棟梁、重正さんがおいでです。何でも仕事の話だそうで」

「構わねえ。通してくれ」

番頭が「はい」と答えて下がっていく。

「嘉右衛門、これから重正と仕事の話をする」

「分かりました。これでわいはお暇します」

「わいの言葉を忘れるなよ」

「はい。しかと胸にしまい込みました」

それだけ言うと、一礼して嘉右衛門は奥の間を後にした。

帰り際、番頭に先導されて奥の間に向かう重正と廊下で擦れ違った。嘉右衛門は頭を下げて道を譲ったが、重正は一つうなずいただけで、何も言わずに歩いていった。

その尊大な態度から、嘉右衛門は前途の多難を予感した。


それから間もなく五左衛門が息を引き取った。時の流れと言ってしまえばそれまでだが、嘉右衛門にとって、共に人生を歩んできたも同然の五左衛門の死は衝撃だった。

だが作事場の頭として、嘉右衛門は丸尾屋の当主となった重正と良好な関係を築いていかねばならない。

重正は実父に厳しくしつけられていたこともあり、いつも無口で暗い影を引きずっているような男だったが、初七日が終わるや、たがが外れたように讃岐国の丸亀から芸妓や酌婦を呼び寄せ、連日にわたって宴の席を設けた。

仕事の面でも、古くから仕えてきた奉公人や女中たちを追い出し、二十代や三十代の経験の浅い者たちに、その仕事を引き継がせた。

丸尾屋の体制は、重正を中心としたものに日に日に変わりつつあった。あたかもそれは、先代の影響をかき消そうとしているかのようだった。

そうした変化を横目で見つつ、嘉右衛門は時の流れの冷酷さに茫然としていた。

三

佐渡の冬は弥八郎の想像をはるかに超えていた。雪は少ないものの、凄まじい寒風がうなり声を上げて吹きすさび、海は連日のように大荒れとなる。浜辺に近い宿根木の集落には、昼夜を問わず砂塵が舞い踊っていた。

厚い雲間を通してまれに陽光も差すが、そんな日は珍しく、昼とも夜ともつかない日々が続く。そうした厳しい環境下で、佐渡の人々は身を寄せ合うようにして暮らしていた。

冬の間、漁師たちは海に出ることができないので、秋までに作っておいた干物をかじり、浜に流れ着く海藻類を拾って食べていた。例年並みの収穫があれば、米や野菜も島民に行きわたるのだが、ここ数年は不作が続いたので、飢えに耐えて春が来るのを待つしかなくなっていた。

「こんなところで船が造れるか」

囲炉裏を囲んで座る大工の一人が、体をちぢこまらせるようにして呟く。

「こんな荒れた海に、船など出せるもんか」

別の者も同調する。

「でも河村屋さんや清九郎さんは、冬の佐渡海峡をものともしない大船を造るつもりだろう」

「そうだ。真冬の佐渡海峡を渡れる船を造るとさ」

「沖のうねりは、でかくてすごい力を持っているはずだ。それに耐えられる船など造れるもんか」

どうしても会話は否定的な方向に流れていく。

そうした話に耳を傾けながら、口元まで出掛かった己の考えを抑えるのに、弥八郎は苦労していた。

——今、話をしても、皆に軽くあしらわれるだけだ。

己の考えをみだりに述べても、気難しい大工たちは容易に受け入れないだろう。

「そろそろ仕事に掛かろう」

清九郎が煙管をくゆらせながら現れた。背後には孫四郎もいる。

「へい」と答えた大工たちが一斉に動き出す。

「今朝方、小木港に便船が入ったらしい。本州から皆に書簡が届いているかもしれない」

「この時化の中を渡ってきたんですかい」

大工の一人が問う。

「そうだ。一冬に一度か二度だが、風波の間隙《かんげき》を縫えば渡ってこられないこともない」

――だが河村屋さんは、そんな間隙を縫わずに、いつでも佐渡海峡を渡ってこられる大船を造ろうとしているのだ。

それがいかに困難かは、誰もが知っている。

「孫四郎と弥八郎は、便船が届けてきたものを取りに行ってくれ」

弥八郎の心に一瞬、「半人前扱いしやがって」という思いが浮かんだが、それを抑えつけると、「承知しました」と答えて立ち上がった。

二人は防寒用の赤合羽（桐油《とうゆ》合羽）を着て笠をかぶり、顔中に布をぐるぐると巻き付けると、寒風吹きすさぶ屋外に出た。

風が鳴り、波が砕け、さらに家々の木張りの壁が軋《きし》み音を発するので、会話もままならない。風垣の外に出ると、砂が舞い踊り、まともに目も開けていられない。

宿根木の目前の浜は大浜と呼ばれ、その東端に台地がせり出し、そこには渡海弁天が祀られている。その台地の突端を過ぎると、厚浜と呼ばれる浜が続いている。そこを二人は、身を縮めるようにして歩いていった。

「今日は風が強いな」

弥八郎の言葉に、「えっ」と孫四郎が問い返す。

「今日は風が強いな！」

弥八郎は叫ぶようにして、もう一度言った。

「冬は、いつもこんなもんですよ」

孫四郎の笑い声も風の音にかき消される。

二人は、波の花が飛んでくる浜の道を風に抗いながら進み、ようやく小木港に着いた。あまりに風が強いためか、小木港でも外を歩いている人はほとんどいない。二人が問屋《とい》場《ば》に行って荷物を受け取る手続きをしていると、新潟から便船に乗ってきた面々が、会所で酒盛りをしているのを見かけた。

「これじゃ、今年の冬は新潟に帰れねえな」

「しょうがねえさ。ここでゆっくりしていこう」

「そんなことになれば、お前の嬶《かかあ》が誰かの布団に引きずり込まれるぞ」

船子たちがどっと沸く。

「でももう少しで、わしたちも『地獄の窯』に引きずり込まれるところだったな」

「あれは間違いなく『地獄の窯』だ。物見の助蔵がいち早く見つけたから避けられたが、もっとでかい窯だったら、引きずり込まれてお陀仏だった。ああ、くわばらくわばら」

一人がおどけたように身を震わせる。

――「地獄の窯」だと。孫四郎が話していたやつだな。

孫四郎の方を見たが、番役と話をしていて会話には気づいていないようだ。

「すみません」と弥八郎が声を掛ける。

「皆さんは、新潟から来た便船の船手衆で」

「ああ、そうだ。何か文句でもあるのか」

難癖を付けられたと思ったのか、船頭らしい男が凄味のある声で答える。

「今、お話しになっていた『地獄の窯』とは何ですか」

「お前は、佐渡にいてそんなことも知らねえのか」

「へい。佐渡は新参なもんで」

「そうか。それなら仕方ねえ。教えてやろう」

男は得意げに語り始めた。

「潮と潮が当たる場所を潮目という。それが小さな潮どうしなら海もさほど荒れず、逆に絶好の漁場となる。だが大きな潮どうしがぶつかり合うと、海中で潮が乱れ、その力は上方にも向かい、大きなうねりを作り出す。そこに引きずり込まれたら、どんな船でも転覆するか破船する」

「ここの海には、そんな恐ろしいもんがあるんですね」

「ああ、だから皆は『地獄の窯』と呼んでいる」

「皆さんは、そいつを見たんで」

「ああ、この目で見てきた。それで必死になって操船し、窯から遠ざかったのさ」

「そいつは幸いでした。帰途もお気をつけ下さい」

弥八郎が頭を下げると、船頭たちは別の話題に移っていった。

宿根木の帰りは、風がやや収まってきた。背負ってきた笈《おい》は重いが、風が弱まった分だけ、行きよりも楽になった。

弥八郎が孫四郎に問う。

「お前さんは、この海を見ながら育ったんだってな」

「ええ、そうです」

孫四郎が屈託のない笑みを浮かべる。

「ここでの暮らしはどうだ」

「そりゃ、楽しいことばかりじゃありませんよ」

孫四郎は幼くして母親を失い、その後、二つ上の姉も病で亡くしたと語った。

「ここで生きることは、本州よりたいへんなんだな」

「わたしは本州に行ったことがないので分かりませんが、さして変わらないでしょう」

孫四郎の指す本州が、越後や出羽といった飢饉の多い国々なのは明らかだ。

――孫四郎には、陽光きらめく瀬戸内海など想像もつかないだろうな。

今となっては、当たり前のようにあった故郷が、この上なく懐かしい。

「弥八郎さんの故郷は、どんなところなんですか」

「暖かくていいところだよ」

「しかも仕事があったんでしょう。ほかの大工に聞いたのですが、弥八郎さんの父上は、有名な大工の親方というじゃありませんか」

「まあ、そうだな」

嘉右衛門に、あれほど反発していた弥八郎だが、なぜかそう言われれば誇らしい気持ちになる。

「お父上とは、うまくいかなかったんですか」

「そういうことだ。お前さんのように素直じゃねえからな」

「わたしだって父に反発することはありますよ。しかし喧嘩したところで、出ていく先もありません。ここでは、せいぜい金山の掘子になるくらいです」

「本州はどうだ」

「一度は行ってみたいと思いますがね。仕事はないと聞きます」

確かに本州に渡ったとしても、伝手がなければ、すぐに仕事にはありつけない。役人の目をかいくぐって故郷を後にしても、江戸までたどり着く前に飢えて苦しみ、野垂れ死にするという話も聞く。故郷から出ていこうとする若者たちに対する脅しなのかもしれないが、実際に江戸の人口が過剰に増えていなければ、七兵衛があれだけ千石船の建造にこだわるはずがない。

――わいらの仕事は、それだけ大事なんだ。

今更ながら、弥八郎はそれを思った。

「弥八郎さんは、この地で千石船が造れるとお思いですか」

孫四郎が単刀直入に問うてきた。

「わいにそれを聞くのか」

「はい。弥八郎さんは皆と一緒の座でも何も言わず、ただ黙って皆の話を聞いているだけです。でも――」

一瞬、躊躇した後、孫四郎が思い切るように言った。

「何か言いたそうな顔をすることがありますよね」

弥八郎は孫四郎の観察力に舌を巻いたが、ここは否定しておかねばならない。

「わいは半人前だ。口を挟むようなことはない。じゃ、お前さんはどう思う」

「今のままでは難しいと思います」

孫四郎がずばりと言う。

――此奴は馬鹿ではない。

その確信に満ちた口調から、それが伝わってくる。

「どうしてだ」

「各地から来た大工の皆さんは、一家言持っている方ばかりです。それを仕切っていくには、腕だけでなく皆を納得させられる差図や木割が必要です」

「その通りだ」

「しかし父には、そういう発想がありません。それは河村屋さんも分かっていて、七百五十石積みの船を試しに造らせ、そこで出てきた厄介事をつぶしつつ、新しい差図や木割を考えさせようとしているわけです」

弥八郎は、己の考えを語りたい衝動を抑えて言った。

「それしか手がないからだろう」

「しかし父に、新しい差図や木割を作れるとは思えません」

「そんなことはねえ。清九郎さんは経験豊富な船造りだというじゃねえか」

「その通りです。しかし父は、二百石積みの船しか造ったことがありません。その経験が邪魔をして、うまくいくとは思えないのです」

弥八郎が黙り込む。

「そうは思いませんか」

「わいは一介の大工だ。しかも半人前だ。わいがとやかく言うことじゃねえ」

孫四郎の顔に失望の色が広がる。

――もう少し待っていてくれ。時機が来たら、わいの考えを話してやる。

弥八郎はその言葉をのみ込み、宿根木の風垣をくぐった。

やがて春が訪れ、本格的な試し船造りが始まった。

しかし作業は当初から齟齬《そご》を来し始めた。元来、船大工たちは木割術を秘伝としており、それぞれの船大工集団で仕事を通じて伝えられる。

主なものに大坂だけで川上和泉流、山崎豊後流、境九郎兵衛流などが、そのほかにも瀬戸流、唐津流、伊予流などがあり、それぞれ「他見他言を許さず」「一子相伝」「師弟の結約により相伝え申し候」などと箱書きに書かれており、流儀間に共通するものはあまりない。

それでも縮尺十分の一や側面図を主体とするなどといった基本図は共通しているので、それを元にして、大工たちの話し合いの場が幾度となく持たれた。それにより約一月後、試し船の建造に必要な側面図、平面図、断面図などが、描き上げられた。

すでに樟《くす》、杉、欅といった上木《じょうぼく》の手配は済んでいるので、続いて墨師（設計図描き）、木挽、船大工、鍛冶屋らが一堂に会し、航据祝《かわらすえいわい》が行われた。これは造船儀礼の一種で、帆柱を立てる時、すなわち工程の中ほどに行われる筒立祝、船卸する時に行われる船卸祝と並ぶ重要な儀式である。

早速、その日から、航と呼ばれる厚板の船底材、根棚から上棚までの外板、上中下の船梁の木挽作業が始まった。

四

うららかな春の日差しの中、なすこともなく作事場の前に佇んでいると、突然、取り巻きを引き連れて重正がやってきた。

「棟梁、おはようございます」

嘉右衛門は腰をかがめて挨拶したが、重正はうなずいただけで、無愛想に作事場を眺めている。

「どうかなさったんで」

「どうかも何もない。これだけの大工が働いて、船は二月《ふたつき》から三月で一隻か」

五百石積み級の船の建造には五十日から六十日は掛かっているが、それがほかと比べて長いということもない。

「船の注文は、ひきも切らず来ている。今は亡き義父上《ちちうえ》はお前の言うことを信じ、繁忙期にはお得意さん以外の注文を断っていた。だが、これだけ頭数がそろっていれば、輪木をもう一つか二つ設けて、同時に何隻も造れるんじゃねえのか」

重正が作事場内を見回しながら言う。

「いや、それは無理です。船は造るだけでなく海に浮かべねばなりません。そのためには、幾度となく様々なことを確かめねばならず、次から次へと造れるものではありません」

　嘉右衛門は続けた。

「しかも河村屋さんの肝煎《きもいり》で、お上の城米船の新造注文が年に二隻か三隻は入ってきています。それを断ることはできません。また、すでに造った船の中作事や小作事も入るので、新造で年に五、六隻がやっとです」

「大工を増やせばいいじゃねえか」

「大工というのは、そう容易には育ちません。童子の頃から叩き上げないと、なかなか物にならないのです」

「そうは言っても、城米廻漕で評判を取ったおかげで、各地から塩飽に注文が殺到しているんだ。それを受けない手はない。せめて今の工期を半分にして、一年で十隻ばかり造れないか」

「そいつは無理です。わいらは人様の命を預かっています。やっつけ仕事で、船は造れるもんじゃありません」

「誰がやっつけ仕事でやれと言った！」

　重正が目を剝く。

「いいか、商いっていうのは、機会を逃せば他人にすべて持っていかれるんだ。今、大坂では次々と大工が独立し、新しい作事場を立ち上げている。このままでは、すべての新造船を大坂に持っていかれる。ここに来るのは老朽船の修繕だけになるぞ」

そうした商いの状況は嘉右衛門の職掌外であり、何とも答えようがない。

重正が結論付けるように言う。

「腕のいい流れ大工を連れてくる」

流れ大工とは、特定の作事場に所属せず、その時々の賃金に応じて働く場を変えていく大工のことだ。腕は確かだが性格に難のある者が多いので、繁忙期でも受け入れたことはない。

「船造りには流儀があります。一人前の大工はそれぞれのやり方を持っており、それを塩飽流に変えていくのは容易なことではありません」

「そんな連中を塩飽流に従わせるのが、お前さんの仕事じゃねえのか。それともお前さんじゃ、それができねえって言うのか」

重正が口端を歪めて笑う。

「できねえなら、頭を替えるしかねえな」

「えっ」

「いいか、わいら商人だって生き残るのに必死なんだ。これからはお前さんたちも、そうした状況を踏まえて仕事をしてもらわねばなんねえぞ」

重正がドスを効かせた声で続ける。

「わいが若いからといって見くびるなよ。義父上はお前さんたちに甘かった。千石船のことも聞いている。わいだったらお前さんの思案など聞かず、無理にでも造らせたぞ」

嘉右衛門に言葉はなかった。

「これから、この作事場も変えていく。そのつもりでいろよ」

そう言うと取り巻きを引き連れ、重正は帰っていった。

「頭」という声に振り向くと、磯平がいた。

「堪えて下さい」

「分かってる。だがな、この作事場は丸尾屋さんのもんだ。丸尾屋の若旦那が何をしようと、わいは止められない。わいはお前らを守ってやることさえできねえんだ」

嘉右衛門は無力感に襲われていた。

「お頭、それはみんな分かっています」

嘉右衛門が大きなため息をつく。

「これからどうなるか分からねえ。お前も腹をくっておいてくれ」

そうは言ったものの、嘉右衛門はどうしていいか分からなかった。

五

清九郎の作事場では、様々な問題が噴出していた。

その大半は主に流儀や大工間尺（寸法の取り方）の違いによるものだったが、何とか互いに歩み寄りを示しつつ作業を進めていった。

各地から集まった大工を統制する清九郎の苦労は並大抵ではなく、こちらを立てればあちらが立たずで、神経をすり減らしているのは明らかだった。

この日も舵の大きさに関する論争があった。すなわち舵の大きさを確保するには、それなりの強度が必要になり、舵と外艫部分に厚板を使用せねばならなくなる。だが、そうなると全体として船尾部が重くなってしまい、帆走に支障を来す。こういった問題が次々と現れてくるので、清九郎はその都度、全体を調整し、差図を描き直さねばならなかった。

ある日、一日の仕事を終えて、皆が三々五々宿舎の方に向かう中、清九郎の部屋に灯りがともっているのに気づいた。

弥八郎は思い切って声を掛けてみようと思った。

「精が出ますね」

「ああ、また木割を変えねばならなくなったからな」

「そうでしたね。皆の思案を取り入れるのは、並大抵なことではありませんね」

「まあ、それがわしの仕事だがな」

清九郎の顔には、疲れと焦りが表れていた。

「千石積みの船ともなれば、五百石積みの船を大きくすればいいってもんじゃない。しかも、この荒れた海を千石もの米を積んで走るわけだ。船子たちの安全も考えなくちゃならない。さらに河口港の砂洲に舵を取られないようにしろという。これらをすべて満たしていると、船の大きさや重さが途方もないものになり、千石の米などとても積めなくなる」

口数の少ない清九郎には珍しく、愚痴めいたことを言った。

「仰せの通りです。わいらが取り組もうとしていることは、すべて矛盾だらけです」

「矛盾とは漢籍の言葉か」

「はい。寺子屋で習ったのですが、最強の盾と矛《ほこ》は共存し得ないということです」

「その矛盾とやらを、わしらは克服しようとしているのか」

「そうです。しかし厄介事というのは、整理して考えると意外に解きやすいものです」

この時になって、ようやく清九郎は、弥八郎の位置付けを思い出したらしい。

「もういい。帰って休め。愚痴を言っちまってすまなかったな」

「お待ち下さい。一つだけ言わせて下さい。例えば、外艫の強度を高めようとすれば、船尾部の重さが増してしまう。まさに矛盾ですね」

「何が言いたい」

清九郎が顔を上げる。

「これまでは、千石船も五百石積みの船と同じに造ればよいと考えていました。しかし新しい木割や差図を考えていかないと、こうした矛盾はなくしていけません」

「そんなことは分かっている。だが、すべての厄介事を解決できる差図が描けないんだ」

「では、わいの話を聞いていただけますか」

「お前の話を聞けだと。馬鹿も休み休み言え、これまでお前は何艘の船を造ってきた」

――そうした経験が、新しい思案の妨げになってるんじゃねえのか！

胸底から怒りの炎が吹き上げてきた。だが弥八郎は、それを抑えると言った。

「仰せの通りです。わいは手伝いで船を造ってきただけで、己が指揮を執って造った船など一艘もありません」

「それが分かっているなら何も言うな。この仕事は経験を積まねばできない。経験を積んでいるからこそ、新しい思案も生み出せるんだ」

だが清九郎の面には、不安の色が垣間見えた。

──おとっつぁんと同じだ。

嘉右衛門は厳格なだけでなく自信に溢れていた。その考えは鉄のように堅固で、雇い主の丸尾屋五左衛門でさえ手を焼くほどだ。だが時折、迷いのある顔をすることがあった。

──あれは、経験に囚《とら》われていることに対する不安だったんだ。

弥八郎は勝負に出た。

「ですが頭、逆だとは考えられませんか」

「逆だと」

「そうです。千石船は佐渡の荒波に耐えるだけでなく、内海の浅瀬にも対応せねばなりません。そうした矛盾を打ち破っていくには、新しい思案が必要だと思うんです」

「そんなことは分かっている。だが経験なくして思案も出てこない」

清九郎の面には、不安の色がありありと浮かんでいた。

「いかにも、その通りです。しかし経験だけが、新たな思案を生むものではありません。一を知る者には一の知識しかありませんが、十を知る者には十の知識がある反面、当然と思い込んでいる考え方（固定観念）に縛られることもあるんじゃないですか」

「おい、いいか」

清九郎の顔が怒りで歪む。

「生意気なことを言うんじゃねえぞ。お前は半人前だ。半人前が口出しできるほど、船大工の道は甘くはねえんだ。顔洗って出直してこい！」

弥八郎の賭けは無残な結果に終わった。思っていた以上に清九郎の頭は固く、物事を受け入れる姿勢に欠けていた。

――ではなぜ、河村屋さんが、この男を見込んだんだ。

素朴な疑問が浮かんだが、弥八郎は素直に頭を下げた。

「差し出がましいことを言ってしまい、申し訳ありませんでした」

すでに清九郎は差図を眺めており、弥八郎を無視していた。

――いつまで、こんな日々が続くのか。わいの才気を発揮できる日は来るのか。

弥八郎は口惜しさをのみ込んだ。

「では、お先に」と言って、その場から立ち去ろうとする弥八郎の背に声が掛かった。

「明日から、お前をわしの手回り（助手）にする」

「えっ、今何と――」

「二度も言わせるのか。お前は明日からわしの手足になるんだ。わしのそばから離れず、海に飛び込めと言ったら飛び込み、裸で踊れと言ったら踊るんだ。それがお前の仕事だ。

分かったか！」

弥八郎の眼前に突然、明かりが差した。

「へ、へい。でも、半人前のわいでよろしいんで――」

「よろしいもよろしくないもねえ。とにかくわしの手回りとなれ」

「分かりました。ありがとうございます！」

弥八郎は一礼すると、仕事場から飛び出した。

――やったぞ。わいはやったんだ！

弥八郎は快哉を叫びながら、宿舎に通じる夜道を駆け抜けた。

六

――わいは何のためにここにいるんだ。

作事場の一隅に仕切られた書棚の前で、嘉右衛門はなすところなく佇んでいた。

そこには、先代の儀助の頃から描かれた差図の巻物や木割が積まれている。だが嘉右衛門の作事場では、すでに定型的な船造りしかしていないため、それらを参照しに来る者は少ない。それゆえそこは、いつしか嘉右衛門の休憩所となっていた。

梅雨の長雨のせいか、ここのところ腰や膝がやけに痛む。長年にわたって腰を曲げたり、しゃがんだりして仕事をしてきたつけが回ってきているのだ。

——わいは、このまま朽ち果てることになるのか。

そんなことを思いながら、ぼんやりと古い木割を眺めていると、磯平が顔を出した。

「頭、そろそろ手仕舞いとします」

「ああ、そうしろ」

「頭は帰らないのですか」

「もう帰る」

「暗くならないうちに帰って下さい」

老人に対するような磯平の物言いに、なぜか腹が立つ。

「分かった」

以前なら「余計なお世話だ」くらいは言っていたところだが、最近は磯平に対して遠慮する気持ちが芽生えており、そこまでは言えない。

磯平が出ていくのを見届けた嘉右衛門は、見るでもなく見ていた木割を棚に戻すと、作事場の中を通って出入口に向かった。その時、造りかけの船の陰で、人の気配がするのに気づいた。

――まだ誰か残っているのか。

声を掛けようと思ってそちらに回ると、手燭《てしょく》を持って、何かを見つめる一人の男がいた。その背は嫌というほど見慣れたものだった。

――市蔵、どうしてここに！

背後に人の気配を感じたのか、そのずんぐりとした体軀の男が振り返った。

「あっ、お帰りですか」

「なんだ、熊一か」

熊一が立ち上がって頭を下げようとする。

「せっかく気を入れているところを、すまなかったな」

「いえ、いいんです」

「で、何をやっていたんだ」

「これです」と言って、熊一が板と板との接合部に指を滑らせる。

「先ほどまで、磯平さんが指揮してやっていたんですが、ほとんど隙間がありません。実に見事なものですね」

「何だ、そのことか」

嘉右衛門にとっては当たり前の仕上がりだが、こうした仕事を見慣れていない者にしてみれば、神業に近いのかもしれない。

「いいか、この合わせ目に隙間があったら水船《みずぶね》になるだろう。だから船大工の本領は、ここに発揮されるんだ」

「本領、ですか」

「そうだ。船が大きくなるに従い、航《かわら》にしろ棚にしろ、一枚の板で木取りすることが難しくなった。つまり、いかに樟・松・杉・檜といった船材に適した木材に事欠かなくても、大きさや厚さに限界があって、大船が造れなくなったんだ」

熊一は目を輝かせて聞いている。

「そこで考え出された方法が『はぎ合わせ』だ。何枚もの板をはぎ合わせ、必要に応じて大板を造り出す。まず、ほぞとほぞ穴で接ぎ合わせしたいところ（接合部）を付けてから、槌で叩いてつぶす『木殺し』を行う。こうしておくと水につかった時、木が膨張して自然に水密になるからだ。だが、船腹に打ち付ける波の力は尋常じゃない。そのため縫釘を打ち込んで補強する。この縫釘を打ち込む場所が難しい。数を打ち込みすぎても木が弱るし、少なくては補強にならない。適度な数を最も危ういと思うところに打ち込むんだ」

「それはどこですか」

「そこが経験だ。いかにも木割があれば、同じ船ができる。普通に考えれば、木種が同じなら、おおよそ同じ場所に縫釘を打てばいいと思うだろう。しかしそれが違うんだ。木種は同じでも、産地によって一本一本が異なる質《たち》を持つ。木のどの部分を使っているのか、老木《ろうぼく》なのか若木《わかぎ》なのかでも違う。それを見極め、どこに打つかを決める。そこに大工の技量が発揮されるんだ」

「そんなことができるんですか」

熊一が首をかしげる。

「お前の親父の市蔵には、それができた。その市蔵に鍛え上げられた磯平だからこそ、こうした完璧な『はぎ合わせ』ができるんだ」

「そうだったんですね」

「うん。市蔵は『はぎ合わせ』や『摺合わせ』の名人だった。神業というのは、あのことを言うのだろうな」

嘉右衛門は、久しぶりに気分がよくなっていた。

「『摺合わせ』とは、大板どうしの合わせ目に隙間ができないように切り出すことですね」

「そうだ。市蔵は、それも実にうまくやってのけた。だからうちの作事場では、部材が無駄になることはなかった」

「おとっつぁんは凄かったんですね」

熊一が唇を嚙む。

「ああ、塩飽一の大工だった。その指導を受けていたのが磯平だ。お前も磯平から、そうした技を学ぶ時が来る。つまり磯平を介して親父の教えを伝えてもらうことになるんだ」

「だから磯平さんは、わいにあらゆることを教えてくれるんですね」

「もう、いろいろ教わっているんだな」

「はい。磯平さんからは、『お前にはすべて教えてやる』と言っていただいています」

「そうだったか。そいつはよかった」

嘉右衛門は笑顔で熊一の肩を叩くと、その場を後にしようとした。

「でも頭、わいは幼かったので、よく分からなかったのですが、おとっつぁんは、『兄者は凄い』とよく言っていましたよ」

「何だって」

嘉右衛門の足が止まる。

「何を凄いと言っていたのか、よく覚えていないのですが、とにかく兄者がいてくれるから、好きな仕事に没頭できるとも言っていました」

「そうか」

嘉右衛門はうれしかった。だがその反面、それだけ慕ってくれた市蔵は、もういないのだ。寂しさと悲しさが波濤のように押し寄せてくる。

「今度、二人で市蔵の墓に行こうな」

「はい」と、熊一が笑顔で答える。

「先に帰るぜ」と言って、嘉右衛門はその場を後にした。

胸内に涼風が流れ込んでくるようないい気分だった。

――市蔵よ、熊一のことは心配するな。必ず一人前の船大工にしてやる。それが、わいに残された最後の仕事かもしれねえ。

だが熊一とはこれだけ良好な関係が築けるのに、どうして弥八郎とは築けなかったのか、嘉右衛門は今更ながら悔やんだ。

――厳しい親父でいることもなかった。もっと自然に振る舞えばよかったんだ。

弥八郎が帰ってきたら、今度こそいい関係を築こうと嘉右衛門は思った。

七

清九郎の手回りとなった弥八郎だったが、清九郎に代わって何かを指示できる立場になったわけではない。大工たちは弥八郎を単なる雑用としか見ておらず、「あれを持ってこい」とか「ここを押さえていろ」といったことを言いつけてくる。

だが弥八郎は文句一つ言わず、そうした要求にも素直に従った。その結果、徐々に皆から頼られるようになっていった。

すると弥八郎にも、「皆の役に立っている」という喜びがわいてきた。

清九郎も弥八郎を次第に認め、難しい仕事を手伝わせるように仕向けてくれた。

夏が終わると、佐渡島に帆作りや錨を鋳造する職人たちもやってきて、七百五十石積みの試し船は完成に近づいていった。


延宝四年（一六七六）の一月、いよいよ七百五十石積み船の試し走りの日が来た。

船卸の儀が行われ、新造船は陸岸《おか》を離れていった。弥八郎の立場では船に乗せてもらえないので、清九郎や孫四郎らと共に陸岸から走りぶりを眺めることになった。

「風はどうだ」

清九郎が問うと、弥八郎が如才なく答える。

「荒吹くことはなさそうです」

「お前さんに、なぜそれが分かる」

「孫四郎から、佐渡島の風雨考法を聞いているからです」

「そうか。では何を根拠にした」

「この季節、風が荒吹く時は、沖合に細長い筋雲が幾筋もたなびきます」

清九郎は何も答えない。こうした時は、「それでよい」という意味だ。

最初の印象とは違って、清九郎は柔軟で他人の意見に耳を傾ける人物だった。弥八郎の意見にも、表向きは相手にしていないようでいて実際は聞いている。

──おとっつぁんにも、そんなところがあったな。

弥八郎にとって嘉右衛門はそそり立つ高峰だった。少年の頃まで、弥八郎は父を畏怖し尊敬した。だが成長するにしたがい、始終一緒にいる息苦しさに耐えられなくなってきた。それゆえ弥八郎は反発することで、その息苦しさに対抗しようとした。

──あの時はそれ以外、できなかった。だけど今考えれば、反発などせずに素直に話をしていればよかったんだ。

嘉右衛門は、若い大工の話を熱心に聞いていることがあった。弥八郎もそれに倣《なら》えばよかったのだが、反抗的な姿勢を変えることはできなかった。それを思えば、こうしていったん距離を置いてよかったのかもしれない。

──おとっつぁん、待ってろよ。次に会う時は、酒でも飲みながら市蔵さんの思い出話をしようや。

塩飽に帰ることがあれば、今度こそ嘉右衛門とうまくやっていけると、弥八郎は思った。

「何か心配事でもあるのか」

突然、清九郎が問うてきた。故郷の父のことを思い出していたとも言えないので、弥八郎は仕事の話にすり替えた。

「今日の風なら従来の帆でも破れませんが、もう少し荒吹くと、木綿帆でないと耐えられないと思います」

「そうだな。で、船の方はどうだ」

「まだ、はっきりしたことは分かりませんが――」

「奥歯に物の挟まったような言い方をしやがって。言いたいことがあるんなら言ってみろ」

近くには孫四郎しかいないので、弥八郎は思いきって感想を述べることにした。

「やはり垣立（舷側の囲い）が低い気がします。あれでは大波が打ち寄せて水をかぶれば、すぐに中が水浸しになります」

順風以外の強風、つまり強い横風や逆風では、横波が舷側を越えて船内に打ち掛かるので、水密甲板ではない和船の船底には、水が溜まってくる。だが甲板を設けると、積載量が約三分の二に減る上、荷の出し入れも大変なので、満載した荷によって水を防ぐという極めて原始的な方法が取られていた。

「だが、垣立を高くすれば船が安定しなくなる。それだけじゃない。高い垣立の上部に強い衝撃を受ければ、船が覆ることもあり得る」

垣立を高くする以外にも、取り外し式の立尺《たてじゃく》（波よけ板）を付けるという方法もあるが、いずれにせよ横から受けるうねりの力を大きくしてしまうことに変わりはない。

「仰せの通り、二つのことは矛盾します。だとしたら、別の方法で、その矛盾を解消せねばなりません」

「別の方法だと」

「はい。実は――」

その時、「船が戻ってくるぞ！」という声が聞こえた。

――よかった。まだ、わいの腹案を伝えるには早かった。

つい腹案を語ってしまいそうになった弥八郎だが、すんでのところで口をつぐんだ。

「続きは後で話します」

そうは言ったものの、清九郎の関心は、すでに船の方に向いていた。

「行くぞ」

清九郎が桟橋に向かって走り出したので、弥八郎もそれに続いた。

試し乗りをしてきた者たちは、一様に海水をかぶっていた。彼らによると、湾内では何の問題もなかったが、外海に出ると、高いうねりと強い潮によって舵が横滑りし掛けたという。それでも何とか体勢を保つことはできたが、これ以上の荒天になると、どうなるか分からないとのことだった。

太平洋岸でも、黒潮の影響下にある海域での操船は難しい。だが元々、弁財船は黒潮の内側の沿岸部を航行するために造られた船で、黒潮に入ることを想定していない。つまり黒潮に乗り入れることは、遭難を意味していた。

——だが、ここの海は違う。外海に出れば、すぐに速い潮流に流されるんだ。

佐渡島は北上する対馬暖流が直撃する位置にあり、付随する大小の島々や岩礁、さらに海底にある海山《かいざん》が潮流をさらに複雑に分化させ、方向の定まらない無数の潮流を生み出していた。

それだけならまだしも、分化された潮流が海面下でぶつかり合うという凄まじい様相を呈しており、その力が強い時、「地獄の窯」が出現する。

試し乗りしてきた船大工たちの話を聞く清九郎の顔は、次第に曇っていった。

「そうか。潮が強すぎて、舵を大きくしないと船が安定しないのか。だが舵を大きくすればするだけ、うねりを受ける面が広がり、羽板が破損する見込みが大きくなる」

年かさの船大工が答える。

「そういうことになります。少し外海に出ただけで、これだけ四苦八苦させられると、佐渡海峡を押し渡るのは至難の業では」

その夜は、試し船に乗っていた船造りたちとの話し合いとなった。彼らが口をそろえて言うのは、千石船では到底、佐渡の荒波に耐えられないということだった。

弥八郎は清九郎の背後に控え、皆の話に口を差し挟まないようにしていた。だが突然、「弥八郎」と呼ぶ声がした。

「へい」と答えて前に出ると、清九郎が問うてきた。

「ここまで聞いて、どう思う」

——遂にその時が来たか。

そう思った弥八郎だったが、ここで得意がって腹案を述べれば、この船を造ってきた大工たちの顔をつぶしてしまうことにもなりかねない。

——まだ時は来ていない。

出掛かった腹案を引っ込めると、弥八郎は慎重に言った。

「わいにも思案はあります。ただ海が荒れた時に船を出してからでないと、何とも言えません」

「そうだな。とにかくそれからだ」

話はそれで終わり、海が荒れてきた時にもう一度、試し走りをしてみることになった。

それから六日後、いよいよ海が荒れてきた。沖から来るうねりは山のように大きく、岩礁にぶつかると、砲弾が炸裂したような咆哮《ほうこう》を上げる。風も次第に上がってきたのか、沖では兎《うさぎ》のような白波が無数に跳ね回っている。しかも黒く重そうな雲が垂れ込め、いつ何時、雨が降り出すか分からない天候だ。こんな日に試し走りをするのは危険なのだが、やらないことには、不具合の調整ができない。

清九郎は「陸岸から遠く離れるな」と念を押して、試し走りの断を下した。

七百五十石積みの船が外海へと出ていく。

前回とは違い、乗り組んだ船子や船大工たちの顔にも緊張が漲《みなぎ》っている。というのも、これだけ大きな船が冬の佐渡の外海に漕ぎ出すのは初めてなのだ。

それでも熟練した佐渡の船子たちは、帆をうまく調整しつつ体勢を維持し、外海へと漕ぎ出していった。

見物人たちが、われ先にと岬の突端を目指す。

弥八郎も清九郎や孫四郎と共に浜沿いの道を走った。

ようやく岬の突端まで来て沖の船を眺めると、案に相違せず、船上での悪戦苦闘が伝わってきた。

――やはり一月の佐渡を行くのは難しいのか。

清九郎も同じことを考えているのか、白くなり始めた鬢《びん》を風になびかせながら、心配そうに沖を眺めている。

たまらず「父上」と孫四郎が呼び掛ける。

「お頭と呼べ」

「はい。お頭、そろそろ引き揚げの合図を出してもよろしいのでは」

「まだだ。きっと帆走できる」

だが清九郎の期待とは裏腹に、船はうねりに翻弄され、試し走りどころではなくなってきた。

しばらくすると、荷に見立てて載せていた土俵《つちだわら》が海に投げ込まれ始めた。続いて帆柱の先にするすると旗が上がる。

「何の旗だ」

目のいい弥八郎が凝視する。

「あれは赤旗です。何かの不具合が生じたようです」

「不具合だと」

清九郎の顔に落胆の色が浮かぶ。

「仕方ねえな」

舌打ちすると、清九郎が怒鳴った。

「孫四郎、船の連中に『沖掛かりしていろ』と伝えろ」

沖掛かりとは、沖合で助けが来るのを待つことだ。

孫四郎が弧を描くように大きく旗を振る。

それに気づいたのか、船は「つかし」を始めた。「つかし」とは、帆を下げて垂らし(錨)を下ろし、その場から動かないようにすることだ。かつて市蔵の乗った船も、そうした状態で難を逃れようとしたが、垂らしが底擦りして船体が岩礁に当たってしまったために遭難した。それだけ「つかし」は危険な方法なのだ。

それでもここは近くに岩礁もなく、曳航用の瀬取船もすぐに駆け付けられるようにしてあるので、大事には至らないと思われた。

「合図旗を振って先駆け船を出せ！」

孫四郎が大きく旗を振る。それを認めた先駆け船は間髪容れず、沖へと漕ぎ出していく。

荒れた海に猟犬のように放たれた三艘の船は、小半刻（約三十分）ほどで七百五十石積みの船に追いついた。やがて太縄が渡されて曳航態勢が整った。

先駆け船は逆風をものともせずに、内湾まで漕ぎ寄せてくる。皆の顔に安堵の色が広がる。しかし七百五十石積みの船の不具合は深刻なのか、船首を左右に振りながら、かろうじて航行している有様だ。

やがて船団が湾内にたどり着いた。

清九郎の後を追うように走った弥八郎は、顔面蒼白になりながら渡し板を下りてくる船子たちの顔を見た。

「おい、どうした」

清九郎の問い掛けに、船子の一人が答える。

「どうもこうもありゃしません。舵が暴れて外艫が壊れちまったんです」

「何だって！」

乗っている船子たちが下りるのを待ち、弥八郎は清九郎に続いて船に乗り込んだ。

「どうした！」

急いで船尾に行ってみると、乗り組んでいた船大工たちが、外艫を囲むようにしている。

「見ての通りです」

彼らが示す通り、外艫の舵柄は破壊され、尻掛けと呼ばれる太縄につながれた舵が、かろうじて垂れ下がっている状態だった。

皆で尻掛けを引き、舵を引き上げてみると、舵の羽板も中途で折れていた。

――こいつは凄い力だ。

瀬戸内海とは比べ物にならない海の力強さに、弥八郎は舌を巻いた。

「いったい、どうしたっていうんだ」

清九郎の問いに、船大工の一人が答える。

「外海に出て帆走に入ろうとしたら、船が流され始めて、舵が吹っ飛びました。ここは潮が強すぎる。これだけ大きな舵では、とても耐えられません」

清九郎はその場に座り込み、茫然と舵を見ている。

大工の一人が言う。

「お頭、大船は舵も大きくしなければなりません。また外艫自体をもっと厚板で補強しないと、この海では耐えられません」

「そんなことは分かっている！」

清九郎の剣幕に驚いた船大工たちは、白けた顔をしてその場を後にした。

「お頭」と孫四郎が呼び掛ける。

「やはり無理なのでは」

「無理を承知で引き受けたことだ。だが引き受けたからには、後には引けない！」

「しかし、このままでは――」

「お前は黙っていろ！」

その場に座り込んでしまった清九郎は、どうしていいか分からないのか、口を真一文字に結んで折れた舵を凝視していた。

その時、曇天の隙間から日が差してきた。それは沖の一点だけ照らし、黒々とした海をそこだけ輝かせている。

――天は「今だ」と言っているのか。

確かに今回の失敗で、清九郎は言葉を失い、大工たちの間にも落胆の空気が広がっている。それを打ち消し、もう一度やる気にさせるには、皆が実現可能だと思える新たな思案が必要になる。

「お頭、僭越《せんえつ》とは思いますが、わいに腹案があります」

その言葉にも、清九郎の反応は鈍かった。今回の挫折がよほどこたえているのだ。

「まずは、そいつを聞いてはくれませんか」

「今は黙っていてくれ」

弱々しくそれだけ言うと、清九郎は黙り込んでしまった。

孫四郎の方をちらりと見ると、ゆっくりと首を左右に振った。

――今は聞く耳を持てないということか。

弥八郎はさらに時機を待つことにした。

八

塩飽の春は早い。だが快晴の日が続いていたかと思うと、突如として霧に包まれることがある。春から初夏にかけて、気温が急速に上がるのに海水温がついていけず、濃霧が発生しやすくなるからだ。しかもこの時期の瀬戸内海は風が弱く、湿った空気がたまりやすいことから、なかなか霧が晴れず、漁師たちは沖に出られないこともある。

そんな時には、おかしなものを見る者がいる。

二月のある日、牛島に隣接する本島の漁師が、本島の北西端のフクベ鼻で小魚を釣っていると、霧の中から大きな船が現れ、沖に向かっていくのを目撃した。それだけなら現実に存在する船か幽霊船《もよろ》かの区別もつけられず、何ということはない話なのだが、その船の横腹に書かれていた文字が清風丸だったことから、噂は牛島にも伝わってきた。

その話を聞いた嘉右衛門は当初、「よくある与太話さ」と思って取り合わなかった。だが船上に人影を見たという話を聞き、その漁師に会いたくなった。たとえ幻でも、市蔵の有様を聞き、その姿から何らかの示唆や警鐘を汲み取ることができるかもしれないと思ったのだ。嘉右衛門は本島に野暮用を作り、そのついでに漁師の許に行ってみることにした。

その漁師は、本島の北西にある福田という小さな港の近くに住んでいるという。福田の知人を介して漁師に来訪の趣旨を伝えると、会ってくれるという。

現れたのは六十過ぎとおぼしき老人だった。その朴訥《ぼくとつ》そうな顔を見れば、法螺《ほら》話をして注目を集めたいという類の人間ではないと分かる。

老人が言葉少なに語るには、霧の中から突然、大船が姿を現し、老人の存在など無視して北西に向かって進んでいったという。だが大船の寄せ波で老人の小船が揺らぐことはなかったので、すぐにこの世のものではないと気づいたらしい。

「その船の横腹に、清風丸と書かれていたんだな」

「ああ、そう読めた」

老人の様子に嘘や偽りは感じられない。

――市蔵と仲間たちは、塩飽の海をさまよっているのか。

嘉右衛門は、幽霊船となった清風丸が牛島を探しているような気がした。

「で、船の上に人影を見たってな」

携えてきた徳利酒と小遣いを握らせると、老人が潮焼けした顔をほころばせた。

「ああ、見たよ」

「何人くらいいた」

「何人もいたが、誰もが何かの仕事をしていた。舳に立って沖を見つめる一人の男を除いてな」

——市蔵だ。

直感のような閃《ひらめ》きが嘉右衛門を襲う。

「そいつは、どんな姿をしていた」

「そういえば、あんたに似ていた」

それを聞いた時、嘉右衛門は落胆した。

——この食わせ者め。

嘉右衛門と市蔵は、顔も体型も似ても似つかない同腹兄弟として、よく知られていたからだ。

馬鹿馬鹿しいとは思いつつも、嘉右衛門はなおも聞いてみた。

「その男は、いくつくらいだった」

「若かったよ」

「若いというと――」

「二十歳前後ってとこかな」

――いよいよ駄目だな。

嘉右衛門は引き時を覚った。市蔵は控えめに見ても若いとはいえず、年相応か実年齢よりも老けていた。

老人が、当時のことを思い出したかのようにまくしたてた。

「その若い男は舳に立ち、悲しげな顔で前方を見つめていた。本当に悲しげな顔だった。そういえば、あんたと同じ丸尾屋の厚司を着ていた」

――あの時、市蔵は丸尾屋の厚司を着ていかなかった。

落胆は深まる。

「そうか。ありがとうよ」

嘉右衛門は礼を言うと、その場を後にした。

――わざわざこんなところまで来て、わいは何をやっているんだ。

嘉右衛門は、幽霊話を聞きに本島まで来た自分に腹立たしさを覚えていた。

その後、本島港から牛島行きの船に乗った嘉右衛門は、無意識に左右の海を見回し、幽霊船を探している己に気づいた。

——馬鹿馬鹿しい。わいの心は弱ってきているのか。

海から視線を外し、足元を見た時だった。突然、何かが閃いた。

——乗っていたのは、市蔵じゃなく弥八郎じゃねえのか。

弥八郎は息子なので、嘉右衛門によく似ている。漁師の老人に特徴を聞いておけばよかったのだが、あの時は作り話だと思ったので、詳しく聞かなかったことが悔やまれた。

——だがわいは、弥八郎に厚司を渡していない。

着の身着のままで牛島を飛び出した弥八郎が、丸尾屋の厚司を着ているはずがない。

——考えても仕方がない。このことは忘れよう。

もやもやした気持ちを抱きながら、嘉右衛門は牛島に戻った。


嘉右衛門は変わらず作事場に顔を出していた。だがその役割は、以前とは少し異なるものになっていた。すなわち全体の指揮を磯平が執り、若手への技術の伝授を嘉右衛門が担うようになったのだ。そのことで磯平と話し合ったわけではないが、自然とそういう形になった。

だが考えてみれば、市蔵が担っていた役割を磯平が代わったにすぎない。これまでも、仕事の振り分けや作業管理といった細かいことは市蔵がやっていた。ただ市蔵は、それを嘉右衛門がやっているように思わせていたのだ。

──「此度の船はこういう日取りで造ります」という市蔵に、わいはうなずいていただけだった。それを自分が考えたように錯覚していたんだ。

磯平も嘉右衛門の承認を取りに来るが、市蔵のように嘉右衛門に判断を委ねる箇所を残してこないので、図らずも、そうした事実に思い当たったのだ。

──元々、わいは何もしていなかったんだ。

そのことに思い至った時、嘉右衛門は体の力が抜けていくような無力感に襲われた。

だが「若手への指導」という最後の寄る辺だけは、守っていかねばならない。そうしないと嘉右衛門は、作事場にとって邪魔者でしかなくなるからだ。

その日も熊一らの仕事を見回っていると、ひよりが駆け込んできた。

「佐渡島から、お頭あてに便りが届いています！」

その声を聞いて、梅や磯平も集まってきた。

「弥八郎からだ」

便りを読んでいると、皆が固唾《かたず》をのんで見守っている。

「急用があるわけではない。佐渡島で息災なので、心配は要らないという知らせだ」

喧嘩別れのような形で出ていった弥八郎だが、年月の経過により、気まずい雰囲気もなくなり、便りを送ってきたに違いない。

――よかった。

嘉右衛門は心中の安堵をおくびにも出さず、常と変わらぬ険しい顔で仕事に戻ろうとした。その時、「あの」という声に振り向くと、ひよりが立っていた。

「お仕事中、申し訳ありません。一つだけ教えて下さい」

「なんでえ」

「弥八郎さんは、あちらで、どのような暮らしをしているのですか」

「そこまでは書かれていないが、つつがなく過ごしているようだ」

「そうですか。ありがとうございます」

「待って」

一礼してその場から去っていこうとするひよりを、梅が引き留めた。

「おとっつぁん、それじゃつれないよ。何か詳しく書かれていることはないのかい」

嘉右衛門が憮然とした顔で答える。

「当たり障りのないことばかり知らせてきただけだ。でもな――」

嘉右衛門にも、ようやくひよりの気持ちが理解できた。

「最後のところで、ひよりのことを聞いてきている。変わりなく過ごしているかとな」

「そうよ、それが聞きたかったのよ」

梅がそう言うと、ひよりが口元を押さえながら頭を下げる。

「ありがとうございます」

「じゃ、おとっつぁん、すぐに返事をしたためてあげなよ」

「そうだな。そのうちな」

「そのうちじゃ遅いよ。すぐに書きなよ」

「分かったよ」と答えつつ、嘉右衛門はその場を後にした。

——どうするかな。

弥八郎から便りが来たことはうれしい。だが実際は、皆に「無事に過ごしていることを伝えてほしい」という趣旨なので、完全に心を開いたわけではない。嘉右衛門としても立場があり、ほいほいと喜んで返事を書くわけにはいかない。

——少し置いておくか。

浮き立つ気持ちを押し隠しつつ、嘉右衛門は返事を保留することにした。

九

同年三月、佐渡海峡の時化も収まってきた頃、河村屋七兵衛が佐渡に乗り込んできた。

七百五十石積み船の船卸が失敗したという話を事前に聞いているためか、七兵衛は逆に皆を元気づけるべく、差し入れの樽酒などが積み込まれた荷車を何台も連ね、満面に笑みを浮かべて小木港に姿を現した。

「七兵衛さん、お久しぶりです」

途中まで迎えに出てきた弥八郎を見て、七兵衛が驚く。

「随分とたくましくなったな」

七兵衛が弥八郎の背を思い切り叩く。

「佐渡で二冬も過ごしましたから」

「そうか。ここの冬は辛いというからな」

七兵衛が高笑いする。

一行を先導するようにして宿根木に向かっていくと、清九郎をはじめとした一同が、風垣の前に居並んでいた。

「おう、みんな変わりなさそうだな」

上機嫌な七兵衛によって、沈みがちだった大工たちの顔も、少し明るんだように感じられる。

七兵衛が清九郎に近づいていくと突然、清九郎がその場に突っ伏した。

「申し訳ありません」

「おい、よせやい」

「いえ、河村屋さんが出してくれた金を無駄にしてしまいました。死んでお詫びしても足りないくらいです」

「まあ、いいから立ちなよ」

七兵衛が清九郎を立たせようとするが、清九郎は地面に這いつくばって動かない。

「ご期待に沿えず、お詫びの申しようもありません。しかし何も償えないわしです。この命でよろしければ差し上げます」

「おい、誤解してもらっちゃ困るぜ」

七兵衛が険しい声音で言う。

「清九郎さん、わいは金貸しじゃない。これは銭元の回し銭（投資）といって、お前さんには何の罪咎もない」

「はい。それは聞きましたが――」

――回し銭の理屈を頭では理解していても、清九郎さんは気持ちとして整理がつかないんだ。

弥八郎はその仕組みを何となく理解したが、昔気質《むかしかたぎ》の清九郎の肚には、完全に落ちていないに違いない。

「一度くらいのしくじりなんて気にするな。何事も最初からうまくいくことなんてない。失敗を重ねながら進んでいく。それが新しい何かを作り上げるってことじゃないのかい」

七兵衛が皆に聞こえるように言う。

「さあ、みんなも胸を張ってくんな」

大工たちが顔を上げる。

「それでいい。清九郎さんも立ってくれ」

七兵衛が清九郎の片腕の脇に手を入れたので、弥八郎ももう一方を支えて、清九郎を立たせた。

「清九郎さん、また、やろうや」

「やらせていただけるものなら――」

「もう一度だけ挑んでみよう。もう一度なら、やれるだろう」

「はい。もちろんです」

「よし、こうなったら次は千石船だ！」

七兵衛の言葉に、清九郎はもとより周囲が啞然とする。

「しかし河村屋さん、わしらは七百五十石積みの船さえ満足に浮かべられなかったんです。千石船なんて、あまりに大それたことです」

「いや、そうじゃないんだ」

七兵衛が清九郎を制する。

「こうは考えられないか。七百五十石積みの船だからしくじったと――」

「どういうことです」

「七百五十石積みの船ならしくじっても、千石船ならうまくいくかもしれない」

清九郎が首をかしげる。

「申し訳ありません。河村屋さんの言うことが、わしには分かりません」

「つまりだ。七百五十石積みの船だと、どうしても五百石積みの船を大きくしたものを考えてしまう。だが千石船なら、逆に何もかも忘れられるんじゃないのか」

七兵衛の言葉の意味が理解できないのか、大工たちは互いに顔を見合わせている。

「いいか。お前らの知識も技術も、すべてを捨て去って考えるんだ」

「しかし河村屋さん、いただいた年限は二年で、すでに七百五十石積みの船造りに費やしてしまいました。今から差図や木割を作っていくとなると、二年から三年の年月《としつき》がかかります」

「その通りだ。だが差図も木割も雛型も、すでにあると言ったらどうする」

突然、胸の鼓動が速まる。

「よし、皆に見せてやれ」

七兵衛が背後にいる従者たちに合図すると、荷車の一つが皆の前に引かれてきた。その上には覆いが掛けられ、何かが置かれている。

「取れ」という七兵衛の言葉と共に覆いが取り除けられると、市蔵と一緒に作った雛型が姿を現した。

「おおっ」というどよめきが巻き起こる。

――勝負札というのは、ここ一番で使うもんだ。

かつて七兵衛が言った言葉が思い出される。

船大工たちが、吸い寄せられるように雛型の周囲に集まってきた。続いて七兵衛は、かつて市蔵の描いた差図や木割を広げた。

皆は雛型や木割を前にして議論を始めたが、説明する者がいないためか、想像で物を言っている。

「河村屋さん」と清九郎が問う。

「こいつは、かなりできがいいもんです。しかし、この雛型を作った大工がいなければ、千石船を造ることは難しいのでは」

「その通りだ。だが、ここにいるじゃないか」

「えっ」と言って皆が周囲を見回す。

しばらくの間、笑みを浮かべてその様子を見ていた七兵衛が、おもむろに言った。

「弥八郎、出番だ」

皆が啞然とするのを尻目に、弥八郎が前に進み出た。

「まさか、お前がこれを作ったのか」

清九郎が目を丸くする。

「はい。正確には、もう一人の大工が主となり、わいが手伝って作りました」

「そうだったのか」

清九郎が黙り込む。何か思い当たる節でもあったのだろう。

「皆さん、僭越なのは承知の上です。しかしこの雛型も差図も木割も、わいが一人で考えたもんじゃありません。塩飽のある船大工が作ったものです」

清九郎がすがるように問う。

「その船大工は連れてこられないのか」

「はい。すでにこの世にはいません」

「死んだのか」

「ええ。瀬戸内海で遭難しました。しかしその方の考えを、わいは正確に皆様方にお伝えすることができます」

弥八郎は、気持ちが高揚してくるのを感じていた。

「聞いて下さい」と言いつつ、弥八郎が細部の仕様や工夫について説明を始めた。

その途中でいくつも質問があったが、すでに塩飽で説明した時に出されたものばかりで、すらすらと答えられた。

雛型を前にして半刻ほど、侃々諤々の議論が続いた。すでに日は中天に昇り、春まっさかりの佐渡島を暖かく包み込んでいた。

「後は、作事場の中でやろうや」

頃合いを見計らい、七兵衛が皆に声を掛けた。

それに応じて、一行は作事場へと向かった。

雛型が作事場の大机の上に据えられると、七兵衛が言った。

「この雛型で、わいは勝負を懸けようと思う。皆はどう思う」

年かさの一人が言う。

「しかしこの雛型自体、荒れた佐渡海峡を渡ることを考えて作られたものではないはずです。せいぜい荒天の瀬戸内海を行くことを念頭に置いたものではありませんか」

弥八郎も、それがこの雛型の弱みだと気づいていた。

「残念ながら、その通りです。しかし佐渡海峡を渡るための細かい工夫は、これから考えるつもりです」

別の大工が問う。

「この雛型を作った塩飽の大工は、冬の佐渡海峡を見たことがあるのかい」

七兵衛が首を左右に振ると、周囲に白けた空気が漂い始めた。

清九郎が七兵衛に問う。

「それでも河村屋さんは、この雛型で千石船を造ることに大金を投じると仰せですね」

「そうだ。わいはそう決めた。大金を海に捨てることになっても構わない。これで勝負しないと、冬の間の四月余、大船は佐渡海峡を通れず、江戸は飢えるしかなくなる」

年かさの大工が再び問う。

「この千石船を造るにあたって、まさか弥八郎に頭をやらせるおつもりですか」

皆が固唾をのんで見守る中、七兵衛が恬《てん》として言った。

「当たり前じゃないか。ほかに誰がやれる」

皆の間に、どよめきが起こる。

「若いもんでも、力があれば機会を与える。それがわいのやり方だ。もしも――」

いつもにこやかな七兵衛の顔が険しいものに変わる。

「それが嫌なら、この島を出ていってもらって構わない」

大工たちが互いに左右を見回す。

その時、年かさの大工が進み出る。

「河村屋の旦那には悪いが、この仕事は見込みが薄い。わいは帰らせてもらう」

その言葉を皮切りに、腕利きの大工たちが次々と帰ることを申し出た。

――これはまずい。

だが七兵衛は笑みを浮かべて彼らに感謝し、「長い間、ありがとな」と一人ひとりに声を掛けている。やがて一人去り二人去り、作事場は閑散としてきた。

結局、残ったのは、清九郎の配下の佐渡島の大工たちと、下働き同然の若い大工が数人だった。

——これでは千石船は造れない。七兵衛さんは、いったい何を考えてるんだ！

喜びも束《つか》の間、弥八郎は地獄に落とされた気分になった。

七兵衛があっけらかんとして言う。

「どうやら賭けは裏目に出たようだな」

——当たり前じゃないか。

弥八郎は怒りを抑えきれず、七兵衛に詰め寄った。

「七兵衛さん、どうしてあんなことを言ったんですか。あれでは、みんな帰るに決まっています」

だが七兵衛は、不思議な生き物でも見つけたかのように弥八郎を見ている。

「確かにこの雛型は、佐渡の海を前提に造ったもんじゃない。だけど工夫をすれば、ここの海だって必ず通せるものになったはずです。それを——」

「お前は、何も分かっちゃいないんだな」

七兵衛がため息をつく。

「皆を帰したら、もう千石船は造れないじゃないですか。わいに一瞬だけ夢を見させて、あんまりです！」

その時、背後から肩を摑まれた。何事かと思って振り向くと、突然、何かが飛んできた。

あまりの衝撃に目の前が真っ暗になると、弥八郎は片膝をついた。

「馬鹿野郎！」

鉄拳を振るったのは清九郎だった。

「新しい船を造るってのは、そんな甘いもんじゃねえ。河村屋さんはな、皆にすべてを包み隠さず話し、それでも残るもんだけで船を造るつもりだったんだ！」

清九郎を背後に押しやると、七兵衛が話を代わった。

「仕事というのはな、うまいことばかり言ってやらせても、ろくなことにはならない。『話が違う』と思えば、奴らは鬱屈を抱えて仕事をすることになる。少しでも気に入らないことがあれば、愚痴や文句の一つも出るだろう。そんな気持ちで仕事をさせても、冬の佐渡を渡れる千石船なんて造れるもんじゃない」

――そういうことだったのか。

弥八郎は自らの考えが浅かったと覚った。

「七兵衛さんの真意に思い及ばず、申し訳ありませんでした」

「いいってことよ。逆に夢を見させちまったわいの方こそ謝らなきゃな。清九郎さん
――」

「へ、へい」

「わいの考えを伝えてくれてありがとな。だが、もうここでは千石船が造れない。大工がいないんじゃ、どうしようもないからな。たんまりと礼金は弾むから、広げた作事場を手仕舞いにして、元の仕事に戻ってくれ」

「無念ですが――、大工がいないんじゃ仕方ありません」

皆は肩を落とし、周囲には喩《たと》えようもない挫折感が漂っていた。

だが弥八郎は、あることを思いついた。

「七兵衛さん」

弥八郎は立ち上がると七兵衛の前に立った。

「足りないのは大工だけですね」

「ああ、そうだ。金もあるし材も手配できる。だが今から各地を回っても、腕のいい大工を集めるのは容易じゃない。此度のことが知れわたれば、さらに来る者はいないだろう」

「仮に――」

弥八郎がためらいがちに言う。

「わいが集めてくると言ったら、どうします」

「まさか、お前さん――」

七兵衛が絶句する。

「はい。塩飽に戻って腕のいい大工を連れてきます。塩飽諸島には丸尾屋以外にも作事場があります。そこから何名かずつ選《よ》りすぐってきます。塩飽なら、どこも流儀は似たり寄ったりなので、すぐに取り掛かれると思います」

「そんなことは駄目だ。たとえうまくいっても、塩飽の仕事が滞る」

「いいえ。まず一つの作事場から二人以上は引き抜きません。さらにここで千石船を造った後、差図も木割もすべて塩飽に移し、これから塩飽で千石船を造るという条件を出せばいいんです」

「なるほどな」

七兵衛が顎に手を当て思案顔になる。

「清九郎さんは、それでいいのか」

当然、造ったものの差図や木割の権利は、金を出した者の所有となる。この場合、出資者は七兵衛なので、権利は七兵衛に帰属するが、礼儀として七兵衛は清九郎に確認を取ったのだ。

「もちろんです。どのみち、ここで造れる船の数は限られています。それだけでは江戸の胃袋を満たせません」

「そう言ってくれるか。ここでいろいろ試したことを塩飽に伝えることになるが、それでもいいんだな」

「構いません。元々、弥八郎は塩飽の者です。塩飽で千石船を造るのは当然のことです」

「すまねえな。じゃ、もう一つだけ聞かせてくれ」

七兵衛が清九郎と雛型を見比べる。

「これで行けるかい」

清九郎が無言で雛型を見回す。固唾をのむような沈黙が訪れる。

「河村屋さん、わしの見立てが間違っていなければ、これで行けます」

「よし」と七兵衛が腹に力を込めて言う。

「やってやろうじゃないか」

「はい！」と弥八郎と清九郎が答える。いつしか背後にいた孫四郎たちも集まり、「やりましょう」「きっとできます」と口々に言い始めた。

七兵衛が力強く言う。

「わいは弥八郎と塩飽に行く」

「いや」と言って、弥八郎が首を左右に振る。

「その仕事は、わいに任せて下さい。わい一人で、それをやり遂げられなければ、しょせん千石船など造れません」

「よく言った！」

七兵衛が痛いほど肩を叩く。

「お前さんは、遂に仕事というものが分かってきたな。よし塩飽は任せた。わいは弥八郎を信じて江戸で部材の手配を始める。清九郎さんは弥八郎から細部の話を聞き、仕事の段取りを詰めておいてくれ」

「へい！」

皆が同時に答えた。

――ようし、やってやる！

弥八郎の胸内から、大きな火の玉がわき上がってきた。

十

風が南東に変わると、夏が急速に近づいてくる。

小浦にある作事場は海側に大きく開いているので、いつもは海風が入ってきて気分がいい。しかし風のない日は、手先が汗ばんで仕事に差し支えるほどだ。

嘉右衛門は日増しに磯平への依存度が高まり、作事場の差配は、すべて磯平に任せるようになっていた。弥八郎が戻らないなら、頭の座を磯平に譲ってもいいとさえ思っていた。

それとなくそんな話をすると、磯平は「そんなつもりで仕事をしているわけじゃありません」と言い、「ぼんが帰ってこないなら、熊一に跡を取らせるべきです」と返してきた。確かに、市蔵の息子の熊一を養子に迎え、二つ年上の梅と娶《めあわ》せるのが妥当に思える。

だがそれで、後顧の憂いがないわけではない。

丸尾屋の新たな主人となった重正は、嘉右衛門の忠告に耳を貸さず、どこからか流れ大工を探してきては、作事場で働かせていた。だが流れ大工は気難しい者が多く、なかなか塩飽の流儀に従おうとしない。そのため二度手間や三度手間が発生することもあり、仕事は遅々として進まず、納期も遅れがちになっていた。

重正はしばしば作事場に顔を出し、「引き渡し期限を守れないと、注文主は金を出し渋る。となれば、こちらも値引きせねばならず、利益が出ない。どうしてくれるんだ」と文句を言ってきた。

その度に嘉右衛門は大工仕事の難しさを語ったが、重正は利益を優先し、仕事の質を顧みようとしない。

そんな五月、弥八郎が帰ってきた。

嘉右衛門の作事場のみならず、牛島全体がどよめくような突然の帰郷だった。

て駆け寄ってきた。

　弥八郎が作事場に顔を出すと、かつて親しかった同世代の者たちが、喜びをあらわにし
「今、帰ったぜ」

　船が着く前に「帰ってくる」という書簡が届いていたので、作事場の連中にさほどの驚きはなかったが、作事場の隅につながれた飼い犬たちは狂ったように吠えたてた。

　磯平も笑みを浮かべて出迎えた。

「ぼん、お帰りなさい」

「磯平さん、聞いたぜ。おとっつぁんを支えてくれてありがとな」

「わいなんて、たいしたことはしていません」

　熊一も駆け寄ってきた。

「弥八郎さん、よくぞお帰りに――」

「熊一、随分と大きくなったな。しかも市蔵さんにそっくりだ」

　大工たちも皆も寄り集まってくると、口々に弥八郎の帰郷を祝った。

　その時、母屋の方から二つの影が走ってきた。

「兄さん、おかえり！」

「梅、今帰ったぞ」

一つの影は梅だった。だがもう一つの影は、三間（約五・四メートル）ほど先で歩みを止めて震えていた。

——やはり、来ていたのか。

弥八郎は、なぜか胸の鼓動が高まるのを感じた。

「ひよりちゃんかい」

弥八郎の声に、小さな影がゆっくりと近づいてきた。

「やはり、そうか」

あの日は夜だったので、弥八郎はひよりの顔をうろ覚えだった。

「弥八郎さん、あの時は——」

その後は嗚咽にかき消された。

皆はひよりを囲み、「よかったな」と声を掛けている。

「もういいんだ。泣くなよ。お前の運が開けたのは、わいのおかげじゃない。お前の日々の行いを、お天道様が見ていたからだ」

「それは本当ですか」

「ああ、どんな仕事をしようと、正しく生きることを忘れなければ、運は開ける。わいにも、いろいろ焦りはあった。お前の前で『この世は思い通りいかない』とも言った。だが黙々と仕事をこなしていたら運が開けてきたんだ」

「よかったですね」

ひよりは泣き笑いをしていた。

「だが、勝負はこれからだ」

「えっ、勝負って——」

弥八郎は、皆に対して言うべきことは言わねばならないと思った。

「実は、ここには長居できねえ」

磯平が細い目を見開く。

「てことは、佐渡島に戻られるんで」

「ああ、そういうことになる」

「どうしてまた——」

「話は後だ。おとっつぁんはどこにいる」

熊一が答える。

「先ほど、『一服する』と言って浜の方に行きました」

「そうか。皆には後で話をする。少し待っていてくれ」

「へい」と声を合わせて、皆はそれぞれの仕事に戻っていった。

「弥八郎さん」

ひよりが物言いたげな視線を向けてきた。

「悪いが後にしてくれ。今はおとっつぁんと、さしで話をしなきゃなんねえんだ」

そう言い残すと、作事場の通路を浜側まで抜けた弥八郎は、遠くにいる人影を見つけた。

人影は浜の流木に腰掛け、一服していた。

――やけに小さくなったな。

かつて広くがっしりしていた嘉右衛門の両肩は、随分となだらかなものに変わっていた。

――おとっつぁんにも、いろいろ辛いことがあるんだな。

それが何かは分からない。だが丸尾屋の作事場に入ってから、弥八郎は微妙な空気の変化を感じていた。

皆に「何があっても来るな」と告げると、弥八郎は嘉右衛門の許に向かった。

砂を踏む足音が聞こえているはずだが、嘉右衛門は一瞥《いちべつ》もくれない。

逆にその様子が、嘉右衛門らしくて懐かしい気がした。

「おとっつぁん、帰ってきたぜ」

嘉右衛門は弥八郎の方を見ずに一服すると、紫煙を吐き出した。

「そうか。で、何の用だ」

――やはり、そう来たか。

むろん弥八郎とて、嘉右衛門が涙を流しながら帰郷を喜んでくれるとは思っていない。だが喧嘩別れしてから四年近くも経っているのだ。少しぐらいは心を開いてくれてもいいと思った。

弥八郎は気を取り直すと問うた。

「おとっつぁんは、変わりなさそうだな」

嘉右衛門には、まだわだかまりがあるのか、冷めた顔で海を眺めている。

「お前は、わいに何も言わずに出ていった。帰ってきたら、それなりの挨拶ってもんがあるんじゃねえのか」

「だから一度、便りを出して消息を伝えたじゃねえか」

「消息を伝えただけで許してもらえるとでも思ったのか」

「そうじゃねえが――」

「常であれば、『勝手に出ていって申し訳ありませんでした。お願いですから、もう一度、ここで働かせて下さい』って言うべきだろう」

――そうか。おとっつぁんは、わいがここに帰ってきたと思ってるんだな。

嘉右衛門の様子からすれば、これから話すことを受け入れてもらえるとは思えない。

――だがここで何とかしねえと、千石船は造れねえ。

「まず、わいの話を聞いてくれねえか」

「いや、お前は勝手に出ていったんだ。話を聞くのは詫び言の後だ」

弥八郎は「出ていけ」と言われたから出ていったまでで、「勝手に」というわけではない。

――だが、ここで意地を張ったら、千石船の夢は吹っ飛ぶ。

弥八郎はその場に這いつくばると、大声で言った。

「勝手に出ていって申し訳ありませんでした！」

煙管に新たな煙草を詰めると、不機嫌そうに嘉右衛門が言った。

「それだけじゃねえだろ。後の方はどうした」

しかし弥八郎は、ここに帰ってきたわけではない。それを言うわけにはいかないのだ。

「弥八郎、『お願いですから、もう一度、ここで働かせて下さい』って言わねえか。それですべて水に流してやる」

――仕方ない。

これ以上、話を先に引き延ばすわけにはいかない。

「おとっつぁん、後の方は言えねえんだ」

「何だと」

嘉右衛門が初めて弥八郎の方を向いた。

「まさか、お前――」

「ああ、佐渡島に戻る」

「じゃ、なんでここに帰ってきた」

「それは――」

嘉右衛門は明らかに動揺していた。今、本当のことを話しても怒り出すだけだ。だが先延ばししたところで、事態は何も変わらないだろう。

――こそこそしていれば、逆に火に油を注ぐだけだ。

「実は――」

大きく息を吸い込むと、弥八郎は言った。

「大工を連れに来た」

嘉右衛門が啞然として瞠目する。

「お前は、わいの作事場から大工を連れていくのか」

「ああ、そうなる」

「この野郎！」

嘉右衛門が立ち上がる。

「待ってくれ。今の仕事に支障を来さないよう、丸尾屋の作事場から連れていくのは二人だけだ。残る者たちは、長喜屋やほかの島の作事場から連れていく」

「お前は――、お前は、ほかの作事場にも迷惑を掛けるつもりか」

「一年、いや半年、借り受けるだけだ。来年の春には必ず戻す。だから聞き入れてくれよ。おとっつぁんが聞き入れないと、ほかの作事場も色よい返事をしてくれないんだ」

嘉右衛門が怒髪天《どはつてん》を衝くような形相《ぎょうそう》で言う。

「そんなことは、わいが許さねえ！」

だが弥八郎は、ここで現実を突きつけねばならないと思った。

「おとっつぁんが許さなくても、丸尾屋の若旦那は承知したぜ」

牛島に戻った弥八郎は、いの一番に丸尾屋を訪れて新当主の重正に挨拶した。その時、七兵衛の書状を渡すと、それを読んだ重正は、一も二もなく協力を申し出た。

「わいの知ったことか。作事場のことは作事場に任せるってのが代々の仕来りだ。いくら棟梁でも、わいの了解なしに決めることはできねえ」

そうは言ったものの、嘉右衛門の顔には動揺の色が走っていた。

「残念ながら、この作事場は丸尾屋さんのもんだ。丸尾屋さんが『大工を派遣する』と言えば、おとっつぁんには何の抵抗もできない」

「そんなこたぁねえ！」

「いや、棟梁もそう明言した。だいいち棟梁にも立場がある。河村屋さんの申し入れはお上の要望だ。それに逆らうわけにはいかねえ」

「て、てめえ！」

嘉右衛門が弥八郎の襟首を摑む。

「大工たちは、一家も同然だ。それをてめえは――」

作事場の端で心配そうに見ていた磯平と熊一が、こちらに走り寄ろうとする。それを手で制した弥八郎は、嘉右衛門の目を見て言った。

「もちろん連れていくのは望んだもんだけだ。しかも給金は倍以上だ。佐渡で得た千石船造りの知識は後々まで生きる。それだけじゃねえ。河村屋さんは木割と差図を――」

その時、鉄拳が飛んできた。

一瞬、目の前が真っ暗になる。

――清九郎さんの一撃よりも強いな。

弥八郎は「やれやれ」と思いつつ膝をついた。

「お前とは親子の縁を切る」

「親子の縁は、もう切られているんじゃねえのか」

つい皮肉が出てしまった。

「もうお前の顔なんか見たくない。この島から出ていけ。さもないと、わいが追い出してやる！」

今は、何を言っても嘉右衛門が聞き入れるとは思えない。弥八郎は威儀を正すと、砂浜の上に座して頭を下げた。

「分かりました。それでは折を見てもう一度、話をさせて下さい」

「その必要はねえ。さっさと佐渡島でも地獄でも行っちまえ！」

嘉右衛門の怒りは想像以上だった。

——だが、ここで折れるわけにはいかない。

弥八郎は、嘉右衛門の気持ちを踏みにじってでも大工を連れていくつもりでいた。

「おとっつぁん、悪いが市蔵さんとわいの夢を叶えさせてもらうぜ」

「お前らの夢だと。市蔵を巻き込むな。市蔵が生きていたら——」

「生きていたら何だっていうんだ」

「大工を連れていくはずがねえ」

「ああ、そうだろうよ。市蔵さんはな、おとっつぁんの言いなりだったからな。市蔵さんは、おとっつぁんのために人生を棒に振ったんだ」

「何だと！」

嘉右衛門の顔色が変わる。

「わいは、おとっつぁんの言いなりにはならねえぞ！」

「お前って奴は、何てことを――」

「おとっつぁん、こればかりは承知してくれねえと困るんだ」

だが嘉右衛門の心は閉じられ、もう二度と口を利くことはなかった。

――なんてこった。

話し合えば合うほど泥沼にはまり込んでいく父親との関係に、弥八郎は言葉もなかった。

第四章　海に挑む時

一

　瀬戸内海の気候は一年を通して安定している。冬の季節風は中国山地に、夏の季節風は四国山地によって遮られているため、夏を除けば空気が乾燥している日が多く、年間降雨量もほかの地に比べれば少ない。

　とくに夏の夕凪《ゆうなぎ》は独特で、自然を司る神々が眠ったかのように風がなくなり、磯に打ち寄せる波の音もかすかに聞こえる程度になる。

　すべてが静止画のように動かなくなり、長く尾を引くような練雲雀《ねりひばり》の鳴き声が聞こえなければ、時が止まったかのような錯覚を覚える。

　――ここが、わいの故郷だったな。

塩飽を出奔してから、大坂そして佐渡へと渡る目まぐるしい日々を送っているうちに、それまでの生涯の大半を過ごしてきた故郷塩飽が、弥八郎には現実に存在するものと思えなくなっていた。

――そうか。もうここに、わいの居場所はないんだな。

自分にとって唯一無二の場所が次第にそうではなくなっていく感覚を、弥八郎は味わっていた。

「弥八郎さん」

その時、背後から声が掛かった。

驚いて振り向くと、ひよりが立っていた。

「なんだ、お前さんか。わいについてきたのか」

「はい」

ひよりの声は練雲雀のように澄んでいた。

作事場の皆には「墓参りに行ってくる」と言い置いてきたので、ひよりが追ってくるかもしれないとは思っていた。というよりも、そうしてほしいという気持ちがあったのかもしれない。

瓢簞《ひょうたん》に入れてきた酒を墓石に掛け、もう一度手を合わせた弥八郎は、勢いよく立ち上がると振り向いた。

「ゆっくり話をする機会を持てなくて、すまなかったな」

ここのところ塩飽の島々を回っていたので、弥八郎は牛島に戻っていなかった。

「いいんです。お忙しいでしょうから」

弥八郎は、ひよりを誘うように先に歩き出した。

「お前さんが、本当に塩飽に来るとは思わなかったよ」

「ほかに行くあてもありませんから」

「そうだったな」

大坂で語り合った時のことが思い出される。

「この墓所には、わいの母親も眠っている。わいは母親に会いたいと思ったら、夜でも家を抜け出してここに来た」

「夜でも」

「ああ、死んだもんたちを恐れることなんてない。死んだもんたちは生きているもんたちを守ってくれている。和尚さんがそう言っていた」

「そうなんですか。でも――」

「死んだもんが怖いのは、あちらのことが分からないからだ。人は皆、分からないから怖いと思う。わいも坊主じゃないから分からない。ただ分かっているはずの和尚が『何も怖くない』と言っているんだから、それを信じるしかない。北海の荒波も知らないから怖いだけだ。知ってしまえば怖くはない」

弥八郎は知らずに饒舌《じょうぜつ》になっていた。なぜかひよりを前にすると、奔流のように言葉が溢れてくるのだ。

「弥八郎さんは、冬の北海でも走れる大船を造ろうとしているんですね」

「そうだ。そのために大工を集めに戻ってきた」

「それで、ほかの島を回っていたのですね」

塩飽七島には、牛島のほかにも本島、広島、櫃石島《ひついしじま》など大きめの島には、船造りをしている作事場がある。弥八郎はそれらの作事場を回って、人を出してもらう交渉をしていた。

「それぞれの島にある作事場の主に頼み込み、やる気のある者を出してもらっている」

「集まり具合はどうなんですか」

「いい感じだ。皆、新しいことに挑みたがっているからな」

河村屋七兵衛が保証した大工の給金と、人材を供出した作事場への手当てが法外だったので、どこの作事場も二つ返事で了解してくれた。中には「もっと多くの大工を出せる」と言ってくれる作事場の主もいたが、それは丁重に断った。

　また誰でもいいというわけではないので、技量を見定めた上で慎重に人選した。その結果、すべては順調に進み、すでに十人ほどの若手大工が佐渡島に渡ることになっていた。残る枠は六人ほどで、それも近日中には決まるはずだ。

　――だが皆には、わいがおとっつぁんと決裂したと伝わっているはずだ。それでも承知してくれるのはなぜだ。

　そこから導き出される答えは、嘉右衛門の影響力が低下しているということだった。

「いつ頃、塩飽を後にするんですか」

「あと五日から十日ほどだ」

　ひよりは驚いたようだ。

「千石船造りも悠長にやっているわけにはいかねえ。次の冬には造った船を佐渡の海に浮かべる」

「そうだったんですね」

　ひよりが何かを待っているのは明らかだった。

　――一緒に来ないかと、ひよりは言ってほしいに違いない。

　だが安易に、そんな言葉は口にできない。

　二人の間に重い沈黙が漂う。

――わいはこの女に惚れているのか。

自問自答しても、その答えは出てこない。大坂で出会った時、弥八郎はひよりに惚れたわけではなく、その身の上話を聞き、同情しただけだからだ。

――相手の心を弄《もてあそ》ぶことはできない。

その反面、ひよりの人生を弥八郎が変えたことも事実なのだ。

――いずれにしても、まだだ。

ようやく弥八郎は口を開いた。

「ひよりちゃんは、牛島での暮らしが気に入っているかい」

「ええ、皆さんよくしてくれますから」

「そいつはよかった。それで――」

弥八郎は一拍置くと思い切るように言った。

「誰か好きな人はできたのかい」

ひよりは何も答えない。しばらくすると、すすり泣きが聞こえてきた。

――それが答えってわけか。

だがひより自身、弥八郎に感謝の気持ちは抱いていても、男として惚れているわけではないはずだ。そのためには、接する時間があまりにも短い。

「弥八郎さんが、そんなこと言うなんて」

「勘弁してくれよ。だがわいたちは、あまりに互いを知らなすぎる」

「その通りかもしれません。でも――」

その後に続く言葉は分かっていた。弥八郎が「一緒に佐渡に行こう」と言えば、ひよりもついてくるつもりでいたのだ。

「なぜ、『わいについてこい』と言ってくれないのですか。わたしが汚れた女だからですか」

涙声でひよりが訴える。

「何を言ってるんだ。そんなこと考えもしなかった」

ひよりが体を売っていたことは事実だ。だが、そのことを気にしたことは一度もない。

「本当ですか。わたしの体は多くの男たちに弄ばれてきました。そんなわたしは、弥八郎さんにはふさわしくないのでは――」

ひよりが泣き崩れる。

「わいは、そんなことを気にしちゃいねえ」

「もしかして、佐渡島に想い人でもいらっしゃるんですか」

――あっちがどういうところか、分かっちゃいねえんだな。

佐渡島には若い女性《にょしょう》が少なく、弥八郎が想いを寄せるような相手はいない。

「佐渡島の作事場にいる大工たちは、仕事をするために集まってきている。わいもその一人だ」

それは弥八郎の矜持でもあった。

「じゃ、どうして——」

「今言えることは、まだ機が熟していないということだけだ。そのうち——」

弥八郎は思いきるように言った。

「一緒になれる日が来るかもしれねえ」

もしもその時が来れば、ひよりを娶《めと》るのが男の責任だと弥八郎は思っていた。

「本当ですね」

「男に二言はない。だからもう少し、ここで待っていてくれ」

「分かりました。そうさせていただきます」

ひよりが力強くうなずいた。

二

六月、佐渡に向かう大工たちが牛島に集まってきた。嘉右衛門の作事場からも、丸尾重正の許しを得て、甚六《じんろく》と権蔵《ごんぞう》という二人の若い大工が派遣されることになった。二人とも若いが腕は確かなので、嘉右衛門にとっては痛手だった。

だが嘉右衛門は、重正のやることに文句を言える立場にない。拗《す》ねるように自宅に引き籠もっていると、作事場から人が駆け付け、船大工の善吉《ぜんきち》が倒れたと告げてきた。善吉は嘉右衛門より五歳ほど年下の大工で、若い頃から一緒に働いてきた仲だ。

慌てて善吉の家に駆け付けると、家族が泣き崩れていた。医家の話によると、脳に血を送っている脈が切れたらしく、もう意識が戻ることはないという。

――お前まで逝っちまうのか。

嘉右衛門は愕然とした。

その時、善吉の妻から「権蔵を遠くにやらないで下さい」と言われ、権蔵が善吉の息子だということを思い出した。

権蔵も母親たちに泣き付かれ、佐渡行きを半ばあきらめているようだった。

権蔵の意思を確かめると、「致し方ないです」と答えたので、嘉右衛門は母親に「権蔵を行かせない」ことを約束した。

嘉右衛門が舌足らずな言葉で母親と権蔵の妹たちを慰めていると、そこに弥八郎と磯平が駆け込んできた。どうやら善吉の異変を、磯平が弥八郎に伝えたらしい。

「ま、まさか善吉さんが――」

「なんてこった」

二人は唖然として言葉もない。

「騒ぐな。表に出ろ」

弥八郎を善吉の家に上がらせもせず、嘉右衛門は外に連れ出した。それを磯平がはらはらしながら見ている。

「見ての通りだ。先生によると、善吉が正気に戻ることはないという。いつまでかは分からないが、善吉はあのまま寝たきりだ」

弥八郎が悄然と頭《こうべ》を垂れる。

「今、内儀とも話し合ったんだが、こういうことになっちまったからには、権蔵を佐渡島に送ることはできねえ。本人も承知している」

何かを言い掛けて、弥八郎が口をつぐんだ。

「丸尾屋の旦那には、わいの方から告げる」

そこに家の中から権蔵が現れた。

「弥八郎さん、見ての通りだ。母や妹たちを置いて遠くに行くことはできねえ」

「ああ、分かった。当然のことだ」

「でも、わいの得意とするところは、誰が代わりにやるんだい」

権蔵は磯平から直に「はり合わせ」や「摺合わせ」の技を伝授してもらったこともあり、この技術においては、嘉右衛門の作事場では磯平に次ぐ者となっていた。

「まだ何も考えていない」

弥八郎は明らかに落胆していた。「はり合わせ」や「摺合わせ」を権蔵に任せようと思っていたに違いない。もしかすると権蔵抜きでは、計画が頓挫することも考えられる。

嘉右衛門の一部が囁く。

——いい気味だ。権蔵を渡してはならないぞ。

心の奥底で眠っていた嫉妬心が頭をもたげる。

弥八郎が権蔵を説得するかもしれないと思った嘉右衛門は、ここで念押ししておこうと思った。

「弥八郎、権蔵のことはあきらめるんだぞ」

「そんなこと、おとっつぁんに言われなくても分かってらあ」

「じゃ、さっさと島から出ていけ」

「ああ、そうさせてもらう」

弥八郎が踵《きびす》を返した時だった。

「ちょっと待って下さい」

磯平である。

「ここには、権蔵が残るわけですね」

「ああ、聞いた通りだ」

「それじゃ、うちの作事場から誰かもう一人、行かせなければなりませんね」

「甚六だけでいい」と嘉右衛門が釘を刺す。

「でも、大船の『はり合わせ』や『摺合わせ』はとくに難しい。それに熟達した者でないとしくじります」

「何が言いたい」

常とは違う磯平の様子に、嘉右衛門は何かを感じ取った。

次の瞬間、磯平がその場に膝をつくと、嘉右衛門に向かって言った。

「わいが行きます。いや、行かせて下さい」

嘉右衛門のみならず、弥八郎も啞然としている。

「なんで、お前が行くんだ」

かろうじて声を絞り出せた。

嘉右衛門の草鞋に額を擦り付けながら、磯平が懇願する。

「頭、申し訳ありません。わいは、ぼんと夢を追いたいんです」

――夢を追うだと。

嘉右衛門には、磯平の言っていることが分からない。

「まさか、お前は弥八郎に付いていくのか」

「はい、そうしたいんです。わいにも夢を追わせて下さい」

――そんなことをされたら、この作事場はどうなる。

嘉右衛門は急に不安になった。

「しかしお前には、今の仕事があるじゃねえか」

「それは分かっています。でも、わいの代わりは権蔵が担えます」

「そんな無責任なことがあるか！」

「それは重々承知しています」

「なぜ、そこまでして――」

「ここにいれば、五百石船を造るだけで、わいの生涯は終わります。いつか衰えて――」

磯平が言葉に詰まる。

――まさか、わいの姿を見て言っているんじゃねえだろうな。

嘉右衛門は愕然とした。

「申し訳ありません。わいもいつか頭のように衰えます。その前に一度でいいから、存分に腕を振るってみたいんです」

「お前は――」

嘉右衛門が声を絞り出す。

「わいを裏切るんだな」

「裏切るだなんて――」

「おとっつぁん」と弥八郎が口を挟む。

「そうじゃねえよ。おとっつぁんは、皆のことを考えて大船造りをあきらめたかもしれねえが、皆の気持ちは違うんだ。ありきたりの船を造って一生を終えることなんざ、一流の船造りにはできねえんだよ」

「ありきたりの船だと！」

嘉右衛門が弥八郎の胸倉を摑む。

「殴れよ。殴って気がすむなら、殴ればいい。さあ、殴れ！」

「お前って奴は、とんでもない親不孝もんだ」

「ああ、そうだ。わいは、ここの作事場のために仕事をしているんじゃねえ。親のためでもねえ。この国のために働いているんだ！」

嘉右衛門が拳を固める。だが今度は腕を振り下ろせない。

――もう弥八郎は大人なんだ。

前に拳を振るった時とは違い、日に日に弥八郎の存在感は大きくなっていた。

「もういい」

嘉右衛門が皆に背を向けた。

「みんなで、どっかに行っちまえ」

「頭、そんなつもりじゃ――」

「磯平、お前を見損なった」

「すいません。わいにも、背負って立つものが次第に重くなってきているのは分かっています。だからこそ今、一人の大工として勝負しないと、もう機会は二度と訪れません。わいの勝手を許して下さい。ただ――」

磯平が嗚咽交じりに言う。

「わいがいなければ作事場が回らないと思えば、こんな身勝手を言い出しません。しかし熊一なら、皆をまとめていけると思います」

「熊一だと」

十九歳の熊一が、三十代から四十代が中心となる作事場を取り仕切れるとは思えない。

「熊一なら、必ずわいの代わりが務まります」

「お前に、そんなことを言われる筋合いはねえ！」

「申し訳ありません」

「弥八郎も磯平も二度と戻ってくるな！」

それだけ言うと、嘉右衛門はその場から立ち去った。とにかく誰とも話したくなかった。足は自然、市蔵たちの眠る墓所に向くかと思われたが、その時に歩き出した方角から、つい島の南西側の岩場に向かった。そこは牛島でもとくに寂しい場所で、住んでいる者もおらず、ただ波が打ち寄せているような場所だった。

道は徐々に狭まっていき、やがて民家もなくなった。それでも磯伝いに付けられた細道を歩いていくと、太陽が橙色《とうしょく》を帯びてきた。

ようやく歩を止めた嘉右衛門は、沈みゆく夕日を漫然と眺めた。

夕日はまばゆいばかりの光芒《こうぼう》を放ちつつ、広島の少し南の水平線に没しようとしていた。

嘉右衛門はその場に腰を下ろすと、岩礁に打ち付ける波を見つめた。

――これからどうなるんだ。

嘉右衛門は強い不安を感じていた。自分だけならどうとでもなるが、磯平のいない作事場が、うまく回るとは思えない。

――死ぬか。

死の誘惑が心をよぎる。

だが、ここで嘉右衛門が自死を選べば、本当に作事場は解体されるかもしれない。嘉右衛門の存在が、いまだ得意先から発注を受けるための保障になっており、嘉右衛門がいなければ、丸尾屋の造る船は価値を半減させてしまう。

――わいは、生きていることだけが値打ちなのか。

潮が満ちてきたのか、先ほどまで顔を出していた岩礁が海中に没し始めていた。波は嘉右衛門の座る小道のすぐ下にまで打ち寄せてきている。

――そこに行けば楽になれるんだな。

心の中で、誰かがうなずいたような気がする。

嘉右衛門は立ち上がると、二間（約三・六メートル）ほど下の海面を眺めた。すでに太陽は没し、眼下の岩場は陰影の強い朱色に変わり始めている。

――飛ぼうか。

そう思った時、目の端に何かが捉えられた。

――あれは船か。

すぐ目の前を、清風丸に似た大船が北上していく。これほど暗礁の多い海域で、あれほどの速度で夜間航行するなど考えられない。

――そうか。あれは幽霊船だ。

一瞬の後、その大船は闇に溶け込んでいった。

――市蔵、わいを乗せてってはくれないんだな。

やがて咫尺《しせき》も弁ぜぬ闇が訪れた。その中で嘉右衛門は胸が締め付けられるほどの孤独を感じた。

――もう何も思い残すことはねえ。

残る生涯に思いを馳せると、「絶望」の二文字だけが浮かび上がってくる。

――だが、わいには熊一らに伝えねばならないことがある。死ぬのは、その後でも遅くはない。

嘉右衛門は重い腰を上げると、覚束ない足取りで帰途に就いた。

三

桟橋に着けられた便船では、荷の積み降ろしが行われていた。降ろされた荷の中には船の材や備品もあるらしく、旅姿の磯平が熊一らに検品の方法を教えている。磯平は船が出る瞬間まで、熊一らに自らの知識を伝授したいのだ。

それを横目で見ながら、弥八郎は梅に言った。

「そいじゃな」

「兄さん、気をつけてね」

梅が風呂敷包みを押し付けてきた。

「これは何だ」

「下帯よ。使い回していると、すぐに擦り切れるから」

「ああ、その通りだ。そういえば、お前が包んでくれた厚司は重宝しているぜ」

「よかった。体にはくれぐれも気をつけてね」

「ああ、分かってる」

周囲を見回したが、嘉右衛門の姿は見えない。あれからもう一度、会いに行こうとしたが、嘉右衛門は弥八郎を避けるようにしていたので、その機会を失ってしまったのだ。

――次に戻ってくる時に詫びを入れればよい。

今は時間がないので、嘉右衛門とじっくり向き合うことはできない。だが次に戻ってきた時には、一緒に酒でも飲みながら少しずつ心を開いていこうと思った。

梅が涙交じりに言う。

「おとっつぁんも馬鹿だよ。息子の晴れの門出なんだから、見送りに来てもいいのにね」

「梅、男ってのは、たとえ息子であっても張り合う相手なんだ。今となっては、意地っ張りなおとっつぁんが頼もしく思えるぜ」

その時、梅の背後でしゃくり上げているひよりの姿が目に入った。

「兄さん、行ってやんなよ」

「ああ、そうだな」

梅が離れていった。

「どうした」

「やはり、連れていってはくれないんですね」

弥八郎が首を左右に振る。

「でも、いつか戻ってきてくれますね」

「そいつは何とも言えねえな」

――おとっつぁんは、熊一に梅を娶らせて跡を継がせるつもりだ。

嘉右衛門がそう考えていることを磯平から聞いた弥八郎は、自分が故郷の邪魔者になったことを覚った。

――もしかすると、これが見納めかもしれねえな。

弥八郎は周囲の景色を見回し、しっかりと記憶にとどめておこうと思った。

「もう会えないかもしれませんね」

「そんなことはねえ。いつかまた会えるさ」

「本当ですか」

「ああ、嘘は言わねえ」

そうは言ったものの、この世に定かなことなど何もない。

「それじゃ、わたしはここで待っています」

「ああ、それがいい」

ひよりが、白布に包まれた小さなものを差し出した。

「これは――」

「福知山の一宮《いっきゅう》神社の守り袋です。わたしが身に着けていたものですけど、わたしの身代わりだと思って持っていて下さい」

「だって、お前さんにとって大事なものだろう」

「はい。女衒に売り払われる前の日、母が神社で買ってくれました。何かを買ってくれるなんてことは全くなかったので、その時は本当にうれしかった。帰りには紅色の着物も買ってくれました。その時は何も知らされなかったんで、ただただうれしかっただけですが、翌日、わたしはその着物を着せられ、この守り袋を握り締めて家を後にしました」

ひよりが嗚咽を漏らす。

「もう終わったことだ。今が幸せなら、それでいいじゃねえか」

「ええ。だからこそ、これは弥八郎さんに持っていてほしいんです」

「そんな大切なものをもらえないよ」

「いいんです。どうかお願いします」

「そうか。そこまで言うなら預かっておく」

弥八郎が守り袋を懐に収めた。

その時、「おーい、船が出るぞ」という声が聞こえた。

「では、行く。梅――」

梅が近寄ってくる。

「おとっつぁんのことを頼んだぞ」

「当たり前じゃないか。兄さんも息災でね」

「分かっている。じゃあな」

弥八郎が便船に向かうと、磯平夫婦と家族に囲まれていた甚六も後に続いた。七兵衛の配慮で、妻子持ちは妻子を連れていくことを許されていた。だが甚六は独り身なので、一緒に行くのは磯平の妻だけだった。

磯平は便船に乗り込む直前まで、「教えをしっかり守って、手を抜くな」と、熊一や権蔵たちに命じていた。

いよいよ便船が桟橋を離れた。故郷の人々が手を振って別れを惜しむ。それを見ながら、弥八郎は二度とここに戻ってくることはない気がした。

やがて船は岬を回り、桟橋が見えなくなった。

「ぼん、こうして故郷を離れるのは寂しいもんですね」

磯平が声を掛けてきた。

「そういえば磯平さんは、島を出るのは初めてだな」

「はい。本島や広島には行ったことはありますが、塩飽を出たことはありません」

「そうか。でも仕事が終われば、すぐに帰ってこられるさ。今回の仕事は年限が区切られているからな」

「そうですね」

それでも磯平は不安そうにしている。

「心配は無用だ。必ず帰ってこられる」

「はい。一緒に帰ってきましょう」

弥八郎は何も答えなかった。

「ぼん、どうしたんで」

「いや、何でもない」

「もしかして、ここに戻るつもりがないんでは」

「まあな。わいは河村屋さんの下で働くかもしれない」

弥八郎は、河村屋七兵衛に己の生涯を託してもいいと思い始めていた。

「そういうことですか。でも、そんなことになれば頭が悲しみますよ」

「おとっつぁんは熊一に跡を取らせるつもりだろう。わいは、おとっつぁんと作事場にとって邪魔者でしかねえんだ」

「そんなことはありません」

だが磯平の口調は、いつもと比べて弱かった。

「わいはわいの道を行く。熊一の仕事ぶりを見て、わいも踏ん切りがついた」

「そうですか。それなら、わいは何も言いません」

いよいよ牛島がかすんできた。その島影は懐かしいはずだが、なぜか弥八郎には、もはや牛島が自分の故郷のようには思えなかった。

四

袷《あわせ》一枚では肌寒さを感じるようになった九月、重正が取り巻きを連れて作事場にやってきた。

「嘉右衛門さん、ちょっと来てくれねえか」

作事場の隅にある休憩所に勝手に座った重正は、取り巻きを立たせたまま、嘉右衛門だけに「まあ、座んなよ」と座を勧めた。

その悠揚《ゆうよう》迫らざる態度は、この作事場の持ち主が誰かを示そうとしているかのようだ。

「棟梁、わざわざお越しいただき――」

「挨拶はいい。今日は大事な話で来た。誰かを同席させないでいいのかい」

重正は、明らかに嘉右衛門を隠居として見ていた。

「熊一と梅を呼んでこい」

近くにいた小僧が走ると、すぐに二人がやってきた。

「お前が熊一か」

「へい」

「こんな小僧とは思わなかった。どうりで仕事が遅いわけだ」

重正が吐き捨てるように言う。

「大福帳（帳簿）を見せろ」

背後の取り巻きから大福帳を受け取った重正は、数字を指し示した。

「ここ一年の船造りの成果だ。たった六隻しか造れず、利は出ていないどころか散用（経費）を下回っている」

嘉右衛門にも帳簿ぐらいは読める。確かにこれまで以上に、船一隻を造る期間は長引いており、利益が出ていないのも分かる。

「この一年、新造船が少なかったのは確かですが、中作事（修繕）は例年より多く――」

「中作事じゃ、たいした金にならないのは分かっているはずだ」

「それはそうですが――」

「中作事で手いっぱいになり、何隻もの新造船を断らざるを得なかったってわけだな」

それは事実だが、嘉右衛門としては新造船だろうが中作事だろうが、先に注文の入ったものからこなすのは当然だと思っていた。

「卒爾《そつじ》ながら――」と熊一が発言を求めた。

「なんでえ」

「船一隻を造る散用が増えているのは、流れ大工に多くの給金を払っているからです。それだけでも――」

「お前は黙っていろ！」

嘉右衛門が一喝する。ここで重正の心証を害してしまえば、不信感が次の世代まで引き継がれる。

熊一が口を閉じるや、重正が言った。

「皆に働き続けてもらうには、給金を半分ほどに下げなければならねえ」

「半分と仰せか」

嘉右衛門が愕然とする。

「棟梁、お言葉ですが――」

それまで大福帳をにらんでいた梅が、発言を求める。

「棟梁のお持ちになった大福帳を拝見すると、この作事場に掛かっているもの以外も、計上されているような気がします」

「何だと。それはどこだ」

「ひより、出納簿《すいとうぼ》を持ってきて」

「ここにあります」

ひよりは手回しよく、作事場の出納記録が書かれた台帳を持ってきていた。

「これを見て下さい。四月に申請した作事場の材料費は二十三両なのに、そちらでは二十九両になっています」

「何だと」

重正は双方を見比べると、泰然自若として言った。

「まあ、そういうこともある」

「お待ち下さい。流れ大工の人数も違っています。四月は四人しか働いていませんでしたが、ここでは七人分が計上されています」

重正が関心なさそうに言う。

「知らねえな」

「これは明らかに水増しされています。わたしたちが数字に弱いと思い、わざわざこういう大福帳を作ったのですか。それとも、誰かが何かの散用を作事場に計上しているのかのどちらかです」

「そっちの記録が間違ってるんじゃねえのか」

「いいえ。ここでは外から入ってくるものはすべて船荷なので、船荷台帳と突き合わせれば分かります」

重正の顔色が徐々に変わってくる。

「梅、引っ込んでろ！」

嘉右衛門が再び一喝する。

梅は重正の遊興費を上乗せされていると疑い、自分の出納簿を作っていた。だが重正の悪行を指弾したところで、主人が重正である限り、何の意味もない。

嘉右衛門が腰を折りつつ言う。

「委細、承知しました。これからも散用の節減には尽力いたします。ですから給金の削減だけは、ご勘弁下さい」

それをうなずいて聞いていた重正が立ち上がる。

「分かったよ。当面は勘弁してやる」

「ありがとうございます」

「だがな、このままでは駄目だ。もっと切り詰めろ」

「へ、へい」

平身低頭する嘉右衛門に一瞥もくれず、重正は取り巻きを引き連れて帰っていった。

その後ろ姿を見送った後、梅が声を上げた。

「おとっつぁん、こんな理不尽なことってないよ」

「馬鹿野郎！」

「だって、あんなこと言われて引っ込んではいられないよ！」

「だからといって、棟梁の顔をつぶしてどうする！」

「じゃ、黙ってればよかったたって言うの」

「そんなことはないが、交渉事では相手の顔をつぶしたり、こちらの主張をごり押しするのは駄目なんだ。相手の立場を重んじつつ、こちらの要求を通していく。そうしないと、強烈なしっぺ返しを食らう」

——そこんところが、女には分からないんだ。

こうした男社会の仕来りや不文律《ふぶんりつ》は、場数を踏んで覚えるしかない。

「おとっつぁん、ごめんね。どうやら余計なことを言っちまったようだね」

梅が悄然と首を垂れる。

「いいってことよ。どのみち棟梁は、また別のことで難癖をつけてくるはずだ」

それを思うと気が重くなる。

重正がこれだけ強気になれるのも、嘉右衛門の手足同然だった市蔵、磯平、弥八郎の死や不在が大きく影響しているからだろう。

「熊一」

嘉右衛門が熊一を呼ぶ。

「明朝、棟梁の家まで行って、詫びを入れてきてくんねえか」

「詫びを、ですか」

「そうだ」

「何を詫びるんで」

「お前も融通が利かねえな。棟梁は細かいことは聞いてこねえ。ただ不快な思いをさせちまったことを詫びればいいんだ」

熊一が不満をあらわにする。

「でも、それでは、あちらの大福帳を認めたことになりませんか」

嘉右衛門の脳裏に一瞬、不安がよぎる。

「いや、そのことには触れないで、うまく詫びるんだ」

「分かりました。やってみます。しかし頭は一緒に行かないんで」

「ああ、これはお前の顔見世もある。わいが行くのは、もっとこじれてからだ」

そうは言ったものの、嘉右衛門は頭を下げに行くのが嫌だった。

「分かりました」

首をかしげながらも、熊一が了承した。

これでその日は終わった。ところが翌日、熊一が丸尾屋を訪れても、門前払いを食らわされた。そのことを聞いた嘉右衛門は、重正の強烈なしっぺ返しを覚悟した。

五

船が小木港に近づくと、浜に炎が揺らめいているのが見えた。

――あれは焚火か。

人が見えるほど近くなると、焚火を囲んでいた人々の中から、孫四郎らしき人影が桟橋に向かって走り出した。残る人々もそれに続く。

先に便りを送っていたので、清九郎や孫四郎たちは小木港まで迎えに来てくれたのだ。

「おーい!」

双方、声を限りに呼び合った。

「ぼんは、この島に溶け込んでいるようですね」

傍らの磯平が言う。

「ああ、もうわいは佐渡島のもんだ」

弥八郎は、佐渡島に戻ってこられたことが心底うれしかった。

やがて船が着き、互いに再会を喜び合った後、弥八郎は塩飽から連れてきた者たちを紹介した。

満面に笑みを浮かべた清九郎は、一人ひとりの手を取り、「よう来てくれた」と言っては頭を下げていた。

皆は小木港から浜沿いの道を歩き、宿根木に向かった。

宿根木の作事場には、すでに雛型が大机の上に据えられ、多くの差図や木割が並べられていた。

――いよいよ始まるんだな。

あらためて市蔵と造った雛型を見ていると、万感迫るものがあった。

――市蔵さんの夢が、いよいよ叶うんだ。

清九郎が皆を前にして言う。

「塩飽の衆が来てくれたおかげで、いよいよ船造りに取り掛かれる。今から掛かれば、冬の佐渡の海で試し走りができるはずだ。では、これから船造りの細目《さいもく》(日程)を詰めていく。その前に――」

清九郎に手招きされ、弥八郎が横に並ぶ。

「此度の船は弥八郎の差配で造ることになった。わしは人や材料の手配などの裏方に回る。皆は弥八郎の指示に従ってほしい」

「へい」と皆が声を合わせる。

「弥八郎、一言頼む」

清九郎に促され、弥八郎が前に出る。

「皆、見ての通り、わいは若輩者だ。これから造る船が大工頭としての初めての船になる。だが、この雛型の通りに造れば必ずうまくいく。この雛型は、塩飽の衆ならよく知る市蔵さんが考えたものだ。わいはこの船に命を懸ける。皆も性根を据えて掛かってくれ」

「おう!」

「よし、では仕事の分担を決めよう」

差図と木割を前にして、皆の仕事の振り分けが始まった。

その夜は歓迎の宴になった。佐渡と塩飽の双方の大工たちが自己紹介しながら、互いの盃を満たしていく。その光景を見ながら、弥八郎は「よくぞここまで来たな」という感慨に浸っていた。

「お疲れ様です」

「なんだ、孫四郎か」

弥八郎の盃に徳利から酒が注がれる。

「弥八郎さんがため息とは珍しい」

孫四郎がにやりとする。

「えっ、わいがいつため息をついた」

「今の今です」

「そうか。わいだって、ため息ぐらいつく」

「塩飽では、いろいろご苦労なされたようですね」

今度は、弥八郎が孫四郎の盃を満たす。

「よく知っているな」

「先ほど、甚六さんから聞きました」

「もう甚六と親しくなったのかい」

「ええ、年も近いので、すぐに打ち解けました」

孫四郎は相変わらず気が利く。二つの組が合体して仕事をする場合、双方の架け橋となる人材が必要になる。それを先んじて察した孫四郎は、きさくな甚六に目を付けて声を掛けたのだ。

——こうしたもんがいるといないとでは違う。

弥八郎は心中、孫四郎に感謝した。

「お前さんは大工よりも商人向きだな」

「ええ、お頭にも、よくそう言われます」

お頭とは父親の清九郎のことだ。

「でも、ここの仕事は継がなくちゃな」

少し考えてから孫四郎が言った。

「先のことは分かりませんよ」

「それもそうだ」

——確かに先のことなど、誰にも分からねえ。

それは、弥八郎にも当てはまることだ。

「此度は、うまくいきますかね」

孫四郎が不安げな顔で問う。

「必ずうまくいく」

立場上、ここで弱気な姿勢を見せるわけにはいかない。

「それにしても弥八郎さんが、これほどの隠し札を持っていたとは驚きです」

「しかし出し時を考えていたら、なかなか出せなくなった。それを七兵衛さんが救ってくれたってわけさ」

「そうでしたね。皆が気落ちしている時だったので、最高の出し時でした」

「ああ、そうだな」

弥八郎は七兵衛の配慮に頭の下がる思いだった。

「でも弥八郎さん、過信は禁物だ。佐渡の海は甘くない」

「そいつは分かっている」

「実際に佐渡の大時化に出遭ってみないと、ここの海の恐ろしさは骨身にしみませんよ」

「知ったかぶるな」

「待って下さいよ」

孫四郎の眼差しが真剣味を帯びる。

「わたしは弥八郎さんよりも、はるかに若輩者です。でも生まれてこの方、ここに住んでいます。ここの海の恐ろしさを十分に知っているんです」

「だからといって、海を恐れていたら何もできねえ」

「それはそうです。いつの日か、冬の佐渡でも平気で行き来できる千石船が造られるでしょう。しかし——」

孫四郎は一拍置くと、思い切るように言った。

「あの雛型ですがね、あれでうまくいくかどうかは分かりません」

「どうしてだ。清九郎さんだって、『これで行ける』と言ってたじゃねえか」

孫四郎が首を左右に振る。

「あの時、お頭は、あの雛型を信じたいという気持ちが強かったんです」

弥八郎が強い口調で問う。

「それを清九郎さんは、お前に言ったのか」

「いいえ。でも、しばしば険しい顔で、あの雛型をにらんでいる時があります。弥八郎さんが塩飽に帰っている時も、一人で雛型とにらめっこしていましたからね」

嘉右衛門も本心を容易に明かさない男だったが、清九郎も同じ類の男のようだ。

——職人とは本来そういうものだ。

父の背を見て育った弥八郎にとって、孫四郎の言いたいことはよく分かる。だが、それを忖度《そんたく》しても仕事は進まない。

「だからといって清九郎さんは、あの雛型では駄目だって言ってるわけじゃないだろう」

「ええ、その通りですが——」

「心配は要らない。わいを信じてくれ」

弥八郎は己に言い聞かせるように言った。

「分かりました。われわれも腹をくって掛かります。それで一つお願いがあるんですが——」

「何だよ」

「わたしを、弥八郎さんの手回りとして試し走りに連れていってくれませんか」

「何を言っているんだ。試し走りに乗る手入大工は、急場に備えて乗り組むんだ。半人前は乗せられねえ」

「やはり、駄目なんですね」

孫四郎が肩を落とす。

「お前にも、そのうち機会が来る」

「でも、試し走りが終われば、船は河村屋さんに引き渡すんじゃないんですか」

「まあ、そういうことになる」

「では、その前にお願いします。できれば新潟行きの時にでも——」

清九郎には、最後の試し走りは、越後国の新潟港を往復したいと告げていた。それを孫四郎は伝え聞いたに違いない。

「悪いが、此度はあきらめるんだな」

「そこを何とか――」

孫四郎が必死の顔で訴える。

「これは遊びじゃねえんだ。しつこいぞ！」

「分かりました」

一礼すると、孫四郎は肩を落として去っていった。

――わいも、昔はああだったな。

弥八郎は、孫四郎に過去の自分を重ね合わせていた。

だが孫四郎の話を聞き、弥八郎にも多少の不安が芽生えてきた。

――あの雛型で本当に大丈夫か。

あれこれ考え始めると、不安が頭をもたげてくる。

――いや、心配など要らねえ。大工頭のわいが自信を持たなくてどうする！

弥八郎は己を叱咤すると、盃をぐいと飲み干した。

いよいよ千石船造りが始まった。

最初の造船儀礼である「釿始《ちような》め」を終えると、続いて木材の伐《き》り出しだ。宿根木の背後には「船木の山」と呼ばれるなだらかな山々が広がり、そこには樹齢百年を超える檜、樟、杉などが林立している。

弥八郎は佐渡島の木挽棟梁と共に山を歩き、目星をつけていた樹木の伐り出しを依頼した。本来、山は幕府の天領になり、すべての木々は幕府の許しを得ないと伐り出せないが、そこは河村屋七兵衛の肝煎《きもいり》事業なので特別だ。

まず伐り出されるのは、航や大板として使う大木だ。これまで小型船しか造ってこなかった宿根木では、長く差し回し（直径）のある大木を大板に加工するのは難作業となる。それでも清九郎たちは、伐り出された大木を焼きだめて曲げ、それを鉄の大船釘で縫い合わせ、木割と差図書にある通りの曲線美を持つ大板に仕上げていった。

西洋の船や中国のジャンクなどと違い、和船は潮の流れの激しい荒れた海を帆走することが多い。そのため船首部から船尾部まで続く長い材が必要となる。中小型船なら樟が最適だが、樟はまっすぐ伸びずに途中で枝分かれしてしまうため、大型船では使えない。つまり自然材では、幅は取れても長さの短い船しか造れなかった。

だいいち樟の大木など、そうそうないため大量生産できない。それゆえ弥八郎たちは、船首、胴部、船尾を同じ樟でも別の材どうしを接合することにした。これなら長さは十分に取れる上、船首部を反り上げて凌波性を向上させることもできる。

こうした場合、石と火で大板を曲線に加工する「焼きだめ」という技術が使われる。この「焼きだめ」は、大板になればなるほど難しい上、設備も必要になる。

それでも試行錯誤を重ねながら、弥八郎たちは図面通りに加工していった。

約一カ月を費やして部材がそろい、組み立ての準備が整った。

組み立て作業は、まず航を輪木に設置し、船首に水押、船尾に戸立《とだて》を取り付けることから始まる。それが終わると、「航据祝」という造船儀礼が行われ、いよいよ本格的な船造りに入る。

「これは――」

差図を見ながら磯平が渋い顔をする。

「どうした」

差図の説明をしていた弥八郎は、その様子を見て不審に思った。

「磯平さん、思うところを言ってくれよ」

「分かりました。航や棚板を厚くした上、船梁を太くし、上棚の上に『はぎつけ』を追加するんですよね」

「はぎつけ」とは、左右から襲ってくる波頭《なみがしら》を防ぐための板材のことだ。

「これでは、船が重くなると言いたいんだろう。確かに取り回しには難儀するかもしれないが、岩礁近くを航行するわけじゃない。だから小回りは捨ててもいいと思っているんだ」

「そうじゃなくて、これだけ部材を厚くすると、どこに負荷が掛かるか読めないんです」

「どういうことだ」

「船というのは、全体に均衡が取れていることで、初めて頑丈さが出せます。弱そうなところを厚くすれば、その負荷がどこかに掛かります。それを探り、そこも補強しないことには——」

「分かってるさ。それを試し走りで調べ上げ、補強材を入れていく」

「でもそれでは、さらに船が重くなり、取り回しも悪くなります。岩礁がなくても、大波の時などは小刻みに取り回し、うねりにうまく水押を当てないと、水船になります」

船は重くなればなるほど舵の利きが悪くなる。舵の利きが悪くなると、船首をうねりの面にうまく当てられず、側面から水をかぶることになる。西洋船のような水密甲板なら、横波を食らっても何ともないが、和船は水密構造になっていないので、少しずつ船底に水が溜まることになる。そうすると、さらに船は重くなるという悪循環に陥る。

「時化の多い佐渡近海では、取り回しが利くかどうかは重大です」

「そこは何とかしていくしかない」

「だいいち、これだけ重いと外艫に負担が掛かりすぎます。帆柱だってこれだけ太いと――」

「じゃ、どうしろっていうんだ！」

弥八郎が投げやりに言う。

「ぼん、ここは癇癪を起こしちゃいけねえ。厄介事は知恵を絞れば取り払えるもんです」

「そうだった。すまなかったな」

「いいですか。船体の強度を高めようとすると船は重くなる。船が重くなると操舵性《そうだせい》が悪くなる。逆に船を軽くしようとすると、船体の強度が落ちる。この矛盾を何とかするしかないんです」

「つまり材料を軽いものにするか、からくり（構造）自体を根底から変えなきゃならねえってわけか」

磯平が少し考えた末に言った。

「確かに樟よりも杉や松の方が軽いかもしれません。しかし軽い材料は強度が出ない。つまり強度が必要なところは樟のままで、さほど必要のない部分は、別の材にしてもいいかもしれません」

「だが、もう木材を伐り出しちまったんだ。今からやり直すわけにはいかない」

「そんなことはありません。人の命が懸かっているんです」

「材は変えたくない」

すでに伐り出した樟を無駄にすることはできない上、材の見直しをするとなると、今年の冬には間に合わない可能性が出てくる。

「では、からくりを変えられますか」

二人は黙り込んでしまった。

そうなると、これまで造ってきたものから、発想を大きく転換させねばならない。

「まあ、いい。とにかくこれでやってみよう」

弥八郎が断を下す。

「しかし――」

「ここで議論していても何も前に進まない。とにかくやってみて、試し走りで不具合を直していくしかない」

「分かりました。やるだけのことはやりましょう」

磯平もようやく納得した。

本格的な組み立て作業が始まった。

まず輪木上に設置された航の左右に根棚を取り付け、根棚の上縁部に三カ所の下船梁を入れる。続いて中棚を付け、中船梁を六カ所に入れ、さらに横張力を強化する。最後に上棚を垂直に近いくらいの角度で取り付け、その上端部に九カ所の上船梁を入れて、船体構造ができ上がった。これまでにないほど堅牢に見える。

続いて船体中央部に帆柱を支える筒と筒挟みを、船首近くには帆柱を倒した時の受けとなる舳車立《おもてしゃたつ》を垂直に立たせる。

筒を立てることが造船の建造工程の最後になるため、ここで造船儀礼の「筒立祝」が行われる。この儀式は、筒立の下に「納物《のうもつ》」と呼ばれる「船魂祭文《ふなだまさいもん》」が書かれた筒を封じ込む儀式であり、仏像の開眼供養に相当する。これにより船に魂が入ったことになる。

この時、船子と船大工が打ちそろい、「千早振る神の社はここにあり、あまくだりませ十二船魂《ふなだま》」と三度唱和し、さらに「バサラタと万里の海に船浮けて、八百万代《やおよろずよ》を治めこそすれ」と同じく三度唱えてから、柏手を打つことで儀式は終わる。

続いて合羽や矢倉板と呼ばれる甲板を張りつめていく。甲板は一部しか取り付けないいため、残る部分は開放構造になる。そこに荷を満載することで、水船になるのを防ぐのだ。

最後は垣立を両舷に取り付けていき、ほぼ完成となる。

十二月、最終工程の艤装も完了し、いつでも出帆できる態勢が整った。

そして最後の造船儀礼となる「船卸祝」が行われ、いよいよ船卸を待つばかりとなった。


打ち鳴らす槌に午睡の夢醒めて、御法《みのり》の船と聞くぞうれしき

「船卸祝」の歌が高らかに唱和され、いよいよ船卸が始まった。船子たちは船上に立ち、餅や紙札を撒いている。それを子供たちが競うように拾っている。大坂だと「撒銭」と言って、鐚銭《びたぜに》を撒く風習があるが、佐渡は貧しいこともあり、小さな餅と紙札を撒くので精いっぱいだ。

敷き並べられた樫のコロの上を、輪木ごと新造船が引かれていく。新造船を引くのは三艘の先駆け船だ。五百石積みの船なら一艘でも引けるが、さすがに千石船は三艘でないと引けない。

「そろそろ、行くで！」

船が汀《みぎわ》に達した時、声を嗄《か》らして祝い歌を歌っていた弥八郎が、周囲に声を掛けた。

「おう！」と答えつつ、磯平たちが続く。すでに船子たちは船上におり、最後に乗り込むのは弥八郎ら船造りだけだ。

船が動き出すや、皆の歓声が巻き起こった。

弥八郎らも船子たちに交じって走り回り、少しずつ帆が張られていく。

――わいの船だ！

弥八郎は興奮が抑えられない。

それまでよろよろとしていた千石船が、帆に風を受けた瞬間、安定して走り出した。

「よし、行け！」

弥八郎が矢倉板の上を跳ね回る。

――これなら行ける。

舷側から身を乗り出して海面をのぞくと、舳が水を切って疾走するのが見えた。

「磯平さん、どうや！」

「いい具合ですね」

とくに問題点は感じられないのか、船子たちの表情も明るい。

――市蔵さん、わいはやったで！

今日は「乗り初め」なので、湾外に出てすぐに戻ってくる予定だが、弥八郎は、これなら冬の佐渡海峡でも渡れると確信した。

六

十月、瀬戸内海にも肌寒い風が吹き始めていた。

熊一と梅は簡単な祝言を済ませ、晴れて夫婦となった。二つ年上の姉さん女房だが、二人は互いに憎からず思っていたらしく幸せそうだった。

嘉右衛門は、これで肩の荷が一つ下りた気がした。だがその一方、弥八郎の帰るべき場所をなくしてしまったのも事実なのだ。

熊一は「わいは弥八郎さんが帰ってくるまでの仮の大工頭です」と言い張り、大工頭引き継ぎの儀を辞退したので、作事場の主の座は空席となっていた。それでも弥八郎が帰ってこないという意思を明らかにすれば、熊一に跡を取らせることになる。

——奴が次に帰ってきた時、それをはっきりさせればよい。

嘉右衛門はその時こそすべてから手を引き、隠居しようと思っていた。

梅が新居に去ったため、嘉右衛門は一人暮らしになった。

――みんないなくなっちまった。

いざ一人になってみると、かつて四人で暮らしていた頃が嘘のようだ。

妻のあさは嘉右衛門よりも半刻は早く起き出し、朝餉の支度をするのが常だった。嘉右衛門が目を覚ますと、いつも台所から菜を切る小気味よい音が聞こえ、味噌汁の匂いが漂ってきた。時には赤子の梅の甲高い泣き声や弥八郎の走り回る音が嘉右衛門を起こしたが、それもまた心地よいものだった。

――あの頃は楽しかった。

もはや取り戻せない日々なのは分かっている。だが、あの幸せな日々と今の己の境涯のあまりの差に、嘉右衛門は茫然とするしかなかった。

家にいると寂しさが募るので、嘉右衛門は朝から晩まで作事場にいるようになった。

磯平から言い含められているのか、熊一は何をするにしても嘉右衛門にお伺いを立て、それに従おうとした。しかしそうした熊一の態度が、逆に嘉右衛門には辛かった。

磯平が去る前から、嘉右衛門は後進の指導に力を注いできた。熊一を一刻も早く一人前にしなければならないという思いは、とくに強かった。

ところが数日前、嘉右衛門が実地に「はぎ合わせ」を教えている時、縫釘を打った箇所にひびが入った。「摺合わせ」が不十分だったのか、縫釘を打つ箇所の見極めが甘かったのかは分からない。だがこれまで、一度としてそんなことはなかった。

「元々、小さなひびが入っていたんですよ」と言って慰める熊一を尻目に、嘉右衛門は言葉もなく、その場に立ち尽くしていた。

翌日から、嘉右衛門は作事場にも行かなくなった。

梅が呼びに来ても布団から出ず、酒を抱えて日がな一日、過ごすことが多くなった。

もはや誰にも必要とされず、後進の指導もできないなら、何の役にも立たない老人にすぎない。それでも妻のあさや市蔵の眠る墓地へは毎日、欠かさず通った。

一升瓶を抱えて墓に向けて語り掛けるのが、嘉右衛門の唯一の楽しみになっていた。

この日もいつものように墓で酒を飲み、うつらうつらしていると突然、揺り起こされた。

「お頭《かしら》、しっかりして下さい」

「誰でえ」

目が覚めて顔を上げると、ひよりが懸命に体を揺すっていた。

「お頭、たいへんです！」

「たいへんて――、いったいどうした」

頭《あたま》はふらふらしたが、何とか立ち上がれた。

「棟梁がどこかの商人を作事場に連れてきて、何かの見積もりをしているんです。梅さんがお頭を呼んでこいって――」
ひよりの懸命な様子にただならぬものを感じた嘉右衛門は、ふらつく足を踏みしめて丘を下った。

作事場には、いつもとは異なる緊迫した空気が漂っていた。大工たちは作事場の外に出て、腰掛けて煙草を吸ったり、寄り集まって話し込んだりしているが、どの顔も不安そうに見える。

――何かあったな。

大工たちが一斉に休むなど、これまで一度としてなかった。しかも作事場には修繕を要する船が三隻も入ってきており、その納期も厳しい。遊んでいる暇などないはずだ。

「おい、どうした」

嘉右衛門の姿を認めた権蔵が答える。

「突然、棟梁が来られて『みんな出てくれ』と言うんですよ。理由を問うたのですが、『いいから出ろ!』と一喝されたので、皆、仕事を放り出してここに来ました」

そこに梅が走ってきた。

「おとつぁん、棟梁が見慣れぬ商人を連れてきて、中の道具やからくり（設備）に値を付けさせているよ」

「本当か」

――重正の野郎は、わいの作事場を叩き売ろうというのか。

嘉右衛門が怒りを抑えて問う。

「熊一はどうした」

「棟梁と中にいるよ」

「よし」と言うや嘉右衛門が作事場の中に入ろうとした。だが、作事場の出入口にいた重正の手下たちが行く手をふさぐ。

「ここから先へは行けねえよ」

「なぜだ。ここはわいの――」

嘉右衛門は厳密に言えば雇われ者であり、作事場の持ち主は丸尾屋になる。

「何が言いたい。まさか、ここがあんたのものだとでも言いたいのかい」

「それは――」

「だいいち、あんたは隠居したんだろう。隠居に用はねえよ」

「まだ正式には隠居してねえ」

「でも、昼間っから酒飲んでるのは隠居だけだぜ」

手下たちが笑い合う。

――その通りだ。

嘉右衛門は自分が酒臭いことに気づいた。

「うるせえ、この野郎!」

その時、中から怒鳴り声が聞こえてきた。重正のものらしい。同時に熊一が何かを哀願する声も聞こえてくる。

――熊一!

思わず中に入ろうとする嘉右衛門の両腕を、手下二人が押さえる。だが嘉右衛門の背後から大工たちが集まってくるのを見た二人は、あっさりと手を放した。

「入っていいのは、あんただけだぞ!」

「分かっている」と答えた嘉右衛門は、背後を振り向き、「何があってもここから入るな」と告げるや、奥へと進んでいった。

やがて暗がりの中に立つ複数の人影が見えてきた。そこには数人の男たちに囲まれ、土下座する熊一の姿もあった。

「どうか。ご慈悲を」

「ご慈悲も糞もねえ。わいはここを売ると決めたんだ」

熊一と重正のやり取りが聞こえる。

「お待ち下さい」

嘉右衛門の声に、皆が一斉に振り向く。

「あっ、頭、どうかこの場は任せて下さい！」

嘉右衛門に気づいた熊一が慌てる。

「お前は引っ込んでろ！」

土下座する熊一を守るようにして、その前に立った嘉右衛門が言った。

「棟梁、ここで何をやっておられるので」

「見ての通り、大坂の仲買人に見積もりを取ってもらっている」

「何の見積もりで――」

「ここにある道具などの見積もりだ。どれも古くて二束三文だがな」

重正が鼻で笑ったので、それに追随するように、そこにいる手下たちが沸く。

「ここを売ると仰せか」

「そうだ。手広くやっている丸尾屋の商いの中でも、ここのところ船造りだけ利が出ていない。この際だから切り捨て、丸尾屋は丸亀に移転し、廻船問屋と船子の手配だけをやろうと思っている」

重正が昂然と胸をそびやかせる。

「そいじゃ、わいら大工たちはどうなるんです」

「知ったこっちゃねえや。それぞれ腕が自慢なら、別の作事場に雇ってもらえばいいじゃねえか」

嘉右衛門は重正の冷酷さに愕然とした。

「しかし、すでにわいらの船を買っていただいたお得意様もおります。お得意様の船を中作事することは、わいらの義務です」

「ああ、そうだ。お得意様を袖にするわけにはいかねえ。丸尾屋にも長年培ってきた暖簾（信用）があるしな。だから丸尾屋は請け口（契約窓口）となって、仕事を別の作事場に出すつもりだ」

「それでは、利を抜くだけの商いをするというんですか」

「そうだよ。大坂ではみんなやってる。丸尾屋の身代があるから、それが信用となり、お得意様は仕事をくれる。その先で、どこの誰が船造りや修繕をしようと、お得意様は知ったこっちゃねえ」

「それじゃ、わいらはそこに雇ってもらえと――」

「それはお前らが考えろ。商いは厳しい。何かと工夫していかないと大坂の連中に負ける。

そうなりゃ、みんなで野垂れ死にだ」

「あんたという人は――」

嘉右衛門が一歩踏み出したので、重正は少したじろいだ。

「何だ、やるってのか。いつでも相手になってやるぜ」

握り締めた重正の拳が震えている。虚勢を張っているのだ。

重正が喚く。

「殴れるもんなら殴ってみやがれ！」

「お頭、駄目です。堪えて下さい！」

背後から熊一が両足を抱きかかえる。それを振り払った嘉右衛門は拳を固めた。

「お前は役立たずのおいぼれだ。どうせ殴れやしねえだろう」

その言葉に周囲が沸いたと思った次の瞬間、自然に拳が出ていた。

「あっ、やりやがったな！」

「頭、いけねえ！」

背後に倒れそうになった重正を取り巻きが支える。

熊一が羽交い締めにしたが、時すでに遅かった。

「おい、やっちまえ！」

取り巻きや手下が襲い掛かってきた。

「どうか堪忍して下さい！」

瞬く間に倒された嘉右衛門に、熊一が覆いかぶさる。だが、すぐに二人は引き剝がされ、別々に殴る蹴るの暴行を受けた。

鉋屑が舞い散る中、嘉右衛門は作事場の地面に頭を押し付けられ、腹や手足を蹴られ続けた。だが痛みよりも、嘉右衛門の鼻腔には、作事場の心地よい匂いが満ちていた。

――ここは、わいの作事場だ。爺さんやおとっつぁんから受け継いだわいの作事場なんだ。なあ、弥八郎、そうだろう。

嘉右衛門の脳裏に、弥八郎の面影が明滅する。

暴行が終わると、頭上から重正の冷めた声が聞こえた。

「やい、役立たずのおいぼれ、わいを殴ったな。お前は主人を殴ったんだ。身の振り先が決まるまで、ここにいることを許してやろうと思っていたが、もうそうはいかねえ。お前ら一家も大工たちも、今すぐここから出ていけ！」

「ああ、棟梁、お許しを！」

熊一が重正の草履に頭を擦り付ける。それを振り払った重正は、熊一の背を踏み付けた。

「おい、若いの。このおいぼれのおかげで、お前もとんだ目に遭ったな。よし、お前がこのおいぼれを、わいのように踏み付けられるなら、この作事場を売らないでやる」

その言葉に、大坂から来た仲買人らしき男が苦情を言う。

「丸尾屋さん、いいんですかい。それなら、ここまで来た手数料はもらいまっせ」

「ああ、分かっている。それよりも、そいつを立たせろ！」

手下たちが熊一の脇を支えて立ち上がらせた。

「さあ、やれ」

重正が口端に笑みを浮かべて言う。

熊一は怯えるように身を引こうとする。

「おいぼれの頭一つを踏み付けるだけで、大工たちがこの島で食っていけるんだぞ」

「ああ、そんな――」

熊一は涙をこぼしながら、なおも身を引こうとする。

嘉右衛門は「やれ」と言おうとしたが、声を出そうと息を吸うと、横腹に激痛が走った。

――あばらを折られたんだな。

それでも嘉右衛門が呼吸を整え、声を出そうとした時だった。

「あんた、やんなよ」

背後で女の声がした。

「梅、なんてことを――」

熊一は化け物でも見たような顔をしている。

「あんたがおとっつぁんの頭を踏み付ければ、みんなはこれまで通りに暮らせるんだ。やるしかないだろう」

「嫌だ！」

熊一が左右から取られた腕を外そうとするが、手下二人はそうはさせない。逆に背を押すようにして、じりじりと嘉右衛門に近づけていく。

「ははは、どうやら女房の方が賢いらしいな」

重正が血の滴る口元を押さえながら言う。

「あんた、みんなの暮らしが懸かっているんだよ！」

梅は涙声になっていた。

「やれねえ、わいにはやれねえよ！」

そう言いながら熊一は、その場にくずおれた。

「よし、これで決まった。作事場は売り払う。まあ、若いのがおいぼれの頭を踏んでも、なんのかのと理屈を付けて売り払うつもりだったけどな」

重正の言葉に、取り巻きがどっと沸く。

「ああ、どうかお許しを――」

「駄目だな。今すぐ作事場を閉鎖する。何一つ持ち出すことは許さねえ」

「しかし皆の道具は――。道具がなければ、大工は食べていけません」

「馬鹿言うな。道具はすべて丸尾屋が買い与えたものだろう」

その通りなので、熊一にも言葉はない。大工たちは薄給なので、自分の道具一つ買うことができないのだ。

「せめて道具だけでも、しばらくの間、貸してもらえませんか」

「駄目だ。文句があったらお役人でも誰でも連れてこい」

――誰でも、か。

嘉右衛門の脳裏に河村屋七兵衛の姿が浮かんだ。だが重正の横暴を七兵衛に訴えるなどという女々しいことはできない。

重正は手下と戯れ言を言い合いながら、作事場から去っていった。

「あんた！」と言って熊一の許に駆け寄ろうとした梅の手を、熊一が振り払う。

「寄るな！」

「あんた――」

「頭を足蹴にしろなどと言った奴は、もう女房じゃねえ！」

そ
「ああ」

梅のすすり泣きが聞こえる。

「さあ、行け」

作事場に残っていた重正の手下たちが三人を促す。熊一は嘉右衛門に肩を貸し、よろよろと歩き出した。その背後から梅が泣きながら続く。

やがて三人は、外で待つ大工たちの許にたどり着いた。その背後で、残っていた重正の手下が作事場の表戸を下ろし、監視の位置に就いた。

「あっ、頭に何てことを!」

嘉右衛門の姿を見た大工たちが驚く。

「とにかく寝かせよう」

「先生を呼べ!」

皆が右往左往している。目の端に、ひよりが梅を抱くようにして慰めているのが見える。

その時、熊一が皆の前に進み出た。

「みんな聞いてくれ。この作事場は売り払われる。つまりわいらは仕事を失った」

皆から驚きの声が上がる。

その様を見ながら、嘉右衛門の意識は次第に薄れていった。

七

年末から年初にかけて行われた三回にわたる小木港外への試し走りは、何の問題もなく終わった。舵の取り回しなど危惧《きぐ》していたこともあったが、とくに問題とはならず、最後の試し走りの日を迎えることになった。

船の名も「安乗丸《あんじようまる》」と決まった。「安んじて乗れる」ことを祈り、弥八郎が付けた名だ。

新潟までの航海を明日に控えた延宝五年（一六七七）一月十九日、江戸から七兵衛がやってきた。

小木港で出迎えた弥八郎たちに、七兵衛が上機嫌で言った。

「佐渡の海は、ほどよく荒れていたぞ」

一行は早速、宿根木に移動すると、宿根木の浜を占領せんばかりに鎮座する安乗丸と相対した。

「これが千石船か。やはりでかいな」

七兵衛は童子のようにはしゃぎ、安乗丸の船体を撫で回している。

「この船は間違いなく千石の米を積めます」

清九郎が力を込めて言う。

上機嫌の七兵衛が弥八郎に問う。

「試し走りはどうだった」

「とくに難儀することはありませんでした」

「何度、走らせた」

「これまで三度です。明日は、いよいよ佐渡海峡を渡って新潟まで行きます」

「荷を積み込んでだな」

「はい。大事を取って土俵にしますが、米でも心配要りません」

「よし」と言うや、七兵衛が船に乗り込もうとした。

「まさか七兵衛さんも一緒に乗られるんですか」

「よしてくれよ。もうわいは年だ。ここで吉報を待つさ」

七兵衛は六十歳になる。

早速、梯子が掛けられ、七兵衛たちが船に上がった。弥八郎は船内を詳しく説明した。

その夜、七兵衛が泊まっている宿の一室で、ささやかな祝宴が催された。

磯平たちは明日のために徹夜で調整することになり、祝宴には弥八郎と清九郎だけが参加した。

「まあ、一つやれよ」

七兵衛が手ずから二人の盃に酒を注ぐと、二人は恐縮しながらそれを受けた。

「よくぞ、やり遂げてくれた」

「まだ最後の試し走りが残っています。それを終わらせないことには安心できません」

七兵衛が感慨深そうに言う。

「お前さんは成長したな」

「そんなことはありません」

照れ臭そうにする弥八郎を、清九郎が冷やかす。

「この前、お前さんは『七兵衛さんには、安乗丸も見てもらいたいが、今のわいも見てもらいたい』と言ってたじゃないか」

「それは酒の席での戯れ言ですよ」

三人が笑う。

「いずれにしても明日は、お前の大勝負の日になるな」

「へい。そのつもりです」

「だが、佐渡の海は生半可じゃねえ。何が起こるか分からないぞ」

清九郎がたしなめる。

「分かっています。命に代えても安乗丸を守り抜きます」

「そうじゃない」

七兵衛が音を立てて盃を置いたので、二人は驚いた。

「安乗丸なんてものは、また造れる。だが、お前の命は一つだけだ」

「ご心配いただき、ありがとうございます。でも安乗丸を造るためには――」

「船体だけで四千五百両。帆、錨、綱やらなにやらが二千両。合わせて六千五百両だ」

「えっ、そんなに――」

清九郎が青くなる。

「木挽や船大工の工賃は入れていないので、それを入れれば七千両にはなるな」

七兵衛が平然として言う。

「それは七兵衛さんのお金で」

弥八郎の問いに七兵衛が色をなす。

「当たり前だ。わいの金さ。お上からは鐚《びた》一文もらっていない」

そう言い切った後、七兵衛が笑みを浮かべた。

「だが、これがうまくいけば、わいにも多額の金と利権が入ってくる。わいも商人だ。夢だけ追っているわけじゃない」

「しかし安乗丸を沈めてしまえば、七兵衛さんが負担した金は戻ってこないんですよね」

「ああ、そうさ。だがな――」

七兵衛の目が、商人特有の鋭いものに変わる。

「回し銭をしない商人は大きくなれねえ。人に先んじて銭元になって回し銭をする。たとえそれが無駄になっても、その失敗から得た知識や教訓は無駄にならねえからだ。だからこそ――」

七兵衛が語気を強める。

「万が一、安乗丸が沈んでも、お前さんさえ生き残っていれば、元手を取り戻すことができる」

「恐れ入りました」

七兵衛の商人魂に打たれた二人が頭を下げる。

「それだけじゃない。わいはこれでうまくいったからといって、『よかったな。ご苦労さん』と、お前らに言う気はない」

弥八郎と清九郎が顔を見合わせる。

「昨年、わいは西回り廻船に乗って赤間関（下関）まで行ってきた。その時、ちょうどいい機会だと思って長崎まで足を延ばした。そこで出島というところに入れてもらった」

清九郎が言う。

「あっ、聞いたことがあります。そこには南蛮人が多くいるとか」

「そうだ。お上の政策で、南蛮人はそこから出られない。だが南蛮人は奴らの船に乗り、千里の波濤を越えて、この国までやってきている。その時は南蛮人の大船を見ることができなかったが、次に寄港した時には、急いで駆け付けるつもりだ。お前らも一緒にな」

弥八郎は息をのんだ。

「まさか、今度はそいつを造ろうと――」

「ああ、もちろん国禁を犯すつもりはない。使うのはこの国の海だけだ。しかし南蛮船の技術を吸収しておけば――」

七兵衛が声をひそめる。

「お上が国外に乗り出そうという時、すぐにでも外洋船が造れるじゃないか」

弥八郎は七兵衛の深慮遠謀に舌を巻いた。

「だが、わいは年を取りすぎた。しかも本職は船造りじゃない。だからこそ、お前のような若いもんが、しっかりと南蛮船を学んでおかねばならないんだ」

「七兵衛さん!」

弥八郎が膝をにじる。

「長崎とやらに、連れていって下さい！」

「ああ、連れていってやる。もしかすると、お前の生きているうちに、お上は南蛮と交易を始めるかもしれない。その時に備えるんだ」

「そんな日が来るのでしょうか」

「いつか来るさ。それが明日になるか百年先になるかは分からない。だが、その時に備えておけば、わいの子か孫か、はたまた曽孫《ひまご》が巨利を稼げるってもんだ」

七兵衛の笑い声が響きわたる。

「目先の利を追った者は将来の大利を失う。先々を見据え、今から手を打っておく。それが一流の商人ってもんだ」

「恐れ入りました」

「だが、まずは明日だ。明日は、わいら三人の勝負の日だ」

「へい！」

二人が声を合わせる。

――明日の勝負には、絶対に勝たねばならねえ！

弥八郎の胸底から、熱い塊が噴き上がってきた。

八

目を開けると熊一と梅がいた。二人とも座ったまま、うつらうつらしている。

——今は昼か夜か。

嘉右衛門には時間の感覚がなくなっていた。それでも自宅に寝かされていることだけは分かった。

「おい」

「あっ、おとっつぁん。目が覚めたんだね」

梅が目をしばたたかせる。

「わいは何日ほど寝ていた」

熊一が答える。

「ちょうど三日です」

「そうか」と言って半身を起こそうとした時、あばらに激痛が走った。

「いた、いたた！」

「頭、無理しないで下さい。あばらが折れているんですよ」

確かに腹には、晒しが幾重にも巻かれている。

「すまなかったな」

「もういいんです」

熊一が背後に回り、嘉右衛門を横たわらせる。

「わいは、どうかしちまったのかな。これまでは頭に来ても、他人様に手を上げたことなどなかった。だがあの時だけは――」

ここのところ短気になっているという自覚はあったが、まさか主人に手を上げるとは、自分でも思わなかった。

「おとっつぁん、もう終わったことだよ」

梅が慰めてくれたが、嘉右衛門は事の重大さを今更ながら感じていた。

「あれから棟梁は、何か言ってきたか」

「いいえ、何も」

熊一が首を左右に振る。

「すぐに詫びを入れに行ったのですが会ってくれないので、仲介の労を取ってもらうべく、先代の弟で丸亀にいる正次《まさつぐ》さんのところに使いを飛ばしました」

正次は先代の五左衛門の腹違いの弟で、丸亀で廻船問屋を営んでいる。

「で、正次さんは何と――」

「戻ってきた書簡には、『作事場を売り払うとは知らなかった。野暮用を済ませたら、すぐにそちらに向かう』とのことでした」

「そうか。それなら二、三日後になるな」

「おそらく」

梅が嘉右衛門を元気づけるように言う。

「正次さんが来れば、丸尾屋の年寄たちも寄合を持ち、作事場を売らないように言ってくれるかもしれないよ」

「そいつは望み薄だな。これまで重正は、年寄たちの言うことを何一つ聞かなかった。それで正次さんも愛想を尽かし、親戚付き合いもしなくなったんだ」

「だからといって――」

梅が言葉に詰まる。

「みんなはどうしている」

熊一が俯いたまま答える。

「まず長喜屋に行ったんですが、仕事が減ってきており、新たに大工を雇う余裕はないと――」

「そうか。これまで下手《したで》に出て、わいらから仕事を回してもらっていたくせに、いざとなると、つれないものだな」

「あそこも厳しいらしいので、仕方ありません」

「新造船は大坂に取られている。だから重正も、船造りをやめようとしているんだろう」

重正としては、採算の取れない事業は早めに整理し、もうかる事業に人も財も投入したいのだろう。

「仕掛かっていた船はどうした」

「棟梁は長喜屋にお願いしたようです。わいらの作事場に行ってみると、長喜屋の大工たちが仕事をしていました」

「そんなことになっているのか」

情けなさから全身の力が抜けていく。

「みんなはどうしている」

「昨日ぐらいまでは茫然としていたのですが、若いもんが何人か、本島や広島まで仕事を探しに行きました」

「そうか。そうなると、みんなばらばらになっちまうな」

「皆、食べていかねばなりませんから」

「もう、わいらは船を造れないんだな」

熊一は答えようがないのか、唇を嚙んだまま黙り込んでいる。

「熊一、すまなかった」

「いいんです。頭が棟梁を殴らなくても、どのみち作事場は売り払われたでしょう」

重正は初めからそのつもりだったに違いない。だが嘉右衛門が一発見舞ったことで、その大義を得たのだ。大工やその家族の中には、嘉右衛門を恨んでいる者もいることだろう。

それを思うと、肩身が狭くなる。

「熊一よ、これからどうする」

「どこかで仕事を探します。最悪の場合、梅と一緒に大坂に行きます」

「大坂で雇われ大工をやるんだな」

「はい。仕送りは必ずします」

「わいのことなど、どうでもいい」

「おとっつぁん」と梅が思い切るように言う。

「あの時はごめんね」

「何を言っているんだ。お前の判断は正しかった。あの場では——」

嘉右衛門が言葉に詰まる。あの時の口惜しさを思い出したのだ。

「熊一、なぜわいを踏みつけなかったんだ」

「おとっつぁん、何てことを――」

梅も嗚咽を漏らす。

「頭、そんなことを言ったらいけません。頭は、わいらにとってかけがえのないお方なんです」

「いや、もうわいは邪魔者だ。しかも作事場までなくなったんだ。わいはただの穀《ごく》つぶしさ。さっさと死んで、お前ら二人の厄介者にならんようにする」

嘉右衛門が床の中から両手を出す。

「もう、この腕が何の役にも立たねえんだ。生きててもしょうがねえ」

嘉右衛門は、その骨と皮だけの腕が恨めしかった。若い頃は、どんなに細かい仕事も自在にできた腕が、今は皺くちゃになって干からび、小刻みに震えているだけだ。

――だが、そんな腕でも作事場があれば、若いもんに何かを教えることはできた。しかしなくなっちまったら、もう何の役にも立たない。

嘉右衛門は、己が本物の骸《むくろ》と化したと知った。

「もう、仕舞いにしてえよ」

つい本音が漏れる。

熊一と梅は慰めの言葉もないようで、ただ俯いているだけだ。

嘉右衛門はこの時、本気で死を意識した。

九

空に敷きつめられた雲は重く垂れこめ、今にも雪か雨が降ってきそうに見える。風は強く波も大きい。だがそれは、この季節の佐渡では至って普通の天候なのだ。

船子たちの顔には緊張が漲っているが、「今日はやめた方がよい」という者はいない。

――これならいける。

弥八郎は確信を持っていた。

小木港には大小取り混ぜて数十の船が停泊しているが、安乗丸は港の主であるかのように、堂々たる姿で港内に鎮座している。

だがよく見ると、巨大な安乗丸でさえ、うねりに乗って上下動を繰り返していた。

「沖は荒れていそうですね」

磯平が心配そうに言う。

「ああ、荒吹いてるだろうな」

弥八郎の着る厚司の裾も翻り始めた。

「ぼん、やはり、わいが行きます」

「もう、わいが乗っていくと決めたんだ。皆にもそう告げてある。ここで船大工が代われば、わいが佐渡の海に怖気《おじけ》づいたと思われる」

弥八郎は、今回の初航海だけは自分が乗っていくと決めていた。

「分かりました。もう何も言いません」

磯平は幾度となく「自分が乗る」と申し出たが、弥八郎は聞かなかった。それでも緊急の修理が発生した際、一人ではできない作業もあるので、甚六を連れていくことにした。

「お待たせしました！」

遅れていた甚六が追い付いてきた。

「遅いぞ」

「すいません。縫釘や通り釘をそろえていたんです」

甚六は、己と弥八郎の道具箱を肩に載せている。

「甚六、しっかり頼むぞ」

「おっとっと。おっとっと」

磯平が肩を叩いたので、甚六が道具箱を落としそうになる。

そのおどけた動作が可笑しく、二人は大笑いした。

三人が桟橋で瀬取船を待っていると、見送りに来た七兵衛と清九郎が近づいてきた。

「いよいよだな」

「はい。帰途は新潟から米を運んできます」

「それはいいが、無理せんようにな」

七兵衛は心配顔である。

「伝馬《てんま》は載せたな」と清九郎が問う。

「もちろんです」

安乗丸には、万が一の場合、乗っている者全員が乗り移れる大きさの伝馬船を積載している。これは七兵衛が始めたことで、東回り西回りの廻船にも義務付けられていた。

「孫四郎の姿が見えないようですが、どうかしましたか」

「そういえば今朝は見ていないな」

清九郎が首をかしげる。

「あいつは朝が弱いからな。寝坊してるんだろう」

孫四郎は、そのことで幾度となく清九郎に叱られていた。

「いいですよ。すぐに戻ってくるんですから」

「弥八郎、しっかりやれよ」

七兵衛が真顔になって言う。

「はい。必ずやり遂げます」

その時、ちょうど船子たちを先に運んだ瀬取船が近づいてきた。瀬取船から投げられた舫綱《もやいづな》を受け取った磯平が、それを船留に巻き付けている。

「七兵衛さん、ありがとうございました」

「なんだ、あらたまって」

「なぜか、お礼が言いたくて」

「お前には、まだまだやらせたいことがある。その度に、いちいち礼などされてはたまらんよ」

「それもそうですね」

「わいは、お前の命を嘉右衛門さんから預かっているも同じだ。くれぐれも気をつけるんだぞ」

「分かっています」

七兵衛の口から嘉右衛門の名が出たことで、弥八郎は故郷のことを思い出した。

――みんな、見ていろよ！

弥八郎の脳裏に、嘉右衛門、梅、ひよりらの顔が次々と浮かぶ。

それを振り払うようにして弥八郎は言った。

「それでは行ってきます」

弥八郎と甚六は瀬取船に乗ると、沖に停泊する安乗丸に向かった。

縄梯子を伝って安乗丸に乗り込むと、船子たちが何かを囲んでいる。「何だろう」と思い、のぞき込んだ弥八郎は驚いた。

「孫四郎――、どうしてお前がここに」

「へへへ、弥八郎さんと一緒に新潟まで行きたくて、昨夜《ゆうべ》のうちに乗り込んでいたんですよ」

「馬鹿野郎、これは試し走りなんだぞ。わいら船大工は急場に備えて乗り組んでいるんだ。物見遊山じゃねえ！」

孫四郎の襟を摑んで船縁《ふなべり》まで連れていった弥八郎は、瀬取船に「少し待ってくれ」と声を掛けた。

「あれに乗って、さっさと戻れ」

「連れてって下さいよ」

「駄目だ」

「どうかお願いします」

孫四郎がその場に土下座する。

「なぜ一緒に行きたいんだ」

「この機を逃したら、本州に行くことができなくなります」

「しょうがねえなあ。船頭さん、いいかい」

船頭が背後から顔を出す。

「駄目だよ。清九郎さんからは、乗せる大工は二人と聞いている」

「聞いたか、孫四郎、あきらめるんだな」

孫四郎が意気消沈する。

その時、「あの」と甚六が口を挟んだ。

「わいが下りましょうか」

「えっ」

「孫四郎の腕なら、わいの代わりは務まりますから」

確かに手回りなら務まるほど、ここのところ孫四郎は腕を上げてきている。

「本当かい。ありがとう」

孫四郎が、話は決まったとばかりに甚六の手を取る。

「しょうがねえな」

「わいは、もうこの船に何度か乗っていますし、此度は孫四郎に譲りますよ」

これまで甚六は、試し走りを二度ほど経験している。

「弥八郎さん、何でも言うことを聞きます。どうかお願いします」

「分かったよ」

根負けした弥八郎がうなずくと、孫四郎は飛び上がらんばかりに喜んだ。

甚六は待たせていた瀬取船に乗り、手を振りながら戻っていった。

「さて、行くか」

船頭が声を掛けると、船子たちが一斉に「へい」と言って、両方綱や手縄に取り付く。

——いよいよ、市蔵さんとわいの船が海に出るんだな。

喩えようもない喜びが込み上げてくる。

音を立てて帆が張られると、目を覚ましたかのように安乗丸が走り出した。

——いい風だ。

風は北西から吹きつけてきている。新潟に向かうには、間切りになるので好都合だ。

——よし、やってやる!

弥八郎の将来と同じく、安乗丸の前途は洋々だった。

十

ひよりが嘉右衛門の家にやってきたのは、嘉右衛門が重正を殴打してから数日後のことだった。

「何でえ、あらたまって」

嘉右衛門が表口へ出ると、旅姿のひよりがいた。

「よろしいですか」

嘉右衛門は「入んなよ」と言ったが、ひよりは土間に正座した。

「何をやってるんだ。上がれよ」

しかしひよりは、その場に手をついて言った。

「今日は、お別れを申し上げに来ました」

「何だって。いったいどうして――」と言いかけて、嘉右衛門は気づいた。

――ここにいても、もう食べていけないってことか。

些少《さしょう》ながら、ひよりも作事場から給金をもらって生活していた。それが絶たれれば、新たな糧を得る手立てを探していくしかない。

――だがこの島にいても、女子《おなご》に向いた仕事はねえ。

唯一、丸尾屋の女中の仕事はあるが、丸尾屋と関係が悪化してしまった今、作事場で働いていたひよりが雇ってもらえるとは思えない。

「上がんなよ」

「いいえ、もう船が出ます。長居はできないので、ここでお暇します」

「そうか――」

嘉右衛門が上がり框《かまち》に座ると、ひよりは再び頭を深く下げた。

「皆さんに親切にしていただき、とても楽しい日々がすごせました。一時は、この島に骨を埋《うず》めるつもりでいました」

ひよりは、込み上げてくるものを懸命に堪えていた。

――だからといって、もうどうしてやることもできない。

蓄えを切り崩して暮らしている嘉右衛門には、ひよりを下女として雇うこともできない。

「で、これからどうするっていうんだい」

「佐渡島に行きます」

「何だって」

嘉右衛門は唖然とした。

――わいら以上に、この娘は性根が据わっている。

牛島で生まれた者は、牛島を出ることなど怖くてできない。せめて塩飽の別の島で仕事を見つけ、いつか牛島に戻ってくるつもりでいる。そうした島の者たちとは違い、外からやってきたひよりは強かった。

「佐渡島に行って、弥八郎さんをお助けします」

「だからって――」

「路銀のことですね」

「ああ、心許ないんじゃねえか」

いくらため込んでいたとしても、ひよりの給金では本州に渡るのがやっとのはずだ。

「もちろん、大坂に行くぐらいの船代しか、持ち合わせはありません」

本州側と塩飽を結ぶ便船は、備前国の児島《こじま》港から出ている。そこで便船を乗り換えて大坂まで行くことになる。

「それからどうやって佐渡島に渡るんだ」

「女の身一つで佐渡島まで行くのは、容易なことではありません。下働きでも何でもしながら路銀を稼ぎ、何とか佐渡島に向かう手立てを考えます」

「だが、道中は危険だぞ」

「分かっています。でも何があるか分からないからといって尻込みしていては、何もできません」

——その通りだ。

ひよりの言葉は、千石船を造る取り組みを放棄したがために、こうなってしまった嘉右衛門の人生を言い当てていた。

「それほどまでに、あいつのことを——」

「はい。弥八郎さんは、わたしを苦界から救ってくれた恩人ですから」

「奴にあるのは恩義だけか」

ひよりが首を左右に振る。

「分かりません。ただ弥八郎さんに会いたいという気持ちには、強いものがあります」

「そうか。お前さんは正直だな」

ひよりは弥八郎に惹かれながらも、自らの過去を思い出して遠慮しているのだ。

——この娘が、弥八郎の嫁になるかもしれねえんだな。

それを思うと、何もしてやれない自分の境遇が恨めしい。

「分かった。ちょっと待ってな」

嘉右衛門は奥の間に入り、神棚を拝むと、その裏に隠してある巾着を取り出した。

「これを持っていきな」

嘉右衛門は巾着をひよりに手渡した。

「これは――」

「わいの蓄えだ。といっても二両ほどしかねえ。佐渡島までは行けねえだろう」

「こんな大切なものをいただくわけにはいきません」

「いいってことよ。逆に、これしかしてやれねえのが情ねえくらいだ」

「いけません。これは、頭の今後の暮らしを支えるものじゃありませんか」

「わいのことは心配すんな。ここにいれば飢え死にすることはない。だがお前さんは道中、金がなくなれば元の木阿弥だぞ」

ひよりが黙り込む。

「これを持って、まず大坂に行くんだ。それから――」

奥の間に戻った嘉右衛門は硯《すずり》に墨をすると、一筆書き上げて印判を捺《お》した。

――これでよし。

表の間に戻り、土間に畏まるひよりにそれを渡すと、ひよりは首を傾《かし》げた。

「これは何ですか」

「いいか。大坂の河村屋さんの店に行き、これを番頭に渡すんだ。そうすれば番頭が河村屋さんに話をしてくれる。その伝手で働かせてもらい、十分な金がたまってから佐渡に行くんだ」

もちろん、うまくすれば七兵衛が佐渡島に向かう時、ひよりも連れていってくれるかもしれない。だが、そこまで頼むのは図々《ずうずう》しいので、「働かせてやって下さい」と記すにとどめた。

「そこまで、わたしのことを――」

ひよりの言葉が震える。

「お前には、弥八郎の面倒を見てもらうんだ。せめて、このくらいはさせてくれ」

「ありがとうございます」

「いいってことよ。前もって弥八郎に、行くことを伝えておくのか」

「いいえ。余計な心配をさせてしまうので、佐渡に行ける目途が立ってから伝えます」

「そうか。それがいいかもしれねえな」

大坂では、何があるかは分からない。それを思えば、ひよりの判断は正しい。

「じゃ、こちらからも伝えないでおく」

ひよりがうなずく。その顔には強い決意が表れていた。

「では、お言葉に甘えさせていただきます」

ひよりは一礼すると巾着を懐に入れ、港に向かって去っていった。

──わいのような負け犬になるな。弥八郎と一緒に人生を勝ち取るんだ。

去りゆくひよりの細い肩に、嘉右衛門は心中、語り掛けた。

十一

あばらの傷も癒えた嘉右衛門は、知り合いの漁師を手伝い、その見返りに魚をもらうことで何とか食いつないでいた。体だけはまだ無理が利く上、漁を手伝っている時は嫌なことも忘れられる。

だが家に帰って一人になると、寂しさや先行きの不安が押し寄せてくる。

──どうして、こんなことになっちまったんだ。

考えても詮ないことなのだが、あれよあれよという間に転落していく己の人生に、嘉右衛門は戸惑うことしかできなかった。

──かつてわいは塩飽一の船大工と称えられ、この厚司を着て、肩で風を切って歩いていた。

たとえ隠居しても、作事場が続く限り、嘉右衛門は誇りを持って生きることができた。だが、その誇りの源だった作事場もなくなったことで、嘉右衛門は「ただの人」となり、肩身の狭い思いをしながら、死を迎える日まで無為に時を過ごさねばならない。

――みんなも、いなくなっちまった。

肉親だけでなく、かつては嘉右衛門一家と呼ばれるほど結束の固かった大工たちも、ほかの島に移ったり、漁師に転じたりして、一人また一人と嘉右衛門の許から去っていった。

――もうあの日々は、二度と戻ってこないんだな。

嘉右衛門は、こんな人生の終幕が待っているとは思いもしなかった。

ひよりが牛島を去った翌日、いつものように漁を終えて家に帰ると、誰かが勝手に上がり込んで煙管をふかしていた。

「おう、嘉右衛門さん」

「こいつは驚いた。正次さんじゃねえか」

五左衛門の弟の正次が、ようやく丸亀からやってきたのだ。

正次は嘉右衛門とは同い年で幼い頃から一緒に育ったので、五左衛門よりも親しい間柄だった。

「勝手に上がらせてもらっているよ」

そう言いながら、正次は大徳利に入った酒を示した。

「ちょうどいいや。今日は大漁で食いきれないほど魚をもらったんだ。さばくから、ちょっと待ってくんな」

台所に入った嘉右衛門は手早くマダイをさばくと、正次の待つ居間に持っていった。

「こいつはうまそうだな」

二人は舌鼓を打ちながら刺身をつまんだ。

世間話や近況を語りながら酒を飲んでいると、正次が本題に入った。

「此度は丸尾屋の寄合で戻ってきた」

「やはり、それで来たんだな」

「ああ、しょうもない寄合だったがな」

「何があった」

「先代の遺言書にある通り、わいら年寄衆六人の合意を取り付けてからでないと、重正は丸尾屋の商いに関して何も決められないとなっていた。だが、もうそんなもんは知らんと言うんや」

「何だって――」

「わいも怒ったし、ほかの年寄たちも文句をつけたが、重正は『あんたらは、丸尾屋の商いにもうかかわらんといて下さい』と言うんや」

何らかの軋轢《あつれき》はあると思っていたが、まさか重正が、丸尾屋の商売から正次たち年寄を締め出すとは思ってもみなかった。

「しかし先代の遺言がある」

「ああ、わいもそれを言った。だが重正は『時代は変わり、それに合わせて商いも変えていかなければならない。このまま何もせんで丸尾屋が苦境に陥った時、あんたらは助けてくれんのか』と言うんや。そこまで言われたら、わいらも身を引くしかない」

「ああ、でも考えてみれば、重正の言葉にも一理ある」

「そうだな。わいらの知らんところで、奴も頭を悩ませているんだろう」

冷静になれば、重正の立場も理解できる。

「嘉右衛門、すまんかった」

「もういいよ。仕方ねえ」

そうは言ってみたものの、これで作事場を復活させる最後の頼みの綱が断たれたことになる。

嘉右衛門の落胆は大きかった。

「そいで、お前に話があるんやがな」

「何や」

「お前さえよかったら、丸亀に移ってこんか。熊一と梅も一緒にな」

「移ってどうする」

「わいんとこで働かんか」

だが正次の事業に船造りはない。

「行って何をする」

「熊一には廻船の仕事に携わってもらう。梅ちゃんも客の応対ができるしな。お前には
――」

正次が言いにくそうにしている。

「なんだ。はっきり言え」

「分かったよ。家のことを手伝ってくれんか」

「釜焚きや庭掃除か」

それには何も答えず、正次が盃を干した。

――そういうことか。

だが、ここでこんな暮らしをするくらいなら、正次の下で雑用をしている方がましだ。

「ほかの連中はどうする」

「ほかの連中て、大工たちのことか」

「そうだ」

「無理言うな。わいんとこだって、お前ら三人を雇うので精一杯や」

正次は、それほど手広く商売しているわけではない。正次の下で働いている者も二十人ほどで、三人雇ってもらうだけでも破格の話なのだ。

だが嘉右衛門は、丸尾屋の作事場で働いていた者たち全員の身の振り方が決まらない限り、この島を引き払うつもりはなかった。

「せっかくだが、まだ次の仕事が決まっておらんもんがいる」

「そうか。お前はきっとそう言うと思った。だがな——」

正次が言いよどむ。

「何が言いたい」

正次が思いきるように言う。

「お前は、もう頭じゃねえんだ」

「それは分かっている！」

「頭でねえもんが、恰好《かっこう》つけたってしょうがないじゃねえか！」

正次の言葉が重くのしかかる。

――そうさ。わいは、もう何もんでもない一人の老人なんだ。

「いいか嘉右衛門、わいは、お前のためを思って言っているんだ。もう、その厚司を脱いでもいいだろう」

嘉右衛門は何も考えず、丸尾屋の紋が入った厚司を着続けていた。だが考えてみれば、丸尾屋の一員でなくなった今、これを着ているのはおかしなことだった。

「本音を言っちまえば、わいはこの島から去り難いんだ」

「多分、そうだろうと思ったよ」

「わいは大工たちのことを言い訳にして、この島にいたいだけなんだ」

酒の力も手伝い、嘉右衛門はつい本音を漏らした。

「わいも、この島を出る時は辛かった」

嘉右衛門の気持ちを察したかのように、正次が言う。

「お前は、いくつの時に島を出た」

「二十と五だったな。まだ嫁もいなかった」

正次が歯の抜けた口を開けて笑う。

「お前の兄は、よくできたお人だった。それなのに、お前は出ていった」

「兄からも、仕事を手伝ってくれと何度も言われた。だがな、あの時、わいは故郷を出なきゃなんねえと思ったんだ」

「なぜだ」

「それが運命《さだめ》だと思ったんだ」

「運命、だと——」

「そうだ。あの時、おとっつぁんは『丸亀の廻船問屋から婿養子の話が来ている』とだけ言った。どうやらわいは、その店の先代に気にいられていたらしいんだ」

「ああ、その話は聞いた」

「はじめ、わいは聞き流したさ。ここを出るつもりなんか毛頭なかったからな。だがな——」

正次が筋張った手で盃をあおる。

「それから一月ほど経って、おとっつぁんが『あの話は断るぞ』と言ってきたんだ。その時、ふいに思ったんだ。『わいは運命に逆らってんじゃねえか』とな」

「なぜだ」

「分からねえ。ただ運命に逆らっても、ろくなことにはならねえと思ったんだ」

人は変化を嫌う。だが変化に逆らうということは、大きな幸運を失うことになりかねない。

「わいの場合、それが分かったのが二十と五の時だったが、お前は今、それが分からなきゃならねえんだ」

「――」

「考えてみてくれ」

――これが潮時かもな。

嘉右衛門は正次の言う通り、運命を受け入れねばならないと思った。

「今、熊一は大坂に仕事を探しに行っている。その首尾次第で、娘夫婦も厄介になるかどうか決める。そん時は三人で押し掛ける」

「それでいい」

正次が涙ぐみながら続ける。

「あまり期待させたくないので言いたくはなかったが、丸亀にだって船造りの作事場はある。場合によっては仲立ち（紹介）することもできる」

「もういいんだ」

「もういいって――」

「わいは道具を置く」

「そうか。よく決意したな」

「どこかで、けじめはつけなきゃなんねえからな」

それを聞いた正次は何も言わず、盃を上げた。

二人は朝まで痛飲《つういん》し、昔話に花を咲かせた。

十二

佐渡海峡では強風と巨大なうねりに翻弄されたが、安乗丸は何とか乗り切り、新潟に入港した。

新潟港では、これまで見たことのないような巨船に誰もが瞠目《どうもく》し、港のそこかしこに集った人が、指を差しては何か言っているのが見えた。

安乗丸を沖に停泊させ、瀬取船に乗って上陸した弥八郎らは、七兵衛の紹介状を携えて新潟の豪商たちの間を回り、千石船の見学に誘った。

翌日、大勢の商人たちが集まり、弥八郎の案内で船内を見て回った。すでに土俵の中身は海に捨ててきたので空船となっていたため、その積載量を実見した商人たちは一様に驚きを隠せなかった。

弥八郎は得意絶頂だった。さして船の構造など分からない商人たちに対しても、懇切丁寧に説明したので、商人たちは喜び、その日の夜は宴席を設けてくれた。そこで指定された店に行くと、弥八郎の座は床の間を背にした上座に用意されていた。そこで新潟芸妓の華やかな舞を見ながら、大商人たちの注ぐ酒を受けた。

——昨日まで一介の大工にすぎなかったわいが、今は大分限のように扱われている。

いかに七兵衛の紹介状があるとはいえ、新潟の商人たちから下にも置かない歓待を受け、弥八郎は得意の絶頂にあった。

——これが大工冥利というものか。

ふだんは地道な仕事に明け暮れる大工だが、商人たちの利益に直結する新たなものを生み出せば、これほど商人たちからありがたがられるのだ。

——河村屋さんは、わいに大工冥利を教えようとしたんだな。

何事も地道に努力すれば報われるということを、弥八郎は胸に刻んだ。

翌日、弥八郎は米穀などを買い入れ、船を再び満載状態にした。その間、孫四郎は船子たちと共に不具合箇所がないかどうか見て回っていた。

とくに問題はないという報告を受けた弥八郎は、念には念を入れるため、水漏れしそうな箇所に縫釘の追加や檜皮《ひわだ》打ちを行って補強した。

檜皮打ちとは、檜《ひのき》の樹脂を叩いて縄状にし、板の接ぎ目に打ち込んで水漏れを防ぐ補強作業のことだ。ただし、めり込ませるだけでは外れてしまうので、その上からも縫釘を打ち込んでおく。

こうした作業を経て四日目、いよいよ佐渡島に戻ることになった。ところが、この頃から天候が怪しくなり、海も荒れてきた。

それでも新潟に停泊している商船は、「これからもっと荒れる」と言いつつ急いで出帆していく。もちろん小型船は地乗り（沿岸航行）なので、いざとなれば小さな港に入って風波を防げる。だが安乗丸は、佐渡海峡を沖乗り（陸岸が見えない航行）して佐渡まで帰るので、慎重には慎重を期さねばならない。

沖乗りの場合、磁石と船頭の経験と勘に基づいて帆走することになるが、大洋を行くわけではないので方角を見失うことはない。だが波浪に翻弄されて方角を見失い、また磁石が壊れるなどすれば漂流の危険もある。それゆえ弥八郎と船頭たちは、天候の情報を集められるだけ集めた。それらを総合すると、このまま待っていても、しばらくの間、海が穏やかになることはないだろうという結論に至った。

さらに弥八郎には、頭の痛いことがあった。滞在が長引けば、二十人ほどいる船子たちの日当や滞在費がかさんでいく。

こうしたことから、弥八郎は五日目の朝、出帆を決意した。

――随分と荒吹いてきたな。

往路よりも荒れる海面に、弥八郎は心配になってきた。

海面だけでなく風向きの定まらない風が激しく吹き、帆走は困難になってきている。

それでも親仁（帆頭）の指示に従い、船子たちは手縄を使って帆の角度を変え、また両方綱を使って帆の膨らみを調整し、何とか佐渡島のある南西に進もうとしていた。

「どうだい」と船頭に問うと、「今のところ心配ない」という返事が返ってきた。

しかし陸岸が見えなくなると、海面のうねりがさらに大きくなり、山の頂から谷底に落とされるようになってきた。

――これが佐渡の海か。

突如として海面が盛り上がり、それが巨大な山と化し、互いに波頭をぶつけ合う。しかし次の瞬間、それがあった場所は千尋《せんじん》の谷となり、次の山が背後にできている。

舵柄を握る舵取りは横波が当たらないよう、うまくうねりに船首を向けようとするが、大型船なので操船も自在というわけにはいかない。その度に山の頂が鞭《むち》のようにしなり、荷の上に叩きつけられる。それによって海水が船底に溜まり、さらに舵が利きにくくなるという悪循環に陥る。

先ほどから、「舵の利きが悪くなった」という声が耳に入ってきていた。

このまま突き進めば佐渡海峡の中心部に到達する。そこで舵が利かない状態に陥れば、水船になってしまう。

――いや、市蔵さんと考えた船は、そんなやわじゃねえ！

そう自分に言い聞かせようとするが、不安はうねりのように押し寄せてくる。

しかも安乗丸は次第に逆風域に入り、間切りで走るのも困難になってきた。逆潮《さかしお》にもなるので、進んでいるように見えて全く進んでいないことも考えられる。

あまりの波浪に、さすがの弥八郎も気分が悪くなってきた。遂には、艫《とも》矢倉《やぐら》と呼ばれる屋根付き部屋の中で垣立に摑まり、立っているのがやっとの状態になった。

――船体は心配ないか。

風波の音の間で、たまに悲鳴を上げるような軋み音が聞こえると、弥八郎は気が気でなくなる。

そこに外から孫四郎が入ってきた。

「弥八郎さん、船頭さんが荷打ちしたいと言っています」

「荷打ちだと。冗談じゃねえ。あの米は佐渡の子らのもんだ。そんな簡単に海に捨てるわけにはいかねえ」

「それは船頭さんに言ってください」

孫四郎が口を尖《とが》らせる。

「分かったよ。わいが行ってくる」

何とか垣立を伝って外に出ると、帆がほとんど畳まれていた。千石船の場合、二十五反帆で、約二十メートル四方の四角帆を張るが、それが十分の一ほどしか張られていない。それだけ風が強いのだ。

「『つかし』をするぞ。舵を引き上げろ。垂らしを流せ！」

船頭の指示により、舵が引き上げられて垂らしが落とされていく。これにより、うねりを船尾に受けることが避けられ、波浪によって舵や外艫が破壊されることはなくなった。だが、この態勢を取るということは、帆走をあきらめたことになる。

「船頭さん、何をやっている！」

這いずるようにして船首近くにたどり着いた弥八郎が、船頭に問うた。

「風波が収まるまで、『つかし』で凌ぐ」

「しかし、いつ収まるか分からねえだろう」

「ああ、そうだ。だから荷打ちして待とうってんだ」

「待ってくれよ。あの米は佐渡島の子らのために買い入れたもんだ」

「駄目だ。荷打ちする」

「だから、もう少し待てねえか」

「この船を預けられているのはわしだ。あんたが河村屋さんの代行か何か知らないが、船の上では、わしの判断に従ってもらう」

そこまで言われたら従うしかない。

「分かったよ。好きにしてくれ」

船頭が荷打ちを命じると、待ってましたとばかりに、船子たちが次々と米俵を投げ捨て始めた。米俵は少しの間、浮いているが、すぐに水を吸って波間に姿を消してしまう。それでも俵の裂け目から流出した白米は、いつまでも海面を漂っている。

——ああ、大切な米が。

しかし命あっての物種だ。船頭の命に従わないわけにはいかない。

その時、一人の船子が駆け込んできた。

「頭、船底に水が溜まり始めています！」

「仕方ない。手の空いているもんは水を汲み出せ」

何人かの船子が船底に下り、桶に水を汲んでは手渡しで上方に送り始めた。だが水は船底にいる船子の膝の高さまで来ているので、焼け石に水の感がある。

「こんなに急に水が溜まるのはおかしい。どっかで水漏れしてるんじゃねえか」

船頭が船底をのぞいて言う。

弥八郎は取って返すと、孫四郎を誘って船底に下りていった。

――こいつはひどい。

船底の水は上から見るより溜まっており、三人の船子が桶を使い、手際よくかき出しても間に合わないほどだ。

「孫四郎、右舷を見てこい」

弥八郎はそう命じると、左舷の船腹の接ぎ目を調べ始めた。

しばらくすると、孫四郎の「弥八郎さん、こっちだ！」という声が聞こえた。

弥八郎が駆け付けると、孫四郎が溜まった水の中に顔をつけていた。

弥八郎もそれに倣うと、確かに接ぎ目から海水が浸入してきているのが見える。

「よし、檜皮打ちをするぞ」

孫四郎が道具箱から檜皮と木槌を取り出す。

「いくぞ！」

船が揺れる中、顔をつけての作業となる。隙間に檜皮を押し込み、それを木槌で叩き、さらに縫釘で固定するという作業だが、水中になるので木槌が打てない。そのため手で檜皮を押し込もうとするが、浸入してくる水の力で、檜皮がすぐに押し返される。

何度も息継ぎしながら水中に首を突っ込むのだが、次第に水位は高まり、遂には腰まで水につけての作業になった。

——ここをふさがなければ水船になる！

次第に焦りが出てきた。

「孫四郎、人の丈ぐらいの長さの棒を持ってこい！」

「えっ、何に使うんで」

「いいから心張り棒でもなんでも探してこい」

孫四郎は梯子を上り、合羽に向かった。

その間、弥八郎は何とか檜皮を押し込むことに成功した。

そこに孫四郎が戻ってきた。

「揚げ戸の心張り棒を外してきました」

「よし、これならいける。わいが潜り、この棒で縫釘を押さえているから、合図したら木槌で心張り棒の端を打て」

「ああ、そういうことで」

心張り棒の先は水面から出ているので、木槌が使える。

再び潜った弥八郎は、心張り棒と縫釘を押さえると、孫四郎に合図した。

そこに孫四郎の木槌が何度も振り下ろされる。

――よし、うまくいった！

これによって漏水箇所の応急処置は終わった。

だが水は、先ほどより確実に増えてきている。

「孫四郎、まだどこかから漏れているようだ」

二人は再び二手に分かれて漏水箇所を探したが、今度は船首付近に見つけた。こちらも同様の方法で何とかふさいだので、水が増えるのは止められた。だがうねりは一段と激しくなり、その先端が船に叩きつけられるようになった。頭上からは、砕けた波頭が雨のように降り注いでくる。

――これはどういうことだ。

弥八郎は、さらに漏水箇所を探すよう孫四郎に命じると、船頭の許に向かった。

「船頭さん、何とか水漏れは防いだが、水を減らすのは難しい」

「それどころじゃねえ！」

「ど、どうした」

「逆風に逆潮だから『つかし』をしていたが、どうやら『地獄の窯』に入っちまった」

「何だって！」

かつて小木の会所で、新潟から来た者たちが語っていた話がよみがえる。

「出戻りはできるかい」

出戻りとは出港した港に戻ることを言う。

「そいつは難しいな」

その理由は明らかだった。船首を風下に向ければ、帆を二分ほどにするだけで船は快走する。だが風上から襲い掛かるうねりに舵と外艫を晒す形になり、それらが破壊される可能性が高まる。

「では、船頭さんの思案は――」

「明日の朝まで、『つかし』で待つしかないだろう」

「『地獄の窯』の中で、そんなに長く待つのか」

「ああ、そうだ。でもそれで窯を出られるとは限らねえ。窯は何日もわき立っていることがあるからな」

「では、ずっと『つかし』になることも考えられるのかい」

「『つかし』が始まれば耐えるだけだ。しかしどんな風波にも、この船は耐えられるんだろう」

「いや、それは――」

正直な話、それは弥八郎にも分からない。

「おい、伝馬を下ろす暇もないほど、突然、水船になることはないだろうな」

「それはないはずだが――」

「はずじゃねえぞ。船体に不安があるなら早めに伝馬に乗り移るぞ」

「それじゃや、この船を捨てると言うのかい」

「当たり前だ。船子たちの命が何よりも大切だからな」

それを言われると、返す言葉はない。

「分かった。船の方は何とかする」

「明日の朝までもつか」

「もたせるしかねえ」

「よし、その言葉を信じるぞ」

そこに孫四郎が飛んできた。

「船子たちが舵と外艫を案じています」

「なぜだ。舵は引き上げて収納したんじゃないのか」

「収納はしてありますが、尻掛けが限界に来ているようです」

尻掛けとは、外艫に舵を取り付けている太縄のことだ。

「何だって。そんなことはあるまい」

「とにかく行ってみましょう」

二人は船尾に向かった。

十三

弥八郎と孫四郎の二人が船尾に着くと、二人の船子が轆轤《ろくろ》に掛けられた尻掛けを緩めようとしていた。

「何をやっている！」

船子の一人を羽交い締めにして動きを押さえると、もう一人が喚いた。

「これを見ろ！」

「あっ！」

何よりも頑丈なはずの尻掛けにほつれができ、明らかに切れ掛かっている。

尻掛けは、舵を出したり入れたりする際に使われる綱具の一つで、船で使われる綱具の中では最も強靭《きょうじん》なはずだ。しかし「地獄の窯」の力は、その強度さえも上回ったのだ。

もしも尻掛けが外れたり切れたりすれば、舵は海中に引きずり込まれ、舵を支える構造物の外艫も吹き飛んで浸水が始まる。

尻掛けは轆轤で巻かれているため、切れ掛かった部分を補強するには、そこまで尻掛けを緩めねばならない。つまり舵を海中に出すことになる。

「お前らは、船頭を呼んでこい」

船子二人は船頭の許に向かった。

「孫四郎、轆轤を緩めよう」

「しかし、この位置まで轆轤を緩めるということは、舵の半分以上を出すことになります。そんなことをしたら羽板が吹っ飛んじまう」

「分かっている。だが、このままだと尻掛けは切れる」

「舵を出さずに、轆轤を緩めることはできませんか」

「それをやるには、どこかに引っ掛けて巻く必要がある」

二人は周囲を見回したが、都合のいい突起物はない。

「仕方ない。やりましょう」

そこに船頭が飛んできた。

「どした！」

船頭も、切れ掛かった尻掛けを見て蒼白になった。

「なんてこった！」

「船頭さん、これからこの部分を補強します。下手をすると舵の羽板が吹っ飛びます。そうなる前に伝馬を下ろす支度をしておいて下さい」

「分かった」と言って船頭が戻っていく。これにより船尾にいるのは、弥八郎と孫四郎、そして先ほどの舵担当の船子二人となった。

――なぜこんなことになったんだ。

轆轤や尻掛けは購入品であり、強度には基準がある。つまり、そうした既製品を使ったことが間違いだったのだ。

――だが今は、そんなことを言っている場合ではない。

「弥八郎さん、伝馬の支度をするってことは、まさかこの船を捨てるのか！」

孫四郎が泣きそうな顔をする。

「皆の生命《いのち》には替えられねえ」

そうしている間も、尻掛けのほつれは、ひどくなってきているように思える。

「よし、回すぞ。ゆっくりりだ」

轆轤の留金から尻掛けの端を外すと、凄まじい力が掛かってきた。それを船子二人が踏ん張り、切れ掛かった部分を何とか緩めた。

「よし、まとめるぞ」

「は、はい」

二人は轆轤側の尻掛けの端を留金に掛けると、続いて外艫側の尻掛けを引き、切れ掛かった箇所を二重にしてぐるぐると巻いた。

「よし、補強材だ」

道具箱から強度のある細縄を取り出す。切れ掛かった部分を細縄で結ぶのだ。だが二人の船子が音を上げ始めた。

「もう無理だ」

「もう少しだ。がんばれ！」

ようやく、ほつれ掛かった部分に細縄を巻くことができた。

その時だった。突然、衝撃が襲い、留金が吹っ飛んだ。

尻掛けを引いていた船子二人が放り出される。

「うわっ！」

その衝撃で羽板の一部が吹っ飛んだらしい。轆轤が凄い速度で回り始めた。

——しまった！

弥八郎は、とっさに尻掛けを摑んで、外艫の端板に足を掛けた。これにより舵は何とか外艫にとどまった。だが次の瞬間、物凄い力が掛かってきた。

「たいへんだ！」

船子二人が走り去る。

「待て！」

その背に呼び掛けたが、二人は瞬く間に姿を消した。

残っているのは孫四郎だけになった。

「弥八郎さん！」

「舵はまだ残っているか！」

「はい。吹っ飛んだのは磯摺《いそずり》だけのようです」

外艫をのぞき込みながら、孫四郎が言う。

磯摺とは、三枚の板から成る舵の羽板の最下部のことだ。

「わいがこの手を放したら、舵をすべて失う。外艫も持っていかれ、船尾から水が入ってくる。そうなれば船全体が傾き、伝馬が下ろせなくなる」

「何か手はないのですか！」

「ああ、もう何も思いつかない」

「じゃ、どうすればいいんです！」

「孫四郎、わいの目を見ろ！」

孫四郎が息をのむように、弥八郎をのぞき込む。

「すぐ上に行き、伝馬に乗るんだ。あの船子たちは、船頭に伝馬を下ろすよう伝えているはずだ。いつまでもここにいたら置いていかれるぞ」

「じゃ、弥八郎さんは――」

「この手を放せば、船が急速に傾き、下ろし掛かっているはずの伝馬が覆る。そしたらみんなお陀仏だ」

「それじゃ、まさか――」

「わいはここで死ぬ」

孫四郎の顔が蒼白になる。

「何を言っているんです。一緒に行きましょう！」

「だから説明したろう。わいが踏ん張っているから、まだ船は安定している。だが、こいつを放したらしまいだ。孫四郎、早く行け」

「嫌です」と言って、孫四郎も手伝おうとする。

「よせ！　死ぬのはわい一人でいい。お前は──」

弥八郎の体は限界に来ていた。

「商人などにならず、明日の船造りを担え」

「明日の船造りを──」

「そうだ。お前なら立派な大工になれる」

「だけど──」

「お前が佐渡島の船造りを支えるんだ！」

「分かりました。わたしは大工になります」

もう体は限界を通り越していた。

「孫四郎、清九郎さんに伝えるんだ。舵や外艫に掛かる力は尋常じゃねえ。船が重すぎたんだ。からくりを根本から考え直さないと千石船は造れねえ」

「弥八郎さん──」

「行け。そしてまた千石船を造るんだ」

「わ、分かりました」

孫四郎は泣いていた。

「いつか人が──」

弥八郎が声を絞り出す。

「海に挑んで勝つ日が来る。わいは負けたが、いつか誰かが勝つ。だからお前は生き残り、それをやり遂げる一人になるんだ」

「はい！」

「早く行け！」

「弥八郎さん、会えてよかったです」

「わいもだ」

死を目前にしているにもかかわらず、弥八郎は、どうしたわけかうれしくて笑みがこぼれた。

――最期ぐらい、笑って死んでやる。

「それでは――、行きます」

「行け、孫四郎、そして佐渡の海なんかに負けねえ千石船を造るんだ！」

「はい！」

孫四郎が駆け去った。

――ああ、もう駄目だ。

手の皮が剝けたのか、出血によって尻掛けが少しずつ滑っていく。海中に突き出された舵が軋み音を上げ始めた。このまま支え続けても、ほどなくして舵全体が吹っ飛ぶのは間違いない。

――わいは海に勝てなかったのか。市蔵さんの船が負けたのか。いや、まだ負けちゃいねえ。塩飽の大工はわいだけじゃねえ。きっと誰かが仇を取ってくれる。

弥八郎の脳裏に、塩飽で共に仕事をしてきた大工たちの顔が浮かんだ。

――磯平さん、熊一、そしてみんな。いつの日か、この海に勝つんだ！

すでに弥八郎の体は限界に達していた。

――おとっつぁん、みんなを支えてくれよ！

その時、伝馬が海面に下ろされる音が聞こえた。

――ひより、お前を嫁に迎えることはできなかったが、幸せになってくれ。

弥八郎が綱を放す。大きな衝撃が走り、海水が一気に浸入してきた。弥八郎の体が瞬く間にのみ込まれる。

懐に手を入れると、ひよりのくれた守り袋があった。それを握り締めていると、死の恐怖が和らいできた。

凄まじい潮の力に翻弄されながら、弥八郎は直前まで迫ってきた死に身構えた。だが苦しみはやってこなかった。なぜか辛いとか苦しいというより、心地よい感覚に満たされ始めた。

――みんな、わいの分まで生きろよ。

次の瞬間、体が軽くなり、弥八郎は天の光に吸い込まれていった。

第五章　波濤の果て

一

——いよいよ、生まれ故郷ともおさらばだな。

これで牛島を後にすれば、嘉右衛門の年齢や立場からすると、二度と再び戻ることはないだろう。妻や弟の墓参りには来たいが、正次の好意を思えば、そんなことは言い出せない。そのため嘉右衛門は、家財を売り払って作った金の大半を菩提寺《ぼだいじ》に寄付し、永代《えいたい》供養を頼んできた。

延宝五年（一六七七）三月、嘉右衛門が船着場で丸亀行きの便船を待っていると、熊一と梅が荷物を抱えてやってきた。彼らも丸亀に行くということなのでほっとしたが、自分という重荷を背負わせてしまったという複雑な気持ちになる。

「やはり来たのか」

「昨夜遅くまで二人で考えた末、正次さんのお世話になることにしました」

熊一が笑みを浮かべて言う。

「わいに気兼ねしたんじゃねえだろうな」

梅が首を左右に振る。

「おとっつぁん、あたいたちだって、おとっつぁんのことが心配だよ。でもね、あたいたちにも暮らしがある。だから気兼ねなんかしないよ。熊一さんは競争の激しい大坂で船大工になるより、丸亀で商人になる道を選んだんだ。その方が人生が開けると、あたいも思ったんだよ」

熊一が付け加える。

「船大工の道を捨てるのは残念です。しかし出直すなら、きっぱりと前の仕事は忘れた方がよいと思ったんです」

「そうか。それでいいんだな」

「はい」と二人が声をそろえる。

――よくぞ決意した。

だが嘉右衛門は、娘夫婦が嘉右衛門のことを思って丸亀行きを決めたのを知っていた。

「熊一、母親や妹たちはどうする」

「母は畑仕事をして何とか食べていけるんで、ここを離れたくないと言うんです。ですから落ち着いたら、妹たちだけでも引き取ります」

「そうか」

熊一の母が市蔵の墓から離れ難いのはよく分かる。

「わいのせいで、こんなことになっちまってすまなかったな」

「おとっつぁん、もう、そのことは言いっこなしだよ」

「そうですよ。これも運命です。きっと丸亀で運が開けてくると思います」

「きっとそうだろう。でもわいは、お前らの厄介にだけはならねえからな」

梅が首を左右に振る。

「それはその時に考えよう。今は前だけ向いて歩いていこうよ」

「ああ、そうだな」

嘉右衛門が島に向かって一礼すると、二人もそれに倣った。

「では、行くか」

栈橋に向かって歩き出した嘉右衛門の左右に、二人が寄り添う。その思いやりが、嘉右衛門にはうれしかった。

「こんな役立たずでも親と思ってくれるのか」

「何を言うんだい。あたいにとって、おとっつぁんはたった一人の親なんだよ」

嘉右衛門の瞳から一筋の涙が流れた。それを覚られないよう、嘉右衛門は「暑くなってきたな」と言いながら、額から頬に掛けて袖で拭った。

「あっ、便船が来ました」

熊一の声に応じて顔を上げると、涙でかすんだ目に便船が見えてきた。

――いよいよ出発か。

船が桟橋に着くと、いつもより多くの人が下りてきた。

その中心にいる人物を見た時、嘉右衛門は啞然とした。

「熊一、梅、あれは河村屋さんじゃないか」

「あっ、そうです。河村屋さんです」

「もう、こんな島に用などないはずなのに。どうしたんだろうね」

やがて七兵衛も、桟橋の出入口に佇む三人に気づいた。だがその顔には、いつものような人懐っこい笑みは広がらない。

――何かよからぬ話か。

胸騒ぎがする。

七兵衛が重い足取りで近づいてきた。その顔色を見ただけで、嘉右衛門には、よほど深刻な話だと察しがついた。

「嘉右衛門さん、心して聞いてくれよ」

「へっ、へい」

「弥八郎が死んだ」

その言葉を聞いた時、嘉右衛門は既視感に囚われていた。

――かつても同じことがあったじゃねえか。

「ど、どうして！」

言葉もなく佇む嘉右衛門に代わり、梅が問う。

「船が沈んだんだ」

既視感はより強くなった。

――わいはこの後、膝をつく。

嘉右衛門の体はその通りにしたが、なぜか心の中を風が通り抜けていくだけで、驚きも悲しみもわき上がってこない。

「詳しくお聞かせ下さい」

熊一が絞り出すような声で問う。

「どこかに座って話をしよう。それよりも一家そろって、これからどこへ行くんだ」

「そのことは後でお話しします」

熊一が落ち着いた口調で言う。

気づくと七兵衛の手代らが嘉右衛門の腕を取り、立たせてくれた。

七兵衛は従者たちを外で待たせ、四人は浜の近くに一軒だけある宿屋に入っていった。


梅のすすり泣きが聞こえる中、七兵衛が顚末を語った。

「ということだ。安乗丸が水船になり、瞬く間に沈んでいくのが、はっきりと伝馬船から見えたというんだ。つまり弥八郎は船と運命を共にしたんだ」

梅のすすり泣きが高まる。

「弥八郎以外の船子たちを乗せた伝馬船は、数日間漂流した末、幸いにも敦賀から来た廻船に拾われ、新潟へと連れていってもらえた」

七兵衛が淡々と語る。

その後、佐渡の宿根木にも連絡が入り、「帰りが遅い」と気をもんでいた七兵衛や清九郎にも、「安乗丸遭難沈没」の一報がもたらされたという。

「そういう次第だ。弥八郎は最後まで皆のことを思い、船大工としての責《せき》を全うした」

押し殺したような梅の嗚咽が漏れる中、七兵衛の話が終わった。

熊一が問う。

「何が――、何がいけなかったんですか」

「わいも、それが気になった。同乗していた船大工によると――」

七兵衛は、佐渡島に戻った孫四郎から聞いた顚末を話してくれた。

「ということは、船が重すぎたんですか」

「はっきりとは分からない。だが、どうやらそうらしい。塩飽から来ていた船大工の一人が、『船の重さに不安を感じながらも、行かせちまったわいがいけなかった』と言って、腹に鑿《のみ》を突き立てやがった」

「それは誰ですか！」

「確か磯平という名だったな」

「それで磯平さんは――」

「一命は取り留めた」

「よかった」

熊一が安堵のため息をつく。

「ところで、お前さんたちはどこへ行くんだい」

熊一が事情を語った。

「なんてこった。それじゃ、ふんだりけったりじゃねえか！」

七兵衛が怒りをあらわにする。

「嘉右衛門さん、こんなことになっちまって、お詫びのしようもない」

七兵衛はあらたまると、その場に正座し、嘉右衛門に頭を下げた。

それを熊一が押しとどめる。

「河村屋さん、よして下さいよ。弥八郎さんは自分の夢を追ったんだ。悔いなどないはずです」

「そう言ってくれるか」

七兵衛が声を震わせる。

「わいはこんな途方もないことに、嘉右衛門さんの大事な一人息子を引きずり込んじまった。それを詫びねばならないと思い、ここまで来た。千石船を造るなんざ、どだい無理な話だったんだ。いや、造ることはできても、佐渡の海に挑んだのが間違いだった。わいは天をも恐れぬことをしちまった。だがその天罰は、わいではなく弥八郎に下っちまった」

七兵衛が涙声で言う。

「しょせん人は、海には勝てねえんだ」

――人は海には勝てねえのか。

その言葉が嘉右衛門の脳裏で繰り返される。

熊一が身を起こそうとしても、七兵衛は土下座したまま動かない。

「嘉右衛門さん、黙っていちゃ、あんたの気持ちが分からねえ。何か言ってくれよ」

七兵衛が涙声で訴える。

――弥八郎、口惜しかったな。

何も考えられなかった嘉右衛門の脳裏に、丸尾屋の厚司を着た弥八郎の姿が浮かんだ。

――弥八郎、わいに仇を取ってほしいか。

――当たり前だ。佐渡の海に負けたままじゃ塩飽の大工の名がすたる。だが、わいはもう挑めねえ。わいに代わって、生きているもんたちが塩飽衆の意地を見せてほしいんだ。

――それが一番の供養なんだな。

――ああ、そうだ。おとっつぁん、あの海に勝ってくれよ。

――だが、わいはもう年だ。波濤渦巻く佐渡の海に勝てるだろうか。

――おとっつぁん、わいらの力はそんなもんなのかい。塩飽の大工は、どんな海だって渡れる船を造れるんじゃなかったのかい。

――当たり前だ。それが塩飽の大工ってもんだ。

──その意気だ。おとっつぁんなら、きっとあの海に勝てる。

──分かった。お前の弔い合戦をやってやる。

「河村屋さん」

驚いたように七兵衛が顔を上げる。

「河村屋さんには何の罪もねえ。弥八郎は海に挑んで負けただけだ。ただ──」

嘉右衛門は一拍置くと言った。

「弥八郎に代わって、わいにやらせてくれませんか」

「何だって。何を言ってるんだ」

三人が啞然として顔を見合わせる。

──塩飽の男は勝つまで挑む。わいらにはそれしかねえんだ。

嘉右衛門は正座し、七兵衛に深く頭を下げた。

「河村屋さん、この勝負、わいに預けてくれませんか」

「勝負って、まさかあの海に挑むのか」

「へい。息子の仇を取らせていただきます」

七兵衛が息をのむと、梅が声を絞り出した。

「おとっつぁん、もういいよ。おとっつぁんは──」

「終わった人か」

「そんなこと言っていないよ」

「梅、わいは瀬戸内一の船匠と呼ばれた男だ。佐渡の海なんかに負けるわけにはいかねえ」

気まずい沈黙が漂う。

七兵衛も、熊一も、梅も、老いさらばえた大工が、冬の佐渡海峡に勝てる船を造れるとは思っていないのだ。

――わいのほかにはな。

「よし、分かった！」

七兵衛が膝を叩く。

「この勝負、お前さんに預けた！」

「よろしいんで」

「当たり前だ。男に二言はない。ただし期限は一年。かかり（予算）は六千五百両。これでお前さんの千石船を佐渡の海に浮かべてみろ！」

「しかと承りました」

「だけど、頭――」

熊一が言葉を震わせる。

「もう、丸尾屋の大工の大半は別の仕事に就いています。しかも作事場はもう使えません」

「佐渡の海に浮かべる船は佐渡で造る」

「そう仰せになられても、あちらにはあちらの大工がいます」

「だろうな。嫌がられるのは承知の上だ。だがな――」

嘉右衛門が声を強める。

「大工というのは、そんなに料簡の狭いもんじゃねえ。大敵に挑むとなれば、手を組むことも辞さねえもんだ」

「そうだ」と、七兵衛が膝を叩く。

「あちらの作事場には塩飽の大工も十六人ほどいる。それだけじゃない。佐渡の連中は狭い心の持ち主じゃない。弥八郎の弔い合戦と聞けば、助太刀どころか真っ先に斬り込むと言い出すだろう」

七兵衛の言葉に熊一が反論する。

「しかし、わいら二人とあちらにいる大工だけで、千石船が造れるでしょうか」

「わい一人でもやってやる」

嘉右衛門が押し殺した声で言う。

「本気なんだな」

「へい」

「よし、決まった。そうなれば善は急げだ。あの船に乗って、この足で大坂まで行こう」

熊一が問う。

「しかし河村屋さん、あれは丸亀に行く便船では」

「わいが借り受けると言えば、あの船は長崎だろうと蝦夷地《えぞち》だろうと行くことになる」

「恐れ入りました」

嘉右衛門が言う。

「熊一、島に残っている大工は年寄りばかりだろう」

「はい。若いもんは仕事を求めて散っていきました」

「暇な奴だけでいい。すぐに走り回って、一緒に来られる奴だけ、かき集めてこい」

七兵衛が付け加える。

「ついでに便船まで行き、河村屋が借り受けるので、大坂まで行くと船頭に告げてくれ」

「へい」

「よし、それなら船出は午後だ。梅さん――」

「は、はい」

「男たちの船出だ。女たちは飯を握り、樽酒を用意しといてくれ」

懐に手を入れた七兵衛は二両をポンと出した。

二人が外に飛び出していったので、その場には嘉右衛門と七兵衛だけが残された。

「嘉右衛門さん」

七兵衛に名を呼ばれ、嘉右衛門はわれに返った。

「嘉右衛門さんの頭の中は、もう仕事かい」

「ええ、まあ」

嘉右衛門は、すでに段取りを考えていた。

「わいからもお願いする。どうか弥八郎の夢を叶えてやってくれよ」

「もちろんです。わいのほかに、それを叶えられるもんはおりません」

「その意気だ。それができるのは、お前さんのほかにはいない。それほどお前さんは強い男だ」

「何を仰せで」

七兵衛の意外な言葉に、嘉右衛門は面食らった。

「わいなど足元にも及ばぬほど、お前さんは強い」

「そんなことはありません。七兵衛さんこそ車力から叩き上げて、ここまでの大分限になったじゃありませんか」

「それはそうだ。だがな――」

七兵衛が遠い目をする。

「わいは一度だけ弱い男になったことがある」

「それは――」

「実はな、わいは明暦の大火で、息子一人を失った」

「えっ、それは真で」

江戸の大半を焼いた明暦の大火がいかに凄まじかったかは、塩飽にも伝わっていた。

「ああ、船に乗って逃げようと河岸《かし》まで行こうとしたんだが、その途中、雑踏の中で息子の一人とはぐれちまったんだ。その時、わいは息子を探さず船に乗った。火事が収まった後、わいは焼けただれた江戸の町をさ迷い歩いた。すべてが灰になっていた。あそこでわいが船に乗らなかったら、息子も助けられず、わいも灰になっていただろう。だがわいは、助けに行かなかったことをどれだけ悔やんだか――」

七兵衛の双眸《そうぼう》が涙に濡れる。

「でも、河村屋さんには、ご内儀とほかのお子さんがいたんでしょう」

「ああ、だから生きてこられた。わいは店のあった場所に行き、一度は死のうとした。だが妻子を路頭に迷わせることはできない。だから、そこで突っ伏して死んだ息子に詫びた。その時、ほんの二日前まで、息子が使っていた茶碗の欠片《かけら》を見つけたんだ。それで地下に埋めていた金のことを思い出した。息子が思い出させてくれたんだ。わいは茶碗の欠片でそこを掘り、壺に入れてあったその金を握り締め、いまだ雪深い信州の木曽に向かった」

その後、七兵衛は木曽の材木を買い占めて財を成し、それを元手にして、明暦の大火で野ざらしになっていた遺骸を処理し、江戸中に名を馳せることになる。

「河村屋さんにも、そんなことがあったんですね」

「ああ、あの時、わいは火事の勢いにたじろぎ、息子を探しに行けなかった。わいは弱い男だったんだ。だが死んだ息子は、わいに『前を向いて生きろ』と教えてくれた」

七兵衛が筋張った腕を目に当てる。

「河村屋さんもわいも似た者どうしだ。河村屋さんは見事、息子さんの仇を取った。次はわいの番だ」

「相手は手強《てごわ》いぞ」

「分かっています。だからこそ、やりがいがあります」

「その意気だ。やってやろうじゃねえか！」

「へい！」

二人の男が鋭い眼光を交わした。

その後、盃を傾けつつ七兵衛が佐渡島の様子を語ってくれた。それを聞けば、容易でない戦いが待ち受けていることは間違いない。しかしどれほどの大敵でも、嘉右衛門は挑むつもりでいた。

七兵衛が「そろそろ行くか」と言って宿屋を出た。少し遅れて続いた嘉右衛門は、七兵衛が立ち止まっているのを知り、どうしたのかと思った。

「こいつは――、なんてこった」

棒立ちになる七兵衛の脇から、その光景を見た嘉右衛門は啞然とした。

そこには、嘉右衛門の作事場で働いていた男たちが居並んでいた。

「頭、皆、そろっていますぜ！」

熊一の高らかな声が聞こえると、男たちの間からも声が上がった。

「頭、やりましょう」

「ぼんの弔い合戦だ。佐渡でも地獄でもお供しますぜ」

「頭とまた仕事ができるなんて、夢にも思いませんでした」

皆、口々に言い、中には涙ぐんでいる者さえいる。

「わいは誰なんだ」

口をついて出た一言を七兵衛は聞き逃さなかった。

「何を言ってやがる。お前さんは、瀬戸内一の船匠と謳われた嘉右衛門じゃねえか」

「へい。わいは大工の嘉右衛門です。船を造ることしかできねえが、誰にも負けねえ船を造ります！」

「その意気だ。さあ、みんなの方に行ってやれ」

七兵衛に背を押されるようにして大工たちの輪の中に入った嘉右衛門は、皆から弥八郎の悔やみと同時に、新たな仕事に取り組める喜びの声を聞いた。

――ここがわいの居場所だ。ここにいてこそ、わいはわいなんだ。弥八郎、見ていてくれよ。皆で、お前の仇を取ってやる！

体の奥底から無尽蔵の力がわいてきた。

二

「あんたが弥八郎の親父さんか」

「わいが塩飽の嘉右衛門だ。あんたが清九郎さんだな」

その丸く日焼けした顔や節くれ立った指を見れば、その男が長く大工をやってきたと分かる。

「ああ、宿根木の清九郎だ」

二人が視線を絡ませる。

「よろしくな」

「こちらこそ」

挨拶はそれだけだった。職人というのは、相手の顔と指を見ればその熟練の度合いが分かるので、自己紹介など要らない。

双方の大工たちも互いに頭を下げて、今後の健闘を誓い合った。

七兵衛が塩飽での顚末を書状に書き、清九郎に知らせてくれたので、佐渡の人々も塩飽衆の受け入れ態勢を整えていてくれた。

この時、七兵衛は大坂で船材の手配を始めており、佐渡には来ていない。

清九郎は、「まず、連れていきたいところがある」と言って先に立って歩き出した。

そこは、宿根木東端の渡海弁天のある岬の突端だった。

「嘉右衛門さん、この程度の物しか造れなかったが、よかったら拝んでくれよ」

そこには小さな墓石があり、その石面には「塩飽の弥八郎魂殿《たまどの》」と刻まれていた。

「これが弥八郎の墓か」

「ああ、そうだ」

「何とお礼を言っていいか――」と言って墓石の前にひざまずいた嘉右衛門は、それを愛《め》でるように撫でた。むろん墓の中には何も入っていない。しかし嘉右衛門は佐渡の人々の弥八郎への思いを知り、感謝の気持ちで胸がいっぱいになった。

「急だったので、こんなものしか造れなかったが、河村屋さんが、いつか立派な墓を建ててくれると言っていた」

嘉右衛門が首を左右に振る。

「墓はこれで十分だ。金は船に掛けてくれ」

「その気持ちは分かる。だからと言って供養をしてやらないと――」

「いや、墓の中の弥八郎がそう言ってるんだ」

清九郎の顔色が変わる。

「そうか。あんたには聞こえるんだな」

「ああ。奴のことは、わいが一番よく知っているからな」

「分かった」と言って、清九郎がうなずく。

「墓参りが終わったら、うちの作事場で、遭難した時の状況を一緒に乗っていた者たちに語らせる。うちの息子も乗っていたからな」

「そうか、あんたの息子は助かったんだな」

「すまない」

「何を言ってやがる。わいはよかったと思っている。もしもあんたの息子が死んで、弥八郎が生きていたら、わいは――」

墓石を摑む嘉右衛門の手に力が入る。

「弥八郎を殺して詫びねばならなかった」

その言葉に、そこにいた者すべてが沈黙した。嘉右衛門の覚悟のほどを知ったのだ。

「嘉右衛門さん、あんたの気持ちは分かった。まずは作事場で話を聞いてくれ」

「待ってくれ。その前に、塩飽から来た磯平という男が馬鹿なことをしたと聞いたが」

「ああ、鑿で腹を突いた」

「まずは、磯平に会わせてくれないか」

「分かったよ。ついてきな」

宿根木の家々の間を縫い、小さな家の前に立った清九郎は、「磯平さんは動けないほど重い傷だ。だから入るのは嘉右衛門さんだけにしてくれ」と言って、同行してきた者たちを先に作事場に案内しようとした。だが皆は、「ここで待つ」と言って聞かない。

清九郎は呆れたように首を左右に振ると、「清九郎だ」と言って中に入っていった。

そこに磯平の女房が出てきた。清九郎の背後に嘉右衛門の姿を認めた女房が涙声で言う。

「あっ、お頭、本当にいらしたんですね」

「それより磯平の具合はどうだ」

「よくはないですが、命に別状はないと聞いています」

「そいつはよかった。会わせてくれるかい」

「もちろんです。どうぞこちらへ」

女房の案内で奥の間に入ると、磯平が横たわっていた。

嘉右衛門の姿を認めると、磯平は涙声で言った。

「ああ、お頭、何とお詫びしていいか」

「この馬鹿野郎！」

嘉右衛門の一喝が轟《とどろ》く。

「ああ、申し訳ありません。わいがもっとしっかりしていれば、ぼんを安乗丸に乗せることはなかったんです」

「わいが怒っているのは、弥八郎が死んだからじゃねえ。弔い合戦もせずに腹を切ったお前に腹を立てているんだ！」

「でも、わいがあの船に乗っていれば、ぼんは死なずに済んだんです」

「いい加減にしろ。お前は塩飽の男じゃねえのか！」

「お、お頭——」

磯平の目頭から熱いものが流れる。

「前を歩いている奴が倒れたら、黙って自分が前に立つ。それが塩飽の男ってもんじゃねえか！」

「お頭、わいが間違っていました。ぼんの死を聞いた時、死んでお詫びしようと、ついやっちまったんです」

「そうだったのか。では傷が癒えたら、黙って前に立てるんだな」

「もちろんです。わいが皆の露払いとなります！」

「よし、その意気だ」

気づくと、背後にいる女房も泣いていた。

「で、いつから起きられる」

「えっ」

「いつから、わいを手伝える」

「て、ことは——」

「塩飽の男の仇は、塩飽の男が討つ。わいらで佐渡の海に挑むのよ」

　嘉右衛門が不敵な笑みを浮かべる。

「お頭、そいつは本当ですか！」

「当たり前だ。外には、嘉右衛門組がそろっているぜ」

「皆で――、皆でやるんですね」

「そうだ。皆で佐渡の海を打ち負かす」

「わいも加えて下さい！」と言うや、磯平が身を起こそうとする。

「あんた、無理だよ！」

　すかさず女房が駆け付けてきて、磯平を押さえる。磯平は苦悶の表情を浮かべている。

「どうやら傷はまだ癒えていないようだな」

「そんなことありません。すぐにでも――」

　再び起き上がろうとするが、磯平は大きなため息をついた。

「これは長く苦しい戦いになる。必ずお前を必要とする時が来る。それまでは辛抱するんだ」

「しかしお頭――」

「お前の気持ちは分かっている。だが今は堪えるんだ。必ずお前にも、海の野郎に一太刀浴びせる機会を与えてやる」

「ほ、本当ですか」

「ああ、お前が得意な『はぎ合わせ』と『摺合わせ』は、お前にやらせる。それまでの辛抱だ」

「お頭――、ぜひやらせて下さい」と言いつつ、磯平が嘉右衛門の腕を摑む。

「当たり前だ。お前以外の誰にできる」

磯平は天を仰ぐと言った。

「ぼん、見ていてくれよ」

「弥八郎は、わいらのことをきっと見ている。だから負けるわけにはいかねえんだ」

「頭、ぼんのためにもやりましょう」

「その意気だ。差図を作る前に、お前の思案を聞きたい。その時だけ作事場に来てくれ」

「分かりました。その時は、ぜひ呼んで下さい」

「よし」と言って嘉右衛門は立ち上がり、その場を後にした。

背後で、女房の「ありがとうございます」という声が聞こえた。

表に出ると、皆が固唾をのんで待っていた。

「聞け。磯平は息災だ。そのうち作事場にも出られる」

その言葉を聞いた皆は、互いに肩を叩き合いながら喜んだ。そして声を合わせて、「磯平さん、がんばれ！」と叫んだ。

家の中で磯平が喜んでいるのが分かる。

「じゃ、行くぜ！」

「おう！」

嘉右衛門と清九郎を先頭にして、一行は作事場を目指した。

三

作事場では、宿根木の女たちが総出で食事の支度をしていた。

「今年は不作で、佐渡では白米が穫れなかった。申し訳ないが、稗や粟で勘弁してくれ」

清九郎が申し訳なさそうに言う。

ただでさえ田の少ない佐渡島だが、とくに今年は天候が不順で、米が実らなかった。

「とんでもねえ。これで十分だ」

米はなくても、海の幸はふんだんにある。

「まずは腹をこしらえてくれ」

塩飽衆は感謝の言葉を述べながら、佐渡の魚介類に舌鼓を打った。

その後、清九郎の息子の孫四郎と船頭がやってきて、遭難した時の状況を語ってくれた。

「そうだったのか」

孫四郎が半泣きになって言う。

「あの時、弥八郎さんが一人で踏ん張り、時間を稼いでくれなかったら、伝馬船を下ろすことはできませんでした」

「そうか。弥八郎は最期まで人様の役に立ったんだな」

「その通りです。でも弥八郎さんは冥土に旅立ってしまいました」

「そいつは仕方ねえことだ。それより船頭さん――」

「へい」と船頭が顔を上げる。

「つまり、こういうことかい」

嘉右衛門が安乗丸遭難の経緯《いきさつ》をまとめる。

「まず尋常じゃないほど海が荒れ、横波をかぶって船が重くなった」

「そうなんです。いつもなら波頭に水押をぶつけて水を入れねえようにするんですが、とにかく三角波が四方から襲い掛かるもんで、それができないんです。そのうち船底に水が溜まり始め、さらに舵の利きが悪くなっていったんです」

——つまり、まず水をかぶらないようにすればいいんだな。だが千石船は大きく重いので、舵の利きが遅い。だから水をかぶらざるを得ない。それを避けるにはどうする。

「孫四郎さん」と嘉右衛門が呼び掛ける。

「へ、へい」

「それだけじゃなく、接ぎ目からも水が漏れてたんだな」

「そうなんです。それで弥八郎さんと船底まで下りて、檜皮打ちを行いました」

「だが、水の浸入を防ごうとしても、次から次へと浸水が起こったんだな」

「はい。とりあえず二カ所の補修を行いましたが、そのほかにもあったと思います」

——接ぎ目から浸水することは、よくあることだ。だが千石船の場合、小さな船よりもはるかに大きな板を合わせてあるので、接ぎ目自体が長くなる。船体が波に洗われているうちに歪みが生じ、それで浸水が頻発するということか。

　安乗丸の場合、航の長さは、おおよそ五十五尺（約十六・七メートル）、幅は五・五尺（約一・七メートル）、厚さは一・一尺（約三十三センチメートル）という巨大なもので、曲線部も多くなる。そのため荒波を受け続ければ、船体自体がたわみ、隙間が生じる。

　そこで、何枚もの大板を接合する「はぎ合わせ」と、はぎ合わされた大板を組み立てる際、釘を打つ前に大板どうしの合わせ目に隙間がないようにする「摺合わせ」を丁寧に行う必要がある。

――そいつを、よほどうまくやらないと安乗丸の二の舞だな。

清九郎が口を挟む。

「おそらく、接ぎ目が長すぎたんだろう。だが安乗丸を造った時、そのことは事前に危惧されていた。だから『はぎ合わせ』と『摺合わせ』は、磯平が丁寧に行っていた」

――となると、大工の技では及ばないな。

接ぎ目からの浸水を防ぐことは、完全にはできない。だとすると排水を効率化するしかない。だが人手にも限界がある。

「分かった。それは後だ。次に孫四郎さん」

「へい」と言って孫四郎が顔を上げる。

「弥八郎と船頭さんが話していると、船尾に来てくれと言われたんだな」

「はい。それで弥八郎さんとわたしが船尾に駆け付けると、舵に大きな負荷が掛かったのか、尻掛けがほつれ始めていました」

「それで、それを緩めるため、舵を出したというんだな」

「へい。そうせざるを得なかったんです」

「分かっている。それで補修している最中に、磯摺が吹っ飛んだんだと――」

「そうです」

孫四郎はその時のことを思い出しているのか、真っ青になっていた。

嘉右衛門が船頭に問う。

「船頭さん、今更なんだが、出戻りはできなかったんだな」

「そりゃ、もっと前であれば引き返すこともできました。でも、ああなっちまうと――」

「あんたを責めているんじゃない。時化ている最中に出戻りしたらどうなったと思う」

「あれだけ荒れていると、背後から追波を受けることになります。そうなれば舵の羽板が吹っ飛ぶのは間違いありません」

――おそらく、そうなるだろうな。

和船の最大の弱点は、舵とそれを支える外艫にある。それゆえ大時化になると、それを守るために「つかし」を行うのだ。

――要は船が重すぎる上、水をかぶりすぎたのと浸水したのとで、舵が利きにくくなったんだ。となると波頭を左右からもろに受けて、さらに状況は悪化する。その結果、負荷が船尾の尻掛けに掛かり、尻掛けが切れ掛かった。それを補修するために舵を出したので、舵が吹っ飛んだということか。

まさに負の連鎖により、安乗丸は遭難したことになる。

「さて、どこから手を付けるか」

嘉右衛門が独りごちると、清九郎が何かを思い出したかのように言った。

「そうだ。弥八郎は書付《かきつけ》や手控えを取っていた。その中に役に立つものがあるかもしれない」

「それは初耳だな。ぜひ見せてくれ」

早速、二人は弥八郎が使っていた家に向かった。

作事場に残った熊一らは、まず作事場の掃除から始めることにした。


——弥八郎は、ここで寝起きしてたんだな。

その小さな家に入った時、嘉右衛門は弥八郎の存在を感じた。

「弥八郎の持ち物は、そのままにしてある」

清九郎の案内で二階に上がると、布団が畳まれ、小さな文机《ふづくえ》の上には、書付や手控えが重ねられていた。その傍らには、かつて遠目から見た「市蔵の雛型」が置かれている。

——これがそうか。

一見しただけで、そこには様々な趣向が凝らされていると分かる。

——聞くところによると、安乗丸はこの雛型を具現化したものだ。つまり弥八郎だけでなく、市蔵も佐渡の海に敗れたということか。

沸々とした怒りが、胸底からわき上がってくる。

手控えの束を取った嘉右衛門は、その一枚一枚をじっくりと吟味した。

——なるほどな。厄介事を一つずつ片付けていったんだな。

弥八郎は、次から次に立ちはだかる難題を根気よく解決していった。

——このくらいの執念がないと、千石船など造れねえ。

そこには、弥八郎の試行錯誤の跡がしっかりと刻まれていた。

——弥八郎、お前の苦労を無駄にはしねえぞ。

「清九郎さん、すまねえが一人にしてくれ」

「分かった。わしは作事場にいるから、何かあったら呼んでくれ」

そう言うと、清九郎は階段を下りていった。

嘉右衛門は、時を忘れて弥八郎の残した書付や手控えを読み続けた。

途中、「おとっつぁん、そんなに根詰めちゃ駄目だよ」と言いながら梅が現れ、稗の握り飯と水の入った竹筒を置いていった。その時、「皆の宿はもう割り振られたんだけど、おとっつぁんはどうする。ここに寝泊まりするかって、清九郎さんが聞いていたよ」と質問されたので、「ああ」とだけ空返事した。

弥八郎の寝ていた布団を敷きながら、梅は「布団は明日干すから、今日はこれで我慢してね」と言うや去っていった。

――よくぞ、ここまで学んだな。

弥八郎は嘉右衛門や市蔵の教えを守り、基本に忠実な船造りをしていた。それこそは父祖の代から受け継ぎ、さらに嘉右衛門と市蔵が磨きを掛けた船造りの基本、すなわち塩飽流の木割だった。

気づくと外が暗くなってきていた。嘉右衛門はそこにあった有明行灯《ありあけあんどん》に火を入れ、手控えを読み続けた。

――奴は、塩飽の木割に忠実に従っていた。だが破船した。

次々と立ちはだかる問題を一つひとつ解決していっても、結局、弥八郎は佐渡の海に勝てなかった。

――やはり、千石船など造れないのか。

嘉右衛門は、このままでは弥八郎と同じ轍《てつ》を踏むような気がした。

――いや、待て。何かが違う。何かが間違っている気がする。

嘉右衛門の直感が何かを教えてきた。

――それは何なんだ。教えてくれ弥八郎！

だが書付や手控えは黙して語らない。

――待てよ。そうか！

嘉右衛門が書付の束を叩く。

――ここに書かれていることは、わいや市蔵の教えを守ったものばかりだ。つまり塩飽流の船造りから、弥八郎は脱せられなかったんだ。

嘉右衛門の心中に、弥八郎の叫びが聞こえてくるようだった。

――塩飽の慣習や分別（常識）を捨てるんだ。そうしないと千石船は造れねえ。

これまで嘉右衛門は、旧来のやり方を重んじ、それを弥八郎に押し付けてきた。それが弥八郎の発想の頸木《くびき》となり、塩飽流船造りの延長線上の船を造らざるを得なかったのだ。

――だが新しい発想や木割を、年老いたわいが編み出せるのか。

弥八郎以上に、嘉右衛門が塩飽流に囚われているのは間違いない。

嘉右衛門は急に不安になったが、すぐに気を取り直した。

――それをやらなければ、仇は取れねえ！

嘉右衛門は雛型を抱えると、階段を駆け下りて外に出た。

新鮮な空気が胸腔に満ちる。すでに周囲の家々の灯は消え、宿根木の村は寝静まっていた。

嘉右衛門は、決然とした足取りで浜の方に向かった。

海は漆黒の闇に閉ざされ、大きなうなり声をあげて岩礁に波頭をぶつけていた。浜には、暗い闇の中から幾重にもなって波が押し寄せてきている。

——市蔵、弥八郎、見ていろよ。

汀まで進んだ嘉右衛門は、雛型を海に流した。雛型はすぐに横転すると、瞬く間に波にのみ込まれた。

海は怒ったように咆哮し、沖から次から次へと波を押し出してくる。だが雛型の姿は、二度と見えなかった。

——これでいい。雛型のことを忘れるんだ。

弥八郎が大切にしていた雛型を流すことは、嘉右衛門にとって耐え難いことだった。だがそうしないことには、次の一歩が踏み出せないと思ったのだ。

海は猛々《たけだけ》しいうなり声をあげ、嘉右衛門をのみ込もうとする。だが嘉右衛門は、しっかりと両足を踏ん張り、波に足を取られまいとした。

——お前はわいの希望を奪った。次はお前が誇りを失う番だ。

嘉右衛門は漆黒の海をにらみつけた。

四

嘉右衛門たちの仕事が始まった。まずは船造りの態勢作りからだ。

大工頭の座に嘉右衛門が、それを支える脇頭の座に清九郎が就いた。清九郎は部材の手配から、大工たちの給金の支払いまで裏方仕事を一手に引き受けてくれた。これにより嘉右衛門は現場仕事に集中できる。

その他の者たちも、それぞれ得意とする分野に振り分けられていった。

続いて材料の選定が行われた。安乗丸の失敗は佐渡島にある木材だけを使った点にあると、嘉右衛門はにらんでいた。確かに佐渡で取れる木材は良材だが、あらゆる木種があるわけではない。

また材の強度だけを考えたことも一因だった。材はすべてを頑丈なものばかりにしてしまうと、互いに突っ張り合い、逆に船体構造を弱いものにしてしまう。つまり部位によっては、頑丈な材を吸収する柔軟な材が必要なのだ。

そうしたことから船体の底部にあたる航には樟を、それにつなげる水押（船首材）と戸立（船尾材）に欅を配した。船梁、上中下の棚、矢倉板には杉を、舵の身木には最も頑丈だが重い樫を、その反面、羽板にはひねりに強い松を、さほど頑丈でなくても構わない垣立などには檜を使うことにした。材には産地まで気を遣い、上物と言われる薩摩・日向・肥後産のものを使うつもりだ。

七兵衛の本業は材木問屋の上、幕府の後ろ盾があるので、瞬く間に良材を集められる。

嘉右衛門は皆の知識を結集し、細かい部位に至るまで、どの木種を使うかを検討していった。その結果、各部分に使う木種が決定し、それを大坂にいる七兵衛に伝えた。

続いて差図の作成が始まった。だがここで嘉右衛門は、はたと立ち止まった。木種によって多少の軽重があるとはいえ、それだけで船全体の軽量化が図れるとは限らない。しかも緊急時の伝馬船を載せるのは七兵衛の厳命なので、常の場合よりも重さはかさむ。

安乗丸の場合、全員が退避できる一艘の伝馬船を片舷に載せていたので、船全体の均衡が悪化した可能性がある。

――伝馬は小型の物を二艘、両舷に載せよう。

それで均衡は改善されるが、一艘の時に比べて一・五倍ほどの重さになる。弥八郎はそれを嫌い、均衡を犠牲にして一艘にしたことが書付の一つによって分かった。それゆえ均衡を取るために、伝馬船を載せていない方の舷側に荷を寄せたが、厳密に重量を量ったわけではないので、あくまで目分量だった。

——初めから、船は傾いていたかもしれねえ。

それゆえ伝馬船は、二艘を左右に配置せねばならない。

そうなると船の軽量化を図るのは、容易なことではない。

連日、清九郎たちと議論を重ねたが、名案は出てこない。磯平を箯輿《あんだ》（担架）に乗せて作事場まで運び、議論に加わらせたが、磯平も塩飽で育った大工であり、そう容易に塩飽の船造りから逸脱した考えは浮かんでこない。

この日も太陽は西に傾き、日没が迫っていた。

「省ける部分の構造を省いたらどうだろう」

清九郎の問いに嘉右衛門が答える。

「二百五十石積みも五百石積みも、無駄な構造物など一切ない」

「やはり、そうか」

磯平が横になったまま言う。

「お頭、船の重さを軽くするには、上中下の船梁を何とかするしかありません」

船梁は、船腹に左右から掛かる力を支えるための心張り棒のような役割を果たしている。

——確かに船梁しかないかもしれない。

それに嘉右衛門も気づいていたが、船梁を少なくすれば、左右から大波を食らった際に折れてしまい、船体が砕け散る可能性がある。

清九郎が言う。

「ただでさえ空洞のでかい千石船だ。中をがらんどうにしたら、波の力で瞬く間に捻《ひね》りつぶされちまう」

「船体が重いままでは、舵を大きくするしかありません」

「それはできねえ」

磯平の提案を嘉右衛門が一蹴する。

「でかすぎる舵は、羽板が吹っ飛びやすい」

「ではどうすれば――」

重い沈黙が垂れ込める。それを嫌うように嘉右衛門が言った。

「一服してくる」

外に出ると、すでに夕日が沈もうとしていた。宿根木の家々は朱色に染まり、空を見上げると、気の早い海鳥が巣に帰っていくのが見える。

――少し歩くか。

嘉右衛門は浜の方ではなく、寺社が固まってある宿根木の北西に足を向けた。

ここには、北から称光寺、長松院、白山社、法受院、歓喜院といった寺社が並んでいる。

塩飽の牛島同様、宿根木も海に面した村なので、海の恐ろしさを熟知している分、信仰心の篤《あつ》い人々が多い。それが狭い村にもかかわらず、これだけの寺社がある理由なのだろう。とくに白山社には、社殿とは不相応に大きな鳥居がある。

それを見るとはなしに見ていると、背後から声が掛かった。

「塩飽の頭じゃありませんか」

振り向くと、山菜や兎を携えた孫四郎が立っていた。佐渡では米が少ししか穫れない上、ここ数年、穀物全体が不作なので、山菜を拾いながら山に入り、山に住む猟師から兎を買ってきたらしい。

「ああ、孫四郎さんか」

「その節は――」

「もういいよ。済んだことだ」

「そう言っていただけると、心の重荷が少し軽くなります。ところで今日は何の用で」

「いや、何となく歩いていただけだ」

嘉右衛門は煙草を吸おうと外に出たことを思い出し、煙草入れから煙管を取り出し火皿に煙草を詰めると、紫煙を吐き出した。

「立派でしょう」

「何がだい」

「この鳥居ですよ」

「ああ、そうだな」

嘉右衛門は鳥居などに興味がないので、生返事をした。

「鳥居は頼りない形をしていますが、実は、この形だから倒れにくいと言います」

「ほう」

「一見、上部が重そうで不安定に見えますが、上部を井桁《いげた》にしているので、両脚に上部の重さが均等に伝わります。それが安定を生んでいるそうです」

「そうかい」

嘉右衛門は、鳥居の蘊蓄《うんちく》を得意げに語る孫四郎が少し鬱陶しくなってきた。

「もちろん両《りょう》部《ぶ》鳥居という四つ脚や六つ脚の鳥居の方が安定するのは確かですが、そうなると材も多く必要になり、金が掛かります。それでいつしか、二本脚でも倒れにくいこの形が考え出されたらしいんです」

「いろいろ教えてくれてありがとよ。じゃあ、そろそろ戻るとするわ」

「余計な話をしてすいませんでした」

嘉右衛門が踵を返しつつ、「いいってことよ」と言った時、何かが閃いた。

「孫四郎さん」

「へい」

「神社の鳥居は必要最小限の材で、しかも倒れないようにできているんだな」

「はい。大地震《おおなえ》でも来ない限り倒れないと、ここの宮司《ぐうじ》から聞きました」

「つまり上部の重さを均等に両脚に伝えているから、なかなか倒れねえんだな」

「それはそうですが、もちろんこの二つの脚の根元部分に沓石《くついし》というものがあり、それが土台となって鳥居を支えています」

「ということは、根元をしっかりさせれば、四脚《よつあし》にする必要はねえんだな」

「はい。そういうことになりますが――」

「そうか、ありがとよ」

　嘉右衛門の頭の中で、先ほどの閃きが形を成し始めていた。

　――こいつは行けるかもしれねえ。

　家々の間を通り抜ける風に逆行するように、嘉右衛門は作事場に向かって歩いた。それが次第に速足に変わり、遂には走り出していた。背後から「どうしたんですか」という孫四郎の声が聞こえたが、それを無視して嘉右衛門は走った。

　作事場の中に飛び込むと、先ほどと同じように、清九郎がしかめ面で差図とにらめっこし、磯平は急造の台の上で横になっていた。

「血相変えてどうしたんだい」と清九郎が問うてきたが、それには何も答えず、嘉右衛門は差図を凝視した。

――何が不要なんだ。市蔵、弥八郎、そいつはどこだ。教えてくれ！

嘉右衛門の視線が一点で止まる。

「おい、中船梁を外すことはできねえか」

「外すってすべてかい」

清九郎が息をのむように問う。

「ああ、そうだ。この中船梁は、千石船の腹を突っ張るために六つも付けられている。こいつをなくせば船自体が軽くなる上、荷も多く載せられる」

「それはできません」

横たわっていた磯平が半身を起こす。

磯平は腹を押さえて立ち上がると、両手で机の端を摑んだ。

「お頭、そんなことをすれば、強い横波を食らった時に船がつぶれます」

「そいつは分かっている。だが、上船梁と下船梁だけで何とかできねえか」

磯平の目が真剣みを帯びると、しばし考えた後で言った。

「やはり駄目です」

「待て。それは上下の船梁の形を変えない場合だろう」

「あっ」と磯平と清九郎が同時に声を上げた。

「下船梁を、こういう具合に延ばしたらどうだろう。これなら中船梁の代わりが務まるだろう」

　そこにあった紙に嘉右衛門が絵を描く。それは下船梁が上棚と中棚の接合部まで延ばされていた。

「これなら、はぎ合わせの補強にもなるので一石二鳥だ」

　嘉右衛門の描いた絵を息をのむように見ていた磯平が言う。

「やはり無理です。上下の船梁の間がありすぎます」

　三人が再び黙り込む。

　――待てよ。焦るな。

　知らぬ間に額に汗がにじんでいるのに気づいた。だがそれを拭うこともせず、嘉右衛門は差図を凝視していた。

　――必ず答えはある。

　嘉右衛門は、何かが摑めそうで摑めない歯がゆさを抑え込むと言った。

「上下の梁の間を縮めたらどうだ」

「まず下船梁の位置は動かせないので、上船梁を下げることになります。それでも下げすぎるわけにはいきません。となると、せいぜい二尺（約六十センチメートル）が限界でしょう」

「だが、それだけで途方もない波の力に耐えられるのか」

清九郎の問いに嘉右衛門が答える。

「分からない。上船梁に過度に負担が掛かるだろう」

「では、上船梁を太くすればどうだ」

清九郎の問いに磯平が答える。

「それなら中船梁を入れるのと、たいして変わりません」

――その通りだ。

嘉右衛門の脳裏に、先ほど見ていた鳥居の姿が浮かぶ。

――縦二本の木が、横二本の木を支えている。それらは組まれているから頑丈なんだ。

「では、上船梁と下船梁をつなげたらどうだ」

「つなげる――」

二人が顔を見合わせる。

「そうだ。上船梁に掛かる力を下船梁に伝えて、二つで横から掛かる力を支えるんだ」

「それでは、船梁のある位置に仕切りができ、うまく荷を詰めないことになります」

「そうじゃない。上棚に沿って〝まつら（肋骨）〟を入れることで、仕切りにならない上、全体の構造も安定する」

「えっ、どういうことですか」

磯平が声を上げる。

「こういうことだ」と答えつつ、嘉右衛門が絵を描く。

「ああ、そうか」

清九郎も理解したようだ。

「これなら軽くなるだけではなく、中船梁を入れるよりも船体は強くなる」

「なるほど」

二人が顔を見合わせてうなずく。

「中船梁を抜く。下船梁を上棚の端まで延ばし、上船梁を二尺落とす。そして上下の船梁を上棚に沿ってつなぐ。これでどうだ」

二人は、真剣な眼差しで嘉右衛門の描いた絵に見入った。

まず清九郎が言う。

「これならいけそうだ」

それに磯平も同意する。

「理屈からすれば、これでいいと思います」

腹の底に力を込めて嘉右衛門が言う。

「よし、これで行こう！」

二人がうなずく。

――そうか。わいらが戦う相手は海じゃなかったんだ。わいらの相手は、凝り固まった思い込みだったんだ。

経験と実績に裏打ちされた固定観念こそ、海の背後にいる真の敵だった。

「今日は、ここまでとしよう」

その言葉で緊張が解けたのか、磯平はため息をつくと、その場にくずおれそうになった。

「あんた！」

飛んできた女房が磯平を支える。嘉右衛門と清九郎も手伝い、磯平を箯輿《あんだ》に乗せた。

「お頭――」

「何だ」

「新潟への初乗りは、わいがやります」

①これまでの構造

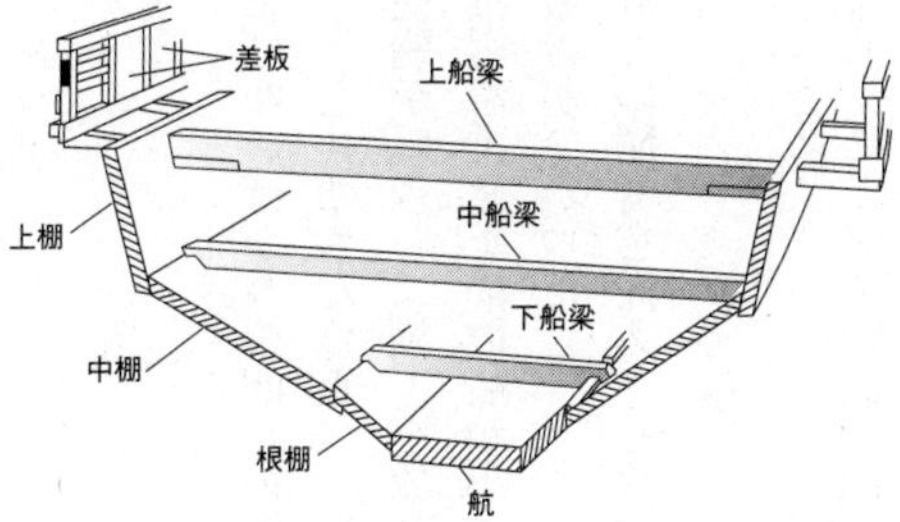

②嘉右衛門の最初の図

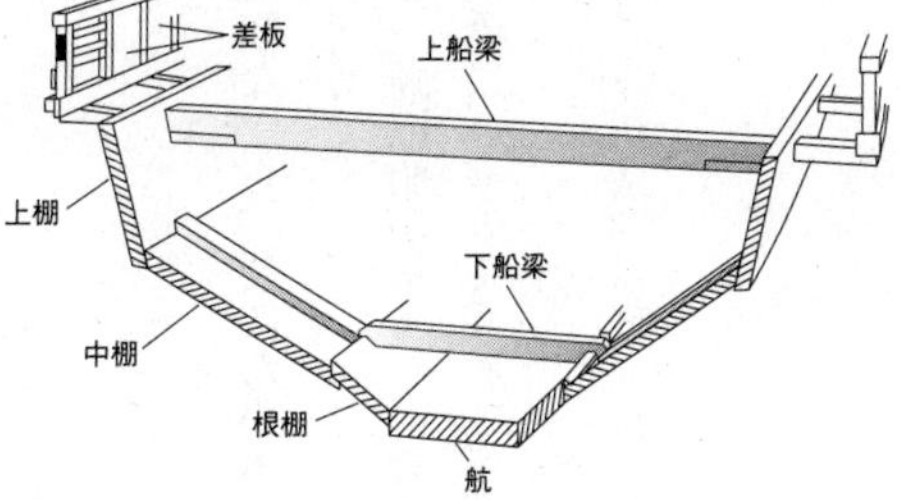

③嘉右衛門が考えた新しい構造

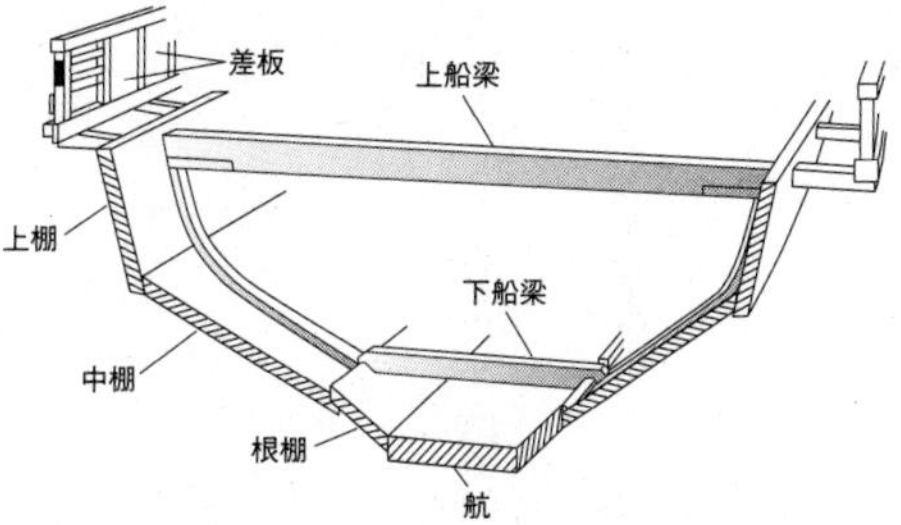

「今は、その話をしている時じゃねえ。お前は養生することだけを考えるんだ」

嘉右衛門と清九郎は箯輿の前後を持つと、磯平の家に向かった。

五

まばゆいばかりの四月の陽光を浴びながら、便船が小木港内に入ってきた。

――七兵衛さんは乗っているだろうか。

便船が垂らし（錨）を放り込むと、瀬取船が集まり、乗客たちを移している。

乗客を乗せた瀬取船が小木港の桟橋に近づいてくると、その船首付近に大柄な七兵衛がいるのが分かった。

数人の従者を従えた七兵衛が桟橋に降り立つのを、嘉右衛門たちは並んで迎えた。

「皆、そろっているな」

「へい」

「よし、ここまでの話を聞かせてくれ」

「もちろんです。どうぞこちらへ」

七兵衛一行を宿根木の作事場へと導こうとした。その時、嘉右衛門は最後尾に付き従っている娘に気づいた。

「あっ、ひよりじゃないか」

「はい。お久しぶりです」

「えっ、ひよりちゃんかい！」

啞然とする嘉右衛門の背後から梅が飛び出す。

「ひよりちゃん、よく来てくれたね。兄さんのことは聞いたんだね」

「はい。河村屋さんから聞きました」

すでに心の中で整理がついているのか、ひよりは顔色一つ変えずに答えた。

——大人になったな。

その酸いも甘いも知ったような顔つきは、すでに大人の女のものだった。

「ひよりちゃんも、ここに来たかったんだね」

「はい。皆さんが弥八郎さんの仇を取ると聞き、わたしもお役に立ちたいと思い、河村屋さんに無理を言って連れてきていただきました」

「そうだったのかい。皆で力を合わせてがんばろうね」

「はい」と言って皆の方を振り向いたひよりが、清九郎たち佐渡の面々に深く頭を下げる。

「佐渡の皆さん、弥八郎さんがお世話になりました」

その姿は、まるで弥八郎の女房のように見える。

慈愛の籠った眼差しで、ひよりの様子を見ていた七兵衛が言う。

「まずは皆で弥八郎の墓へ行こう」

七兵衛に肩を叩かれたひよりは、「はい」と答えて歩き出した。

ひよりを気遣う七兵衛の姿を見れば、七兵衛から弥八郎の死を聞かされた時、ひよりが取り乱したのは間違いない。だがひよりは、自分の中で悲しみに折り合いをつけ、嘉右衛門たちを手助けしたいという一心で、佐渡島にやってきたのだ。

――よく前を向いたな。

ひよりは悲しみの中から立ち上がり、前に向かって歩き出していた。

嘉右衛門は、ひよりのためにも佐渡の海に勝たねばならないと思った。

弥八郎の墓に詣でた後、一行は清九郎の作事場に入り、今後のことを話し合うことになった。

嘉右衛門や清九郎から木割と差図ができるまでの経緯を聞き終わった七兵衛が、満足そうにうなずいた。

「一月余で、よくぞここまで詰めたな」

嘉右衛門が答える。

「安乗丸遭難の有様をつぶさに聞き、その轍を踏まないように知恵を絞りました」

「そうか。ということは、弥八郎の死は無駄じゃなかったんだな」

――河村屋さんの言う通りだ。お前の死は無駄じゃねえ。お前の死は、わいら船造りが前に進むために必要なことだったんだ。

真新しい木割と差図から目を離し、七兵衛が唇を噛む。

「だが、油断はできないぞ」

清九郎が答える。

「心得ています。佐渡の海を甘く見てはいません」

「そうだ。何事も万が一に備えねばならない。わいも大坂で木材の手配だけをしていたわけじゃない。お前らに見せたいもんがある」

七兵衛が合図すると、数人の従者が外に走り出て、引いてきた車の一つから何かを運んできた。それが何かのからくり（装置）なのは分かるが、一見しただけでは何のために使うものか見当もつかない。

「これは、スッポンというからくりだ」

七兵衛は立ち上がると、二人の従者を向かい合うように立たせ、左右二つある把手《とつて》を握らせた。

「呼吸を合わせてこいつを押し込むと、船底にたまった水が、この管を伝って外に吐き出される仕組みだ」

管は十分に太いので、スッポンによって排水効率が格段によくなるのは間違いない。

——一つずつ厄介事が片付いていくな。

大きな峠を一つ越すと、また次の峠が見えてくる。だが根気よく歩いていけば、どのような峠でも次々と越えていくことができるのだ。

「ところで、船の名は決めたのか」

七兵衛が嘉右衛門に問うてきた。

「はい。まだ誰にも言っていませんが、心中で決めている名はあります」

「言ってみろ」

嘉右衛門は大きく息を吸うと言った。

「勝海丸です」

「か、つ、み、まるか——」

「はい。佐渡の海に勝つことを祈念して付けました」

「こいつはいい名だ！」と言って七兵衛が膝を叩く。

それで船の名は決まった。

その後も侃々諤々の議論は続いたが、しばらくすると梅がやってきて、食事の支度ができたと告げた。

だが嘉右衛門は一人残り、それを機に、皆は作事場に隣接する広間に向かった。

だが嘉右衛門は一人残り、木割と差図を眺めていた。

――やはり懸念は外艫の轆轤周りか。

どれだけ知恵を絞り、今できることをやり切っても、そこだけには不安が残る。

――轆轤自体は頑丈でも、前掛けや尻掛けには考えもつかないほどの力が掛かるかもしれない。万が一、ほつれが始まったらどうする。

だがどこを探しても、これ以上、頑丈な綱はないのだ。

「あの――」

その時、背後から声が掛かった。

「ああ、ひよりかい。どうした」

「夕餉《ゆうげ》の支度ができました」

「分かった。すぐに行くから先に始めといてくれ」

再び差図に目を落とそうとした嘉右衛門は、顔を上げると言った。

「弥八郎のことを気に掛けてくれてありがとな。だが弥八郎はもう冥土の住人だ。これが済んだら、弥八郎のことは忘れるんだ」

「そんな薄情なことはできません。弥八郎さんは、わたしの――」

ひよりが言葉に詰まる。

――大恩人で想い人だったんだな。

「お前がここに来てくれたことを、冥土の奴もきっと喜んでいるさ」

七兵衛といい、佐渡島の面々といい、ひよりといい、弥八郎がつないできた人の輪は大きなものになっていた。

――いつまでも餓鬼だと思っていたのにな。

嘉右衛門の許を離れてから、弥八郎は新たな人間関係を築いていた。そしてその輪を、さらに大きなものにしようとしていた矢先、生命を絶たれてしまった。

――だが弥八郎は死しても、その作った人の輪は残っている。

それに気づいた時、嘉右衛門はこの輪を大切にしていけば、弥八郎の思いを実現できると思った。

「弥八郎は、ここにいるみんなをつなぐ鎹《かすがい》の役割を果たした。今、その鎹はなくなったが、こうして皆が集まり、一つとなったんだ」

「お頭――」

「わいらにできることは、弥八郎の思いを成就させることだけだ。手を貸してくれるな」

「もちろんです。でも、わたしには皆さんの食事を作り、洗濯することしかできません」

「何を言う。それだって立派な仕事だ。お前も、なくてはならない仲間の一人なんだ」

「ああ、お頭、わたしなんかを一人前に扱っていただき、何と言っていいか――」

ひよりが嘉右衛門の胸に飛び込んできた。

――堪えていたんだな。

嘉右衛門の胸で、ひよりは堰《せき》を切ったように泣いていた。

「もう時は元に戻らねえ。弥八郎も帰ってこない。だからこそ、わいらはやらねばならねえんだ」

嘉右衛門が自分に言い聞かせるように言う。

「お頭、弥八郎さんに会いたい」

「わいも会いたいさ」

「ああ、お頭――」

――わいの胸でよかったら気の済むまで泣きなよ。思い切り泣いて、そして立ち直るんだ。前よりも強くなってな。

嘉右衛門は心中、ひよりに語り掛けた。

作事場の中には、ひよりのしゃくり上げる声と波の音だけが聞こえている。

——弥八郎、さあ、来い。わいの中に入れ。

嘉右衛門は、弥八郎の魂が自分の中に入ってくるような気がした。

——わいらの千石船が佐渡の海に勝つまで、お前はわいと一緒だ。でもそれが終わったら、しっかり成仏するんだぞ。

嘉右衛門の心中で、弥八郎の「分かってらあ」という声が聞こえた。

——よし、親子二人でもう一勝負だ！

この時、嘉右衛門は弥八郎と一体化した。もう恐れるものは何もなかった。


その数日後、最終的な木割と差図ができ上がった。

改変は細部にわたった。船首の反りはさらに鋭くなり、それに伴って船体形状も曲線部が多いものとなった。厚い棚板を曲げるのは容易なことではないが、大工たちの工夫によって、それも可能だという確信を得た。

また重量増の原因となっていた蛇腹垣は、竹を編んだものが使われることになった。竹は軽量だが、波を弾いて海水の浸入を防ぐことはできる。

改変は船体形状だけではない。

帆の巻き上げを担う轆轤は、大型の汎用品を使うことにしたが、錨や舵の上げ下ろしを担う轆轤は小型のものとし、身縄類（前掛けや尻掛け等）も丈夫な素材を使うことにした。

だが、それだけでは万が一のこともあるので、舵を支える身木が外れないように様々な補強も行われた。これにより、和船最大の弱点と言われた舵と外艫の補強がなされた。

しかしこれだけやっても、佐渡の海に勝てるかどうかは分からない。

――それでも今、考えられることはすべてやりきった。

木割と差図をじっくりと吟味した七兵衛は、「よし、これで行こう！」と言って建造の最終決定を下した。

六月、大坂から続々と木材が運び込まれ、作事場で小気味よい槌音が響き始めた。

六

十二月の風が頬に冷たい。

「頭――」と言いつつ磯平が進み出ると、嘉右衛門に一升徳利を差し出した。

「弥八郎、まずはお前から飲め」

嘉右衛門が墓石に酒を注ぐ。乾いていた墓石が一瞬にして黒々と濡れ、弥八郎が喜んでいるかのように見える。続いて嘉右衛門が一口飲むと、徳利を清九郎に渡した。

勝海丸を造った男たちが、次々と酒を回し飲みする。

それが終わると、嘉右衛門が皆に向かって言った。

「行くぞ！」

「おう！」

男たちが列を成し、渡海弁天の石段を下りていく。その視線の先には、勝海丸の巨大な船体が横たわっている。波は高いが、勝海丸はどっしりと腰を下ろして微動だにしない。

――風は丑寅《うしとら》（北東）か。

風は北方の寒気を運んできている。

嘉右衛門たちが石段を下ると、女たちが待っていた。

その中から梅が進み出た。

「おとっつぁん、やっぱり行くのかい」

「ああ、わいが行かずに誰が行く」

「だけど、おとっつぁんは――」

「もう五十だと言いたいのか」

半ば泣き顔で梅がうなずく。

「わいは船造りとして生きてきた。海で死ねれば本望だ」

「分かったよ。もう何も言わない。存分に戦ってきなよ」

「ああ。だがわいは死んでも、熊一は生きてお前の許に帰す」

「当たり前じゃないか」

嘉右衛門の背後に続く熊一に、「あんた、死なないでおくれよ」と梅が声を掛ける。だが熊一は、「必ず帰る。だからお前は黙っていろ！」と怒鳴りつけた。

——立派になったな。

ついこの前まで小僧にすぎなかった熊一は、ここ一年で立派な男になっていた。

——若いもんは成長する。年老いたもんは道を譲っていかねばならねえ。

だが世の中には、上は武家から下は町人まで、いつまでも小さな権力を握っていたい輩《やから》がほとんどだ。牛島の作事場があのままだったら、嘉右衛門もそうしたうちの一人だったかもしれない。しかし突然襲ってきた人生の荒波に翻弄されているうちに、後進に道を譲ることの大切さが分かったのだ。

——わいは、この仕事を最後に道具を置く。

そうした意味でも、嘉右衛門は負けるわけにはいかなかった。

その時、ひよりが「お頭、これを持っていって下さい」と言いつつ、何かを差し出してきた。

それは小さな匂い袋だった。

「弥八郎さんと初めて会った時、この匂い袋に入った二分金をいただいたんです」

「そうだったのか。でも、そんな大切なもんを、なぜわいに寄越すんだ」

「これは弥八郎さんの唯一の遺品です。これをお頭が持っていれば、仏になった弥八郎さんのご加護があると思うんです」

「でも、わいも仏になるかもしれねえんだぞ。そしたら、こいつも海の藻屑と消える」

ひよりが首を左右に振る。

「決してそんなことはありません」

ひよりの確信の籠もった言葉に勇気づけられた嘉右衛門は、「帰ったら返す」と言って、匂い袋を懐に収めた。

「どうかご無事で――」

ひよりが嗚咽を堪える。

「必ず帰る。そして弥八郎の墓に、わいらが海に勝ったことを報告する」

嘉右衛門が力強く答えた。

桟橋には、安乗丸の時と同じ船頭をはじめとした船子たちが待っていた。

「船頭さん、此度は万全を期すべく、乗り組み大工を四人とさせていただきます。よろしゅう、おたの申します」

そう言って嘉右衛門が頭を下げると、船頭も「こちらこそ、いざという時に頼りにしています」と言って一礼した。

双方の挨拶が終わると、早速、船頭が切り出した。

「嘉右衛門さん、この船には、もう一つの使命がある」

「米のことだな」

「そうだ。新潟で千石船に満載できる米俵を積み込み、ここまで運んでこないと、佐渡の民は飢え死にする」

ここ数年、ただでさえ農地の少ない佐渡では不作が続き、内陸部では老人や幼児が栄養失調から病を得て死んでいた。まだ餓死者こそ出ていないものの、新潟から穀物類を運び込まない限り、最悪の事態を招きかねない。

――わいらには、重大な使命が託されている。

この深刻な事態に際し、七兵衛は新潟港に集まった千石の米を買い上げ、勝海丸に載せて佐渡に運ばせるつもりでいた。そのため七兵衛は、勝海丸が来るのを新潟で待っている。

――つまり帰路は、荷打ちできないということか。

安乗丸同様、勝海丸も土俵を積んで出帆し、新潟の沖で土俵を捨て、新潟で米俵を積んで帰途に就く予定でいる。むろん追い風・追い潮となる往路よりも、向かい風・向かい潮となる復路の方が操船は難しく、多くの困難が予想される。

気づくと、桟橋まで来ていた梅と磯平の妻が、それぞれの夫の袖に取りすがっていた。磯平の妻は、「お頭が、あれほど『お前は行かなくていい』と言ったのに、なんであんたは行くんだい」と言って泣いている。初めは突き放そうとした磯平だったが、女房の肩に手を掛けると、「心配は要らねえ。必ず戻る」と言って慰めている。

少し離れた場所では、泣き崩れる梅の背を熊一がさすりながら何か言っている。

――夫婦か。

嘉右衛門は、ずっと前に死んだ妻のあさのことを思い出していた。あさは無口だが気立てのよい女で、嘉右衛門を陰から支えてくれた。生前、嘉右衛門は感謝の言葉一つ言えなかったが、あさは嘉右衛門の気持ちを分かっていてくれた。

もはや死から逃れ難いと知った時、あさは嘉右衛門の手を握り、「弥八郎と梅のことを、よろしく頼みます」と言い残した。

――だがわいは、お前の大事な弥八郎を死なせちまった。

嘉右衛門は心中、あさに詫びた。

——すまなかったな。

「嘉右衛門さん、先に乗っていよう」

清九郎が嘉右衛門を促す。清九郎も嘉右衛門同様、女房を早くに亡くしているので、きっと女房のことを思い出したに違いない。

「清九郎さん、孫四郎はどこにいる」

「奴は岬の突端で見送るとさ」

「そう言いながら、船の中に隠れてるんじゃねえだろうな」

安乗丸の時の顛末は、孫四郎本人が皆に話している。

「此度は心配要らねえ。孫四郎には佐渡や塩飽の若いもんが一緒だ。塩飽の甚六なんかは『前回はやられたが、此度はわいが放さない』と言って、孫四郎の袖を摑んでいた」

「ははは、それなら安心だ」

二人が笑いながら勝海丸に乗り込むと、桟橋にいた連中も次々と乗り込んできた。

船頭の指示で船子たちが持ち場に就く。すでに近海では四度も試し走りをしているので、船子たちも勝海丸の操船に慣れてきている。

「嘉右衛門さん、行くで！」

船頭の掛け声に、嘉右衛門が「おう！」と答えた。

空は晴れ上がり、薄くかすみ雲が掛かっている。

――いい具合だ。

かすみ雲は天候が荒れてくる前兆なので、船乗りや漁師は忌み嫌うが、荒天に挑戦しようという嘉右衛門たちにとっては、歓迎すべき兆候だ。

船が桟橋を離れていく。船子たちが走り回り、両方綱や手縄に取り付く。

帆が張られると、船が浮き上がるように揺れた。

桟橋からは梅たちの声がいつまでも聞こえていたが、すでに嘉右衛門は、前方に広がる水平線を見据えていた。

「嘉右衛門さん、いよいよだな」

清九郎の声にも緊張が漲っている。

「ああ、いよいよだ」

やがて船は岬の突端を回った。そこには孫四郎や甚六たちが陣取り、大漁旗や祭りで使う縁起のいい幟《のぼり》を掲げ、口々に何かを喚いている。勝海丸の船子たちも「行ってくるぞ！」と叫びながら手を振っている。

だが清九郎だけは普段と変わらず、黙ってその様子を見ていた。

「清九郎さん、孫四郎に手を振ってやんなよ」

「ああ、そうだな」

清九郎が恥ずかしげに手を上げると、それを認めた孫四郎は、何度か大きく飛び上がり、懸命に手を振り返してきた。

双方は手を振りながら別れを告げた。

「清九郎さんはいい息子を持ったな」

「ああ、奴には知恵がある。船大工をやらせとくのはもったいない」

「そうだな。世の中は広い。しかも孫四郎は若い。何でもやらせてみることだ」

――これからの時代、親の仕事を子が継ぐ必要はない。それぞれの向き不向きを考えて仕事を選べばいいんだ。

嘉右衛門は、当然のように弥八郎を船大工にしたことが間違っていたのではないかと思い始めていた。

――奴は奔馬のようだったが、実際は素直だった。それが足枷《あしかせ》となって死んじまった。

弥八郎は嘉右衛門や市蔵の言うことをよく聞いた。そのためその教えに囚われ、新たな発想にたどり着けなかったのだ。

「嘉右衛門さん、弥八郎は大工としての生涯を全うした」

嘉右衛門の心中を察したのか、清九郎が慰めるように言う。

「そうだな」

「あれほど立派な大工はいねえ」

「そう言ってくれるか」

「ああ、大工の鑑《かがみ》だ」

嘉右衛門は込み上げてくるものを懸命に堪えた。

――弥八郎、見ていろよ。わいが仇を取ってやる。

海はいまだ平静を保っていたが、佐渡の風雨考法によると、荒れ始めるのは時間の問題だという。

――お前との勝負が楽しみだ。

嘉右衛門は大海原に向かって語り掛けた。

それから一刻（約二時間）ほど後、勝海丸は佐渡海峡の中ほどに差し掛かった。だが海の荒れ方はさほどでもなく、その日の夕方、船は新潟に着いた。

七

「待っていたぞ！」

嘉右衛門たちが桟橋に降り立つと、七兵衛が抱きつかんばかりに出迎えてくれた。その背後から、新潟の商人たちが続く。

「厄介事は何も起こらなかったか」

「へい。万事順調でした」

「そいつはよかった。懸案だった外艫や舵も無事だったんだな」

「何ともありませんでした」

「そいつはよかった。だが油断は禁物だ」

「分かっています」

「よし話は後だ。今宵は宴席を用意しているので、まずは飲もう」

船に残って水漏れ箇所を検分するという磯平と熊一を残し、嘉右衛門と清九郎は七兵衛の設えた宴席に向かった。

宴席には地元の商人たちも参加し、新潟芸妓の舞い踊る中、酒が酌み交わされた。

――ここまでは、うまくいった。

それを思うと、酒の味もひとしおうまく感じられる。

宴も終わり、宿に戻ろうとした嘉右衛門と清九郎だったが、七兵衛の「もう一献つき合え」という言葉に従い、別室に入って三人で飲むことになった。

「お前らはようやった」

七兵衛が二人の盃に酒を注ぐ。

「ありがとうございます」

「お前らは過去とのしがらみを断ち切り、全く新しい発想で千石船を造ったんだ」

確かに身に染み付いた知識や経験を捨てなかったら、千石船は造れなかった。

――思えば、わいの年で、よくぞ新しい知恵がわき出てきたもんだ。

だが、嘉右衛門には分かっていた。

――どん底に落ちたからこそ、そうした知恵を絞り出せたんだ。

「わいには夢がある」

したたかに酔った七兵衛が言う。

「勝海丸が佐渡の荒海を乗り切ったら、わいは勝海丸の木割や差図を書き写させ、諸国の船造りたちに配るつもりだ」

清九郎が驚きの声を上げる。

「そんなことをしたら、河村屋さんが銭元になって造り上げた千石船が、諸国に広まっちまう。それでもいいんですか」

「ああ、構わない。わいかて商人だ。そりゃ、金はいくらでももうけたい。お上に頼めば、千石船の船造りは認可制となり、わいが独り占めできるだろう。だが、そんなせせこましいことをしても、もうかる金はわずかなものだ」

「わずかなものって――、相当のものになるんじゃないんですか」

清九郎が驚いたように問う。

「だろうな。この国の海に、河村屋だけの千石船を浮かべれば、わいは日本一の商人になれるどころか、今の身代が五倍くらいになるだろう」

「それをなぜ――」

「わいに小欲はない。わいにあるのは大欲だ」

「大欲と――」

「そうだ」と言いながら七兵衛が二人に酒を注ぐ。

「大欲とは目先の利を捨て、先々にある大利を得ることだ。考えてもみろ。この国を取り巻く海のすべてに千石船が走り回るんだぞ。それだけ商いが活発になれば、新たなもうけ口が次々と見えてくる。だが千石船の数が限られていれば、そいつは見えてこない」

――認可制で利益を独占するよりも、千石船を爆発的に広げることで、新たなもうけ口を見つけていくということか。

嘉右衛門にも、七兵衛が言わんとしていることが分かってきた。

「何事にも通じることだが、隠していては何にもならない。お前ら大工の中には、父祖からの秘伝などと言って、跡取りにしか教えない知識があるだろう」

「へ、へい」

「そうしたものには何の値打ちもない。職人が何かを隠して伝えていくとか、商人が何かを独占するとか、わいは、そういうものが大嫌いだ」

七兵衛が勢いよく酒を飲み干す。

「あらゆるものを商売敵に見せちまえば、それを真似た商売敵が、新たなもうけ口を見つけてくれる。次は、わいがそれに乗っかる番だ」

「恐れ入りました」

清九郎がため息をつく。

「此度の仕事はそれだけ凄いことなんだ。お前らが冬の佐渡海峡を乗り切った時、時代が変わる」

「時代が変わると仰せか」

嘉右衛門と清九郎が顔を見合わせる。

「そうだ。わいは大風呂敷を広げているわけじゃない。物が大量に運べるようになれば、もう飢える者はいなくなる。米や穀類が余っている地から足りない地、すなわち江戸や大坂へと一気に運べるんだ。そうなれば、江戸や大坂に住む人の数は増え始める。米、塩、味噌といった必需品だけじゃない。酒や煙草といった嗜好品が諸国に行きわたり、誰もが生きることを楽しめるようになるんだ。つまり時代の中心は武士から商人へと変わる。おっと、こいつは口が滑った」

七兵衛が口を押さえ、おどけた仕草をする。

——生きることを楽しめるようになる、か。

嘉右衛門は、日々の生活を楽しみたいなどと考えたこともなかった。だが七兵衛は、そうした古い考えを変えようとしているのだ。

「物が豊かになれば、人に余裕ができる。そうなれば、人はもっと豊かになりたいと思って懸命に働く。その繰り返しによって、人は生きることが楽しいと思うようになる」

「なるほど。そのために最初に行うべきことが、大量の物を運ぶことなんですね」

清九郎が感心したように言う。

「そうだ。これから世の中は変わっていく。それを変えるのは物を運ぶ力だ」

七兵衛は途方もないことを考えていた。だが、七兵衛の言う通りの世が来るような気もする。

——わいらは、時代を変えようとしているのか。

自分たちのしていることの重大さが、ようやく嘉右衛門にも分かってきた。

七兵衛の話は多岐に及び、その壮大な構想に圧倒された。だが夜も更けてきたので、そろそろお開きにしようとなり、二人は一礼してその部屋を後にすることになった。

去り際、七兵衛が不安げな顔で言った。

「新潟の風雨考法の名人によると、これから海は荒れてくるとさ。それでも数日待てば、落ち着いてくるらしい。最初の航海だ。あまり無理せず、待ったらどうだ」

「いや」と言って、嘉右衛門が首を左右に振る。

「荒れた海に出なければ、勝海丸がどれほどのもんか分かりません」

「それはそうだが、お前さんも佐渡の海が本気で吠え狂った時のことを知らないだろう」

「仰せの通りです。だからこそ清九郎さんに乗り組んでもらいました」

「そうか。で、清九郎さんは、あのことを伝えたのか」

――あのこととは何だ。

清九郎が真一文字に結んだ口を開いた。

「『地獄の窯』のことですか」

「そうだ」

「あれは強い潮と潮が頭からぶつかった時にできるもんです。滅多に起きるもんじゃありません」

「そうか。それならいいんだがな」

――「地獄の窯」か。

嘉右衛門は佐渡の海の奥深さを思い知った。

清九郎がおずおずと言う。

「勝海丸には、河村屋さんの金が六千両余も掛かっています。船を出すも出さないも、決めるのは河村屋さんです」

勝海丸の所有者は七兵衛であり、嘉右衛門たちが口を挟む余地はない。

「勘違いしてもらっちゃ困るぜ。わいは銭が惜しいんじゃねえ。銭元なんてもんは、戻ってこなくても構わない覚悟でやるもんだ。だが万が一の時、水仏だけは出したくない」

確かに七兵衛には、勝海丸に乗り組む船子や船大工に対する責任がある。

「だがな――」と言って、紫煙を吐き出すと七兵衛が言った。

「このまま尻込みしていても埒《らち》が明かない。誰かがいつか、その『地獄の窯』とも勝負しなきゃならないはずだ」

「その通りです」

嘉右衛門が即座に言う。

「お前らは勝海丸で今、勝負したいんだな」

「はい」と二人が口をそろえる。

「分かったよ。行ってこい。新しい時代の門をこじ開けてこい。そいつは容易なことじゃないが、わいは止めるつもりはない」

大きく息を吸い込むと、嘉右衛門が言った。

「では、やらせていただきます」

この二日後、米を満載した勝海丸は新潟を出帆した。

勝負の時は刻一刻と迫っていた。

八

――そろそろ来るな。

船首付近に立ち、身じろぎもせずに海を見つめる嘉右衛門は、敵がゆっくりと身を起こそうとしているのを感じていた。

――お前が弥八郎を殺したんだな。

嘉右衛門が心の刃《やいば》を抜く。だが佐渡の海は、嘉右衛門など相手にならぬと言いたげに、うねりの矛先を徐々に鋭くしてきている。

「嘉右衛門さん、そろそろお神楽《かぐら》に入るぜ」

清九郎の声に振り向くと、清九郎、磯平、熊一の三人が降りかかる波飛沫《なみしぶき》をものともせず、背後に立っていた。

お神楽とは、船子たちの言葉で暴風圏のことだ。

「上等じゃねえか。祭りは派手な方がいい」

嘉右衛門が笑うと、三人の顔にも笑みが浮かんだ。だが、三人とも緊張しているのは明らかだ。

——わいも同じだ。

嘉右衛門とて海の怖さは熟知している。だが、ここまで来て逃げるわけにはいかない。

先ほどよりもうねりは高く不規則になり、風も激しく吹きつけてきている。

嘉右衛門らが黙って海を見ていると、背後で甲高い声が聞こえた。

「どけどけ、邪魔だ！」

船子たちが合羽や矢倉板の上を駆け回る。船首付近に四人も立っているので、作業の邪魔になっているのだ。

それに気づいた磯平が言う。

「わいらは船底に下りてスッポンの支度をします」

「おう、任せたぞ」

磯平が熊一と共に船底に下りていく。今のところ水漏れ箇所はなく、海水もさしてかぶっていないので、船底に水は溜まっていない。

——だが、それも海の荒れ方次第だ。

嘉右衛門の心配事は、もう一つあった。

「外艫と舵を見てくる」

嘉右衛門が船尾方面に向かおうとすると、清九郎がそれを制した。

「まずは、わしが見てくる。頭はどっしりと構えていた方が、船子たちも安心する」

そう言うと、清九郎は船尾に走り去った。

——その通りだ。

嘉右衛門はその場にとどまり、海をにらみつけた。

先ほどにも増して海は猛《たけ》り狂い、勝海丸をのみ込もうとしている。それでも次々と襲い掛かる魔手を巧みに回避し、勝海丸は一途に佐渡に向かっていた。

その時、背後で船頭の声がした。

「この船はいい。帆の張り具合に船がすぐに反応する上、舵の取り回しが楽だと親仁たちが言っている」

　船頭の下には帆頭や舵頭といった専門の親仁（長）がいる。

「そうか。今のところ、舳をうねりの腹にうまく当てられているようだな」

「ああ、舳の角度が急なんで、舳から水をかぶることもない」

　様々な工夫が功を奏してきていることに、嘉右衛門は手応えを感じていた。

　その時、視線の端に何かが捉えられた。

　水平線に、これまで見たことのない何かが広がっていた。それは最初、白い線のように見えたが、すぐに線は太くなってきた。

「船頭さん、あれは何だ」

　船子たちに指示を飛ばしていた船頭が、嘉右衛門が指差した方を凝視する。

「あれは、まさか――」と言うや、船頭は「間切りだ。間切りで北東に走れ！」と慌てて指示を飛ばす。

「どうしたんだ」

「あれは『地獄の窯』だ」

「わいらは、『地獄の窯』のある場所を通っちまったのか」

「いや、窯の位置は一定していない。だから『地獄の窯』は厄介なんだ」

気づくと白い線は面になり、眼前に迫っていた。

「何やってんだ。間切りで北に向かえ！」

船子たちが帆の角度を調整し、舵も北に向けられた。だが勝海丸は、横流れするかのように「地獄の窯」へと向かっていく。

「どうなってるんだ！」

「引っ張られているらしい」

「どうして引っ張られる」

「窯に向かう潮に乗せられたに違いない」

船頭が口惜しげに舷を叩く。

「このままだと、窯の中に入るしかねえってことか」

「ああ、潮の流れに乗ってるんで抜け出せない」

「だが、新潟から佐渡に向かう時は、向かい潮じゃねえのか」

「いや、潮の流れが海の中で入りくんでるんだ。この船は知らぬ間に追い潮に乗っていた。だから、さっきまで舵の取り回しもよかったんだ」

「どうにかならねえのか」

「もう無理だ。窯に突っ込むぞ！」

ほどなくして勝海丸は波濤渦巻く「白い海」の中に入った。そこは白い地獄だった。

「舵柄が吹き飛ばされないように固定しろ！」

船頭が船子に怒鳴る。

「嘉右衛門さん、仕方ねえ。荷打ちしよう」

「何だって！」

事態はそこまで切迫していたのだ。

「窯から運よく抜け出せればいいが、出られなければ、中で潮が落ち着くのを待つしかなくなる。その前に荷打ちしておこうと思うんだ」

「『つかし』でかわせないのかい」

「無理だ。『つかし』は潮と風の方角が一定している時に有効だ。窯の中では翻弄されるだけで、下手をすると、追い潮を受けて舵と外艫が壊される」

「でも、米俵を捨てちまったら佐渡が飢える」

「それは分かっている！」

船頭が唇を嚙む。佐渡島が生まれ故郷の船頭にとっても、一千石の米を何としても佐渡島に運び込みたいのだ。

その時、磯平と熊一が船底から上がってきた。

「お頭、先ほどから水位が増し始めました」

「どれほど水が溜まっている」

「くるぶしと膝の間です」

「スッポンを使って、何とかそこで止めておけ」

「しかし、それ以上溜まったら――」

磯平が心配そうな顔で言う。

「水は漏れてきていねえな」

熊一が確信を持って答える。

「はい。今のところ漏れている箇所はありません」

「スッポンを止めるな。膝下なら心配要らねえ」

スッポンが一定量の排水をしてくれるので、膝下くらいの浸水を保てれば、操船に支障はない。

「分かりました。下に戻ります」

「よし、頼んだぞ」

二人が船底に下りていくのと入れ違うようにして、清九郎が船尾から走ってきた。

「舵が悲鳴を上げてる！」

「羽板がばたついているのか」

「ああ、これでもかというほど鷲口に当たっている」

舵は外艫の間に穿《うが》たれた鷲口という穴から外に出ている。和船で最も脆弱《ぜいじゃく》な部分が舵の羽板と外艫の鷲口部分になる。

――このままだと、羽板が吹っ飛ぶか外艫が破壊されるかもしれない。

舵の羽板は身木（舵軸）に固定され、身木の根元が外艫に尻掛けなどで固定されている。その固定された部分を堅固にしたため、羽板への負担が増しているのだ。

「清九郎さん、尻掛けと前掛けを緩めてくれないか」

「どうしてだ。そんなことをしたら、舵ごと持っていかれるかもしれねえぞ」

「分かっている。しかし羽板が吹っ飛んだら同じことだ。羽板への負担を和らげるには、身木にも負担させるしかねえ」

「そうか――」

清九郎がしばし考えると言った。

「やってみよう」

「頼んだぞ」

清九郎が走り去る。

立っていられないほどの風が横殴りに吹きつけ、うねりの大きさは勝海丸の帆柱を超えている。

——こいつはお神楽どころじゃねえな。

「嘉右衛門さん！」

船頭が再びやってきた。

「もう駄目だ。荷打ちしよう」

「いや、待ってくれ」

「舵が利きにくくなっている。このままだと操船は厳しくなる」

「分かっている」

様子を見ながら、少しずつ荷打ちするさ。五百石も残せればめっけもんだ」

「そこまで言うなら仕方ねえ」

「そうだよ。命あっての物種だ」

船頭が荷打ちの指示を出そうとしたその時、嘉右衛門は異変に気付いた。

「船頭さん、ちょっと待ってくれ」

「もう駄目だ。一刻を争うんだ」

「いや、あれを見てくれ」

「何をだ」と言いながら、嘉右衛門の指差す方角を見た船頭が、「あっ！」と驚きの声を上げた。

そこはあまり白波が見られず、うねりもさほど大きくないように思える。

「もうひと踏ん張りで地獄の窯から抜け出せる」

「そうか。窯は丸くはなかったんだ」

潮目は海底の地形によって形を変える。二つの潮流の合流点の海底地形によっては、窯は丸くもなれば、細長くもなるのだ。

「船頭さん、帆を七分にし、舵に負担を掛けないために舵を三分の一ほど収め、窯を斜めに突っ切るんだ」

「よし、分かった」

船頭が船子たちに指示を飛ばす。

「帆を七分にして舳を丑寅に向けろ！　舵を三分の一ほど収めるんだ！」

船頭の指示により、勝海丸は東に横滑りするような形で窯の外を目指した。

「そうだ。いいぞ。もう少しだ」

嘉右衛門は、つい内心の言葉を口に出していた。

「焦るな。ゆっくり進め」

左右から襲ううねりに翻弄されながらも、勝海丸はじりじりと窯の外に向かっていた。

その時、船に強い衝撃が走った。

「どうした！」

振り向くと清九郎が血相を変えて走ってくる。

「嘉右衛門さん、舵を収めようと前掛けを引いたら吹っ飛んじまった！」

「何だと——」

「今、舵は尻掛けだけで固定されている。だが前掛けが吹っ飛んだ衝撃で、尻掛けにも、ほつれが出始めている」

——やはり外艫か。

嘉右衛門が天を仰ぐ。

「まずは見に来てくれないか」

「分かった」と言って嘉右衛門が走り出すと、清九郎もそれに続いた。

船尾に走り込むと、船子たちが懸命に轆轤を押さえている。

「どうした！」

「前掛けが吹っ飛んだ衝撃で、轆轤がぐらついてきた！」

船子の一人が喚く。清九郎は轆轤に顔を近づけて見ている。

「嘉右衛門さん、轆轤の軸にひびが入っているようだ」

轆轤の上部は矢筈《やはず》という二股の材で挟まれ、下部は轆轤座船梁という厚い木に打ち込まれている。上下の固定が強すぎたので、負荷のすべてを轆轤の軸が引き受けていたのだ。清九郎の示すわずかなひびを、嘉右衛門も確認した。

――こいつはまずいな。

轆轤の軸が折れれば、舵は吹っ飛ばされる。それだけなら漂流するだけで済むが、外艫ごと持っていかれると、瞬く間に浸水が始まる。

――つまり伝馬船を下ろす暇もなくなる。

「清九郎さん、轆轤の替え木はあったな」

「ああ、持ってきている。だが轆轤の軸を替えるとなると、尻掛けを外して、轆轤を組み立て直さねばならない」

――つまり舵から外した尻掛けを、いったん留金に引っ掛けねばならない。だが外したはいいが、留金に引っ掛けられなかったらどうする。

これだけ海が荒れていると、その可能性は高い。しかも留金に引っ掛けられたとしても、それが吹っ飛べば外艫ごと持っていかれる。

弥八郎が落ちた陥穽《かんせい》に、嘉右衛門も引きずり込まれていくのを感じた。

——だがわいは、その手には乗らねえぞ。

「よし、このまま乗り切ろう。みんな、余っている縄で轆轤をぐるぐる巻きにしろ」

船子たちが取り付き、轆轤の軸が補強されていく。

「嘉右衛門さん、大丈夫か」

清九郎が心配そうに問う。

「ああ、案じることはねえ。それより尻掛けのほつれだ」

続いて嘉右衛門は、尻掛けのほつれを検分した。

——こいつはたいへんだ。

ほつれは思っていたよりもひどく、今にも断ち切られそうだった。

「清九郎さん、このほつれ方だと小半刻も持たねえ」

「だが、こいつを直すとなると——」

その後に続く言葉は分かっている。これも弥八郎が遭難した時と、全く同じ状況に陥るかもしれないのだ。

嘉右衛門の頭の中で、「勝負しよう」という海の声が聞こえた。

——上等じゃねえか！

「よし、このまま行こう」

「いいのか」

「一《いち》か八《ばち》かだ」

「分かった。わしはここに残る」

「任せたぞ」と言って清九郎の肩を叩くと、嘉右衛門は舳に走った。

船首付近では、船頭が険しい顔をしている。

「船頭さん、どうだ。抜けられそうか」

「あと少しだ」

「時間にしてどのくらいだ」

「小半刻は掛かる」

――小半刻も掛かるのか。轆轤と尻掛けが持つだろうか。

「よし、船頭さん、舳を北に向けて一気に突っ切ろう」

「何だって。舵は大丈夫なのか」

「分からねえ。だが、ここが勝負どころだ！」

「海と勝負するってんだな」

「ああ、満帆にしてくれ。一気に窯から抜ける」

船頭が嘉右衛門の瞳を見る。

「よし、やってみるか」

「頼んだぞ」

船頭が船子たちに命じる。

「舳を北東から北に向けろ！　帆をすべて張れ」

帆の角度が変わり、帆が風をはらんで大きくふくらむ。

勝海丸は一気に加速した。

——弥八郎、船を守ってくれ。

嘉右衛門は懐に手を入れると、ひよりから託された匂い袋を握り締めた。

勝海丸は、峰の頂に押し上げられたかと思うと谷底に落とされることを繰り返しながら、窯の外を目指した。

——もう少しだ。がんばれ！

匂い袋を海に向かって掲げると、嘉右衛門は喚いた。

「この船を砕けるもんなら砕いてみろ！　わいらの船は、お前なんかに負けねえぞ！」

うねりは怒りをあらわにして逆巻き、船体にその舌先を叩きつけてくる。

「うおお！」

嘉右衛門の獣のような叫びが大海原に響きわたる。

いつしか嘉右衛門は、佐渡の海とがっぷり四つに組んでいた。

ところが次の瞬間、左舷前方から六十尺（十八メートル余）は優にある巨大なうねりが現われた。

「嘉右衛門さん、あれを見ろ！」

背後で船頭の声がした。

――こいつは何だ！

これまで見たこともないようなうねりが迫ってくる。もはや舳を波に当てることはできない。

「行けー！」

嘉右衛門の絶叫と波濤の砕ける音が交錯する。

盛り上がるうねりの腹に乗せられ、勝海丸が大きく傾いた。それでも勝海丸は、うねりの腹を切り裂くように進んでいく。

左舷上方を見ると、波頭が次々と崩れ、勝海丸をのみ込もうとしている。その波先は勝海丸の頭上を越え、右舷に降り注いでいる。

――これが「海の洞《ほら》」か。

船子たちの伝説にすぎないと思っていた「海の洞」を、嘉右衛門たちは通っていた。

勝海丸は崩れていく波頭をぎりぎりでかわしつつ、うねりの腹を進んでいた。左舷から頭上に巻き上がった海水が、右舷の向こうに降り注いでいる。

船の傾きが限界を超えた。

波濤の吠える声の合間に、船子たちの絶叫や悲鳴が聞こえてくる。

「もう駄目だ！」

「覆るぞ！」

「なんまいだ、なんまいだ！」

誰かが称名を唱える声が絶望感を煽《あお》る。

――こいつは駄目かもしれねえ。

嘉右衛門でさえ、そう思った時だった。

――おとっつぁん、この船は大丈夫だ。

弥八郎の声が聞こえた。

「うわー！」

「助けてくれ！」

「死にたくない！」

船子たちが悲鳴を上げる。

嘉右衛門は舷側にしがみつき、頭上を凝視していた。

「来いや！　わいの船を覆してみろ！」

勝海丸を捉えようと、波頭が次々と刃の先を向けてくる。それを間一髪でかわしつつ、勝海丸は疾走した。

その時、船頭の声が聞こえた。

「嘉右衛門さん、あれを見ろ！」

船頭の声に従って前方を見ると、うねりの終端部が見えてきた。そこでは、山の峰が崩れるように消えている。

「弥八郎、あそこまで行かせてくれ！」

嘉右衛門が叫ぶ。

次々と繰り出されるうねりの舌先をかわしつつ、勝海丸は徐々に復原してきた。うねりの腹がなだらかになるに従い、船が平衡を取り戻していくのが分かる。

――乗り切れるぞ！

次の瞬間、呆気なくうねりは消えていた。

――勝ったのか。わいは勝ったのか！

先ほどまで巨大な山を成していたうねりは嘘のようになくなり、次なるうねりが盛り上がってきているが、先ほどのものとは比べ物にならないほど小さい。

「やった。やったぞ！」

船子たちの声が聞こえる。

「嘉右衛門さん、窯を乗り切ったぞ！」

船頭が背後から嘉右衛門の肩を叩く。続いて清九郎の声が聞こえた。

「轆轤も尻掛けも持ったぞ！」

磯平と熊一も船底から上がってきた。

「お頭、水漏れはなし。浸水はスッポンで吐き出しました」

「そうか。ようやった」

——わいは佐渡の海に勝ったのか。

海はいまだ荒れているが、窯の中ほどではなく、気づくと風も衰えてきている。

背後を見ると、地獄の窯が口惜しげに猛り狂っていた。

——わいは勝った。佐渡の海に勝ったんだ！

叫び出したい衝動に駆られる。体中に、これまで感じたことのないほどの力が漲る。

「嘉右衛門さん、やったな」

「頭、佐渡の海に勝ちましたね」

「見事、弥八郎さんの仇を取りましたね」

「どうやら、そのようだな」

興奮は次第に収まり、いつもの嘉右衛門が戻ってきた。

その時、船頭の声が聞こえた。

「おい、あれは佐渡じゃないか！」

「佐渡だ。あれは佐渡だ。間違いねえ！」

「佐渡に帰り着いたぞ！」

船子たちが指差す方角を凝視すると、黒々とした島影が見えてきた。

その上方の雲に切れ目があり、そこから島影に夕日が差している。

嘉右衛門は、その荘厳な光景にしばし見とれた。

「無量光だ。あれは無量光だ。阿弥陀仏様が救って下さったんだ！」

船子の一人が喚く。

「なんまいだ、なんまいだ」

船子たちが称名を唱え始めた。

それを聞きながら、嘉右衛門は体中に漲っていた力が急速になくなっていくのを感じていた。

――弥八郎、もう行くのか。

――ああ、そろそろ成仏させてもらうよ。

――分かった。あちらに行ったら、市蔵によろしく伝えてくれ。

――ああ、伝える。それじゃな。おとっつぁん、いつまでも達者でな。

涼やかな笑い声を残し、弥八郎の魂は嘉右衛門の許から去っていった。

九

「市蔵、弥八郎、来たぜ」

一升徳利を置くと、「どっこいしょ」と言いつつ嘉右衛門が墓の前に座った。

穏やかな夏の風が、すっかり白くなった嘉右衛門の鬢を震わせる。

「お前らは仲がよかったからな。こうして並んでいるのを見ると、まるで生きているようだ」

弥八郎の墓は市蔵の墓と隣り合わせの場所にした。厳密には弥八郎は嘉右衛門の跡を取っていないので、惣領墓には入れられない。不憫だったが、市蔵の隣の方が、弥八郎は喜んでいるように感じられる。

「これからは、ここにもそうは来られないぞ」

嘉右衛門は、ここのところ足腰が弱ってきているのを自覚していた。

「それでも今日は何とか来られた。まずは飲もう」

嘉右衛門は立ち上がると、二人の墓石に酒を掛けた。

「河村屋さんが、正次さんの背後に回って金を出してくれたんで、作事場は元通りになった。今は丸尾屋から重正たちも追い出され、正次さんら年寄が仕切っている。わいらの作事場でも千石船を造れるようになったんで、かつての嘉右衛門組の面々も戻ってきた。すべては元通りだ」

嘉右衛門が墓に向かって語り掛ける。

「わいがいなくても作事場は回っている。磯平と熊一がしっかりしているからな。だからわいも身を引くつもりでいたんだが、河村屋さんが各地の作事場に千石船の造り方を伝授してくれと言うんだ。それで、これから各地を回ってくる。それにしても、人様から頼りにされるってのは、うれしいもんだな」

嘉右衛門が誇らしげに続ける。

「ひよりはここにいて、わいの面倒を見たいと言ってくれた。だが河村屋さんが、ひよりに商いを覚えさせたいというので、大坂に連れていってもらった。あの娘は賢い。見込みのあるもんを、こんな狭いところに閉じ込めておくわけにはいかねえ。わいもそれでよかったと思っている。大坂の河村屋さんの店には、清九郎さんとこの孫四郎も来ている。だが孫四郎は商人になるためではなく、大坂で本場の船造りを学ぶんだとさ。清九郎さんも喜んでいることだろう。これからの時代、ひよりや孫四郎のような若いもんが、この国を引っ張っていくんだ」

初めは「この島から離れたくない」と言っていたひよりだったが、七兵衛から「若いもんは何でもやってみることだ」と説得され、大坂で生きることを決意した。

「わいらの時代は終わったんだな」

一瞬、肩を落とした嘉右衛門だったが、顔を上げると言った。

「もうすぐ、わいもそちらに行くだろう。そしたらまた三人で船でも造ろうや。わいらには、それしかできないからな」

嘉右衛門の高笑いが、誰もいない墓地に響きわたる。

「じゃ、またな」と言って立ち上がった嘉右衛門は、一升徳利を提げ、ゆっくりと元来た道を引き返した。

その途次に、海の見える場所がある。

夕日に輝く海には、あたかも船出を待つかのように、一隻の千石船が浮かんでいた。

しかし、それが幻であることを嘉右衛門は知っていた。

――そうか。お前らはそこで船掛かりして、わいが来るのを待ってるんだな。市蔵、弥八郎、もう少しだけ待っててくれ。一仕事済ませてから、そちらに行く。

嘉右衛門はにやりとすると、木漏れ日の差す坂道を下っていった。

解説

山本一力《やまもといちりき》
（作家）

小説は活字だけで世界を描き出す。

長編、短編を問わずだが、ひとたび物語世界に嵌《は》まることのできた読者は、幸いなることと至極であろう。

そして本作『男たちの船出　千石船佐渡海峡突破』を手にとったあなたは、その僥倖《ぎょうこう》をひとりじめにできる、恵まれた読者だ。

順を追って、なぜあなたが僥倖なのかを解説させていただく。

ただし読者の興を削がぬよう、筋書きや物語等の展開には極力触れない。ネタバレほど、読者への罪深い行為はない。

＊

本作がまだ前部にあるころ、弥八郎《やはちろう》と孫四郎《まごしろう》の会話がある。孫四郎が教える「地獄の窯《かま》」についてだ。

弥八郎は本作重要人物のひとりだ。しかしこの会話時点では、まだ影は薄い。相手の孫四郎は、さらにまだ読者に馴染みはない。

そんなふたりのやり取りに、大いに気をそそられた。「地獄の窯」という語句に接したからだ。

まったくの個人ごとだが、わたしは土佐の生まれだ。四国四県中、高知県は太平洋の海岸線をほぼ独占している。

思えば名勝地・桂浜《かつらはま》に立つ坂本龍馬《さかもとりょうま》の銅像も、太平洋の彼方を見詰めていた。

そんな次第で、一九四八年高知生まれのわたしも、海と川を身近に感じつつ育った。

高知市内を流れる鏡川《かがみがわ》は、夏場のプールだった。市営プールもあったが、入場料五円を徴収された。

鏡川なら無料だ。しかも川に架かる橋からの飛び込みは、小学校高学年に進級する通過儀礼の場ともなった。

多少の雨降りでも、こどもたちは川に入った。が、夏休み中、旧盆三日間だけは絶対に鏡川には近寄らなかった。

「お盆の間は、地獄の釜のふたが開くきに、川に入ったいかんぜよ」

本作の地獄の窯とは、釜の字が違う。

が、こどもは「釜のふたが開く」と聞いて、震え上がった。そして川沿いの道を歩くことすらしなかった。

孫四郎と弥八郎の会話に出てくる地獄の窯は、さらなる凄まじさを意味する。

作中で数度、この窯は出てくる。

物語終盤で解き明かされ、読者も正面から向き合うことになる、地獄の窯。

絶妙なる展開のタネだったとは深い注意も払わず、読み進めた。それゆえ、驚きも大きくなるという、おまけも得られた。

*

登場人物に対する、扱い方の軽重の妙味。

この技量の冴えもまた、本作を重厚なる仕上へとつないでいる。

ひとり例を挙げれば、河村瑞賢《かわむらずいけん》が分かりやすい。

本作作者は、河村瑞賢に精通しておいでだ。瑞賢を主人公とする題材も、多数手がけておられると聞いた。

徳川政権下における河村瑞賢の活躍ぶりの一端は、本作にも活写されている。

そもそも、本作展開の肝《きも》となるべき主題も、河村瑞賢が持ち込んできたものだ。

作者とすれば、縦横に瑞賢を動かして、物語を大きく運びたいとも、作中の随所で感じられたことだろう。

しかし作者はそれをしなかった。

人物の背景が巨大であるだけに、うかつに登場させれば物語そのものを食い散らすことになろう。

深く追わず、ほどよきところで止めることで、後述する物語の背骨が傷つかずに運んだ。

主役の一枚看板を張れる登場人物は、ほかにも多数いる。これも魅力のひとつだ。

読者は作品を思うがままに、ひとりじめして読み進むことができる。

だれを主役とするかは、読者の自在だ。

作者の考えとは別に、主役を決めるための、のりしろ。それを本作は提供してくれる。

＊

サイドストーリーを展開するための、魅力ある脇役の存在。

これまた、本作には多数登場する。

ここでもひとりを挙げよう。

弥八郎とかかわりを持つことになる、立君《たちぎみ》のひよりである。

本作でわたしは初めて立君なる呼称を知った。本書によれば立君とは、素人娼婦たちの最下層の者の呼び方だそうだ。

そんなひよりと弥八郎とが、いかなる状況で出逢うことになるのか。

立君にまで堕《お》ちたひよりの来し方とは？

サイドストーリーを描くのは、作者には大きな賭けとなることがある。

本筋を脇において、新たな物語に取り組む。書いているうちに、脇の話に筆が走ってしまい、元に戻すのに難儀する。

読者は読者で、脇道はいいから、本筋の先を読ませてくれと……。

弥八郎とひよりの話においては、ふたりがそれぞれ抱え持つ難儀が、過不足なく描かれている。

相手を助けることで、自分も救われる。

このことを提示されることで、読者は物語の寄り道を受け入れられる。

登場しない展開のなかでも、読者は弥八郎やひよりの動静を思い描くだろう。他のサイドストーリーでも、それぞれの物語が展開されている。まこと作者の筆力あればこそだ。

＊

職人たる親は、いかにして技と事業を子に継承させるのか。

本作はこれが主題だろうと、わたしは読みながら考えた。

読了し、解説執筆と向き合ういまは、考えた主題に間違いはないと確信している。

しかし本書はビジネス書ではない。

創業者が興した事業を、次世代を担う者につなぐこと。これが事業継続を実現するための、必須事項だ。

本書舞台となる江戸時代前期は、建築でも造船でも、まだ技術は発展途上にいた。

江戸開府からまだ半世紀余りの時点でも、幕府お膝元には諸国から技能者が集まった。

江戸でひと旗を揚げる。

これを目指して、達人が群れ集まった。

しかし江戸からは遠い瀬戸内には、伝来の技術はあっても、革新的な技術や発想とは縁遠い環境だったに違いない。

そんな船大工の集落に、途方もない巨大船建造を打診する使者が訪れる。

物語の本格開幕がこれである。

従来の造船だけなら、これまでの職人でことは足りる。が、巨大船建造は、造船は同じでも、まるで別事業だ。

いかにして新局面に対処するか。

同時に、だれに造船事業を譲るか。

権力委譲は武家・職人を問わず、騒動の源となる場合が多い。

正しき委譲を成し遂げるならば、当主の座を降りて、後継者に譲る者の慧眼と能力が必須とされよう。

もしもその資質を当主が持ち合わせていなければ、どうなるか。

いわゆる跡目争いを惹起《じゃっき》するのが、お家騒動のお決まりだ。

しかし跡目争いなしに相続が決まれば、めでたしめでたしとなるのか。

これを本書は主題とし、物語の最後まで引っ張り続ける。

膨大な資料を読み込んで、作者は本作と向き合ってきたはずだ。

しかし、いかほど資料を読み込もうとも、ひとのこころまでは読み取れない。登場人物を活かすのは、畢竟《ひっきょう》、作者の創作力と筆力である。

資料読み込みの達人である作者は、人物創造の達人でもあった。

主人公嘉右衛門《かえもん》と実弟市蔵《いちぞう》とのやり取り。

読了後、読者が思い出すのはどの場面だったのかと、想像するのも楽しい。

本書に接することができたことに深謝する。

【参考文献】

『和船Ⅰ』石井謙治　法政大学出版局
『和船Ⅱ』石井謙治　法政大学出版局
『船』須藤利一編　法政大学出版局
『海の総合商社　北前船』加藤貞仁　無明舎出版
『塩飽史　江戸時代の公儀船方』吉田幸男　ゆるり書房
『江戸時代　舟と航路の歴史』横倉辰次　雄山閣出版
『私の備讃瀬戸』角田直一　手帖舎
『塩飽物語』よねもとひとし　近代文芸社

※各都道府県の自治体史、論文・論説、事典、図録等の記載は省略させていただきます。
※収録した図版は『和船Ⅰ』に掲載された石井謙治氏作成の図を参考にしました。

二〇一八年一〇月　光文社刊

光文社文庫

男《おとこ》たちの船《ふな》出《で》　千《せん》石《ごく》船《ぶね》佐《さ》渡《ど》海《かい》峡《きょう》突《とっ》破《ぱ》

著者　伊《い》東《とう》　潤《じゅん》

2021年8月20日　初版1刷発行

発行者　鈴木広和
印刷　新藤慶昌堂
製本　ナショナル製本

発行所　株式会社　光文社
〒112-8011　東京都文京区音羽1-16-6
電話（03）5395-8149　編集部
8116　書籍販売部
8125　業務部

落丁本・乱丁本は業務部にご連絡くだされば、お取替えいたします。
ISBN978-4-334-79236-7　Printed in Japan

組版　萩原印刷